漢口即事

攜我琴書汗漫遊茫茫身世此輕舟泝江幾度經
吳林、緬地何曾剩髮耶宕易窮叢生馬角胡為
逆旅邀留藏行行且向湘黔、之偽許栗橘晚景收
漢皋解佩女魂銷非雨非雲暮亦孤寫怨聊彈湘
女慧相思端在小蘭隱多情豈為常浮海有信
終須讓弄激蒔水因緣隨變無一肩行李踟躕
故園總與花雜別無復思倫歸壽香 漢上常指歌妓汪一姑名桂仙北長沙人值湛已餘根半老矣
楊柳陌頭攜少婦琵琶江上感秋

清代陈季同《学贾吟》手稿校注

（清）陈季同 著　沈岩 校注

國家圖書館出版社

图书在版编目(CIP)数据

清代陈季同《学贾吟》手稿校注/(清)陈季同著　沈岩校注.
—北京:国家图书馆出版社,2011.12

ISBN 978-7-5013-4656-1

Ⅰ.①清…　Ⅱ.①陈…　②沈…　Ⅲ.①古典诗歌—诗集—中国—清代　Ⅳ.①I222.749

中国版本图书馆 CIP 数据核字(2011)第 165950 号

责任编辑:郭又陵　张爱芳

书名　清代陈季同《学贾吟》手稿校注

著者　(清)陈季同著　沈岩校注

出版　国家图书馆出版社(原北京图书馆出版社)

(100034 北京市西城区文津街 7 号)

发行　010-66139745　66151313　66175620　66126153

66174391(传真)　66126156(门市部)

E-mail　btsfxb@nlc.gov.cn(邮购)

Website　www.nlcpress.com→投稿中心

经销　新华书店

印刷　北京民族印务有限责任公司

开本　170×230(毫米)　1/16

印张　15

版次　2011 年 12 月第 1 版　2011 年 12 月第 1 次印刷

字数　200 千字

书号　ISBN 978-7-5013-4656-1

定价　45.00 元

清代陈季同

学贾吟手稿校注

沈岩

▲陈季同(1851—1907)

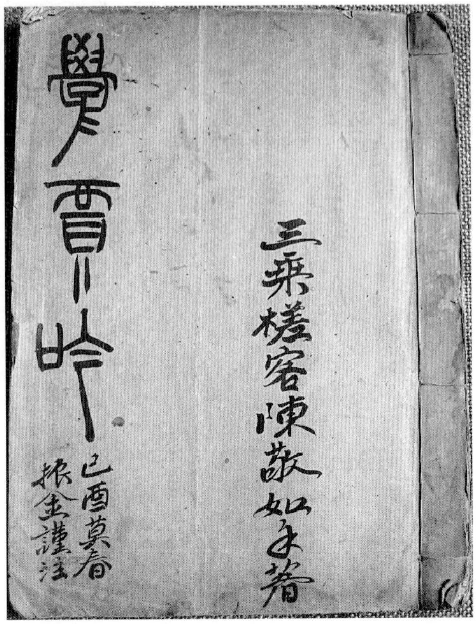

▲《学贾吟》手稿封面

▲《学贾吟》手稿:《汉口即事》

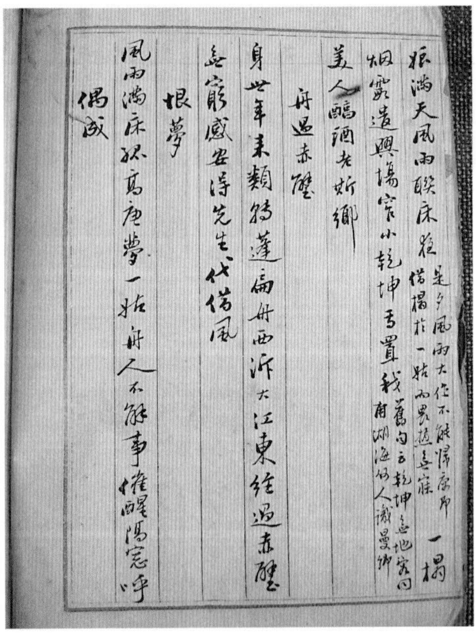

▲《学贾吟》手稿:《舟过赤壁》

▶作者赴贵州省档案馆查阅资料

◀贵州省文史馆馆员王尧礼向作者提供一些资料并在其家中介绍情况

▶作者在辰溪档案馆查阅资料

▲辰溪小码头

▲青溪镇文化站罗站长在旧址介绍当年情况

▲飞云岩

▲飞云岩边的古驿道

◀诸葛洞今已建水电站

▶青溪铁厂码头旧址

◀铺在青溪镇里的当年从英国进口的耐火砖

▲黄平旧州抗战时期曾建飞机场，飞虎队曾在这里起飞与日军作战

▲作者赴山塘驿旧址考察并与现住户主人交谈

◀镇远县城关

►重安江边的老路，现在还是人们常走的便道

◀秀丽的重安江

▶ 贵阳的翠微园还在原来的地方

序一

2007年，福建省社科联、省图书馆举办周末讲坛，余应邀做《古典诗词鉴赏》的系列讲座。在省社科联的讲座部署会上，余认识了沈岩先生。他应邀做《船政文化》的系列讲座。从此我们有了来往，并不断加深了解。

沈岩先生是马尾船政文化研究会的会长，著有《船政学堂》一书，荣获省第八届社会科学优秀成果奖。在省教育电视台做过关于船政大臣沈葆桢的系列讲座，反响良好。许多媒体包括港台的电视台录制船政方面的节目也经常采访他。最近还应聘担任《船政志》主编，承担编撰地方志船政专志的重任。通过交往，余知道他不仅是个有建树的学者，而且也是个诗家、书画家。他出生在书画之乡的诏安，从小就受到诗礼、书画的熏陶，小时就吟诗唱和，挥毫泼墨。1999年4月，中国书协、美协在中国美术馆为他举办书画展，中华诗词学会的孙轶青会长和中国书协沈鹏主席、中国美协刘大为主席为他的展览剪彩。翌年，又应邀赴新加坡办展和开学术讲座。2009年，人民大会堂举办50周年大庆，把珍藏的书画结集出版，收入齐白石、李可染、关山月、傅抱石等著名书画家的作品200余件，沈岩先生的巨幅山水《源远流长》也收入其中。入选的福建画家仅已故的郑乃珖先生和他俩人。可见其水准非同一般。

最近，余获悉他在为清末外交家、诗人陈季同的《学贾吟》手稿校注，已历时5年。余深为其精神所感动。啃这种老诗集，尤其是手稿，是当今许多学人不愿做的事。一是难度大，许多人啃不了。二是耗时耗力，且无经济效益可言，许多人不愿干。然而沈岩先生却竭尽全力，知难而进。也因为他诗书俱佳，又是研究船政方面的专家，才有资格，也难以辞却陈季同诗稿校注之重任。

陈季同是清末著名的外交家。他15岁时与严复、刘步蟾等人一同进入船政学堂就读。1877年，作为清政府首批派往欧洲的留学生赴欧深造。后担任驻德、法、比、奥等国的外交官。前后驻欧16年，写了许多介绍中国现状和中国文学的法文作品，在法国文坛上享有盛誉。陈季同的《学贾吟》记录了诗人湘黔之行的所见所闻，也展现了诗人的情感与怀抱。后面还把大家熟知的《吊台湾》四律等诗作编入集中。《学贾吟》的许多诗篇感人肺腑。对其中的诗作，沈岩先生一一作了校注，并写下了前言，对《学贾吟》诗集作了全面的介绍。陈季同的诗词，当时的著名诗人范当世就十分赏识，与其唱和甚多。《四朝诗史》也拟将《学贾吟》编入。沈岩先生认为陈季同学贯中西，见多识广，且喜交际，性达观，偏好苏东坡的诗文书法，诗作深沉畅达，文字明白朴实，洋溢着爱国、崇尚科技和中西文化交流使者的情怀。余也有同感，并认为其分析是深刻的、中肯的，对读者了解清末这位船政精英的诗作和人品是很有帮助的。

沈岩先生的校注稿即将付梓，约余作序，余欣然允诺。盖因此举是近代诗坛之幸事，是福建诗坛之喜事。沈岩先生在这方面填补了陈季同诗词校注的空白，作了一件非常有意义的事情。余钦佩他的努力，祝贺他的成功！谨以为序。

蔡厚示

2010年11月

（作者系福建省社科院研究员、著名学者、诗人，中华诗词学会顾问、中国李清照辛弃疾学会常务理事、中国韵文学会常务理事）

序二

沈岩教授新著《清代陈季同〈学贾吟〉手稿校注》即将出版，索序于予。予自忖，对传统诗词少年时虽有所好而时诵习，却并无研究。只是出于职业工作需要，对闽中历史人物略有涉猎，由此粗知陈季同乃福建船政学堂首批学生中之佼佼者。

陈季同（1851—1907），15岁入船政前学堂，学习法语和舰船制造，因聪明勤奋，“历经甄别，皆冠其曹”，以优异成绩提前毕业。1875年随团赴欧游历考察，1877年赴欧留学深造，后历任驻法、德公使馆参赞，代理驻法公使兼比、奥、丹、荷四国参赞。他旅欧16载，通晓英、德、意、拉丁等多种语言，尤擅法语，先后将法国作家贾雨、雨果、莫里哀及左拉等人的名作，介绍给中国人，成为杰出的外交家与翻译家，也是译介法国文学卓有成就的先驱者。他法语精熟，又擅口才，常在巴黎讲坛发表演讲，而为法国上流社会所青睐，也为许多巴黎人所倾倒；他以法文写作有关中国社会生活与传统文化的书籍，在巴黎陆续出版法文书籍如《中国人自画像》、《中国人的戏剧》、《中国故事集》、《中国的娱乐》、《黄衫客传奇》、《巴黎人》、《吾国》、《英勇的爱》等著作，热情地将中国历史文化向西方推介，堪称近代“中学西渐”之第一人。书籍风行于欧洲，为西方人了解中国的历史文化开启了大门，使“西国文学之士，无不折服”。在西方文坛声名鹊起。1895年，清廷与日本签订《马关条约》，割台与日，陈季同受任台湾布政使，赴台进行外交斡旋，未能成功。遂策划设立“台湾民主国”，以“遥奉正朔”，拒绝割让，虽经力战，抗日失利，退回大陆，悲痛万分地写下《吊台湾》诗四律，称“伤心地竟和戎割，太息门因揖盗开”；“绝好湖山今已矣，故乡遥望泪阑干”。他将四首吊台诗编入集中，足见深深的爱国情怀。他的仕途并不顺遂，婚姻也不如意，后因经济问题而债务缠身，经历许多坎坷，如所自述“蹭磴功名蹭磴路”，潦倒而终其生。

陈季同聪颖博学，多才多艺，不仅擅口才、精外文，通达于翻译文章，而且长于诗词，勤于撰著。除曾发表多部自著、译著外，还著有《三乘槎客诗文集》、《卢沟吟》、《黔游集》与《学贾吟》诸书，从中可见他高度的文学修养。他的事例再一次证明，船政学堂的确是精英教育，培养出许多才兼文理、学贯中西的俊彦。沈岩教授熟读《学贾吟》，对诗人的经历与思想感情有深入了解。他认为，从诗集中可以感受到作者炽热的爱国情怀，体会他“一片愚忱佐自强”的忠心。他在“校注”前言中指出，诗集“内容涉猎广泛，有怀古思乡、忧民忧国、针砭时弊、坦露襟怀，也有应景写意、流水记事、风土人情、格物致知等”。

《学贾吟》乃陈季同幸存的诗集手稿。他在台湾抗日起义失败后，赋闲海上，但仍思报国，于清光绪二十二年（1896）夏赴湘、黔考察西南矿产，沿途即景随笔，积累诗作共354首，诸体兼备。对其诗集之所以称“学贾吟”者，后人的解释有歧见焉，或以为他在西南探矿经商，而有此吟；或以为他自比贾谊，含怀才不遇、报国无门之忧愤，故托于诗思吟咏。笔者以为，就总体而言，诗作于湘黔逆旅、穷荒考察之中，故自称“远贾”，又为“搜求铅汞入苗荒”，而且自嘲曰：“今日黔中大腹贾，当年海外小行人”。以当年之外交官与今日之大腹商相较，正所谓“学贾”也，因用非所长所愿，故有贾生之叹。当然，这本诗集的价值绝不止于展现作者的诗才，更重在描述那个时代中国社会各业与各阶层人群的生活情状，展现当时中国社会历史与文化生活的场景，体现“诗以传史”、“诗以证史”的精神。

注释陈季同的这部诗作，沈岩教授是有着相当基础和充分准备的。首先，他曾编撰过一部《船政学堂》著作，系统记述该学堂的创办历史、教育管理以及人才造就情况。也正是在这部著作中，沈教授曾经介绍过陈季同的生平简历与主要成就。为了校注《学贾吟》，他还特地赴湖南、贵州实地考察，追寻诗人践履的足迹，感受社会历史变迁与诗人当时的情怀。

在现今情况下，整理注释古诗旧籍的难度越来越大，从事者盖寡，故少见古诗文注释之作。沈教授知难而进，不仅为《学贾吟》提供了充分的诗意注释，而且对诗中涉及的山川地理、名人古迹、生活民俗、矿业调查等内容也作了解说。他的注释具体而翔实，颇助读者理解诗意，领会诗情，而且有益读者熟悉典故，了解地理矿产，丰富知识。沈注创造了诗词注释的新方法，对后作者和后学者都有启迪和示范的作用。

卢美松

2011 年 6 月

（作者系福建省文史馆馆长、编审）

大公几辈能无我　中国而今尚有人

——清代陈季同《学贾吟》手稿校注前言

沈　岩

2004年8月，陈季同的曾长孙女陈书萍女士和美国莱斯大学教授钱南秀博士来访，带来了在上海图书馆查阅到的陈季同《学贾吟》手稿复印件。我看到的第一感觉就是眼前一亮。那潇洒劲秀、精美整饬的小字行书（参有少量草书）吸引了我，让我展观良久，不忍放下。再阅读诗篇时，更让我难以割舍。这位福建船政学堂的先贤，何止是位出色的外交家、而且是位才华横溢的诗人、书法家。

2005年10月，《学贾吟》影印本由上海古籍出版社正式出版。钱南秀博士写了前言，陈书萍女士写了后记。我也附了一篇诗书略评的文章①。前面的一段话就是这篇文章中的一段。《学贾吟》影印本的出版，填补了陈氏诗集的空白，是船政文化研究的一大成果。但《学贾吟》影印本是陈氏的手稿，其中繁体字、异体字和草体字甚多；许多人名、地名也与现在的不同，读者阅读起来颇为不便，因此萌生了校注的念头。2006年，我向全国高校古籍整理研究工作委员会申请了《学贾吟》手稿校注课题，立项得到了批准。为完成课题任务，我于2007年6月赴湖南贵州调研，就诗人当年走过的地方进行考察。所到之处，变化与陈迹交错，感慨与遗憾交融，遂浮想联翩，随手写了一些散记。回来后我认真校注诗集手稿，进一步体会到诗人的情怀，更深刻地感受到诗人跳动的脉搏。杂感丛生，综而记之。

---

① 沈岩：《心声百感交集　心画神采奕奕》，见陈季同：《学贾吟》，上海古籍出版社2005年版，页168-170。

一、陈季同其人及其诗集《学贾吟》手稿

陈季同（1851—1907），字敬如（镜如），号三乘槎客，西文名 Tcheng ki-tong（Chean Ki Tong），福建侯官人。15 岁时与严复（1854—1921）、刘步蟾（1852—1895）、林泰曾（1852—1894）等人一同进入福建船政学堂就读，为前学堂制造专业学生。因成绩优秀，提前毕业，授四品都司。1875 年随同日意格赴欧游历，考察英、法、德、奥四国后，写成《西行日记》四卷，受到船政大臣沈葆桢的赏识，保举升为三品参将，并加副将衔。1877 年，作为清政府首批派往欧洲的留学生，与严复、马建忠（1845—1900）、罗丰禄（1850—1903）等赴欧深造，在巴黎政治学堂修习公法律例。不久加总兵衔。后升任驻德、法参赞，代理驻法公使兼比利时、奥地利、丹麦和荷兰四国参赞。前后被派驻欧洲十六年，与俾斯麦（Otto，prince von Bismark，1815—1898）、甘必大（Léon Gambetta，1838—1882）等德、法政要关系密切。在中法越南问题上直接与法方斡旋，缓和了僵局。驻欧期间，他写了许多介绍中国现状和中国文学的法文作品，在法国文坛上享有盛名，成为近代中学西传的第一人。1884 年他的第一本法文著作《中国人自画像》出版，轰动法国文坛，一年内竟再版五次，三年内再版十一次，被译成多种文字畅销西方。他还写了如《中国人的戏剧》、《中国娱乐》、《中国拾零》、《黄衫客传奇》、《一个中国人笔下的巴黎人》、《中国故事》、《吾国》、喜剧《英勇的爱》等法文著作，在一定程度上改变了西方人士对中国的偏见。为此，法兰西第三共和国授予他“一级国民教育勋章”。从现在的观念看，誉他为中国外宣第一人也不为过。

《马关条约》后，陈季同与丘逢甲等合议设立“台湾民主国”，但保台义举终告失败。失败后，闲居上海。清光绪二十二年丙申（1896）夏赴湘、黔考察。清光绪二十三年丁酉（1897）秋，与弟陈寿彭（字绎如，又作逸儒 1857—1928?）创办维新报刊《求是报》。为了帮助国人了解西方法律，把法国《拿破仑法典》译成中文。并发起女学运动，创办了近代中国第一所女学堂——上海中国女学堂。其妻法裔的赖妈懿出任女学堂洋提调。还发起成立了当时较有影响的新兴社会组

织“戒烟公会”和“兴亚会”。戊戌维新失败，仍通过译著继续介绍新知，宣扬变法。庚子事变，他建议两江及鄂粤总督实行东南互保，避免了兵祸。他还与上海绅商仿照红十字会，率船只入战地，救济京津受难者。清光绪二十七年辛丑（1901），主持江楚编译官书总局；清光绪三十年甲辰（1904）在南洋大臣、两江总督周馥（1837—1920）幕下主办《南洋官报》，并创办《南洋日日官报》。光绪三十三年丁未（1907）初猝逝于南京。

陈季同才华横溢，著有《三乘槎客诗文集》、《卢沟吟》和《黔游集》等诗集，可惜尚未见到，只见到一些零星的诗作。研究陈季同诗词，《学贾吟》手稿就是目前最好的内容。《学贾吟》手稿是美国莱斯大学钱南秀教授于2001年元月，在上海图书馆查阅到的。手稿封面书有篆书“学贾吟”三字，下署“己酉暮春振金谨注”（己酉年是1909年），旁注“三乘槎客陈敬如手书”。封里注“天津吏部孙师郑名士，前年已为之刊登孙雄所集之《四朝诗史》上，藉传不朽。后学振金谨注，辛亥元旦志于河南偃师首阳山下汴济工次”。

《学贾吟》手稿采用大十六开本，红栏稿纸，以小字行书（参有少量草书）书写，共80页，收录诗作354首。其中七言有律诗206首、绝句69首、七言歌行与排律15首，五言有律诗54首、绝句3首、古体7首。其诗作以近体诗为主。

诗集取名《学贾吟》，首先给读者留下一个疑惑：“贾”字是读“gǔ”还是读“jiǎ”；学者对此也有不同看法。美国莱斯大学钱南秀教授在《学贾吟》影印本前言中说：“署题《学贾吟》，应是季同自比汉长沙王傅贾谊，似隐怀才不遇、雄图难展之慨。”[①] 杨万里先生也认为“学贾吟”一名，直接裁取《袁翔甫大令以诗稿见赠率成一律以谢之》诗中成句：“贾生不作长沙哭，镇日行吟手一篇。”隐含作者自比汉代贾谊怀才不遇之意[②]。北京大学中文系教授夏晓虹在《今日黔中大腹贾，当年海外小行人——读陈季同〈学贾吟〉手稿本》一文中说：“去夏

---

① 钱南秀：《贾生不作长沙哭　镇日行吟手一篇》，见陈季同：《学贾吟》，上海古籍出版社2005年版。

② 全国古籍整理出版规划领导小组办公室：《古籍整理出版情况简报》，2006年第2期（总420期）。

(2005年夏)在南京大学的比较文学会议上，章培恒先生已对此提出质疑。本人最初也有同样的疑问，但因未读全稿，不敢肯定。此次通览一遍，发现中有‘今日黔中大腹贾，当年海外小行人’(《舆中吟》)、‘远贾原同新嫁娘，未谙食性作羹汤’(《绝句十首》其九)、‘昔乘博望槎，今作瞿塘贾’(《瞿塘峡》)诸句，均明指其贵州探矿一事。且陈季同在欧洲生活日久，亦不存古代国人‘重农轻商’之见；相反，《学贾吟》中，陈氏倒专有《即事》二首，对营商之道大加推崇：‘朝野纷纷讲富强，亦知国本在经商。’因此，《学贾吟》题名中的‘贾’应读为‘商贾’之gǔ，而非‘贾谊’之jiǎ，应可确定。何况，陈谢袁诗本与黔行无关。”①

我认为诗家有诗家的语言，含蓄、双关是常有之事。这里的“学贾吟”应该也有双重深意。从学贾经商的角度说，季同此行，与奥国人戴马陀、法国人巨郎两位洋矿师一起，是应曾衡甫太守之约而来的。贵州青溪炼铁总局是中国近代第一家铁厂。它的筹建比著名的湖北汉阳铁厂还早了三年。但开工的第二个月，负责办矿的潘露积劳病故。加上资金奇缺，铁厂陷入了危机。季同此行颇有诊断号脉的味道。办矿务，谋利源也是洋务主旨之一，季同是十分支持的。他在《舆中吟》中写道：“今日黔中大腹贾，当年海外小行人。”显然，这里说的就是商贾之意。《瞿塘峡》一诗开头就说“昔乘博望槎，今作瞿塘贾”，也明确表明这次湘黔行的主要目的。但仅仅这样看，则恐怕缺乏深意。诗集《学贾吟》关键在“吟”字，诗人吟的难道仅仅是经商之道吗?

诗人是“身在万山中，心在万山外”(《旅怀》)，虽然多次点到经商之事，如《到青溪矿局》、《硃砂矿》、《读洋矿师说帖有感戏改古诗》、《铁》、《煤》等诗，但都并非就事论事。诗言心志，诗人更多的是表达自己的看法和表露自己的情怀。其中的大多数诗作都是触景生情，借景抒情，吐胸中之块垒。如他在青溪矿局考察期间所写的咏物诗《铁》，就是一篇言志诗。“骨格铮铮产自天，含藏蕴蓄几经年。屈伸不畏烟锤巨，磨炼能同金石坚。披甲勇当千炮雨，作舟功在一

---

① 夏晓虹：《今日黔中大腹贾　当年海外小行人——读陈季同〈学贾吟〉手稿本》，见《旧年人物》，文汇出版社2008年版。

轮烟。只因欲化逢时器，费尽经营细烁煎”。铁的天性，铮铮硬骨，不畏锤炼，坚同金石，在铸造坚船利炮中发挥了不可替代的重要作用。这哪里是写铁呢，不正是洋务运动中坚者的自我写照嘛。《硃砂矿》一诗更像是诗人的自白。“乞得神仙治世方，搜求铅汞入苗荒。地中水满四相厂，洞口云封七合塘。未必探囊如取物，有时凿壁岂偷光。铁鞋已破征衫敝，一片愚诚佐自强”。

所以诗集取名《学贾吟》的第二层意思，也是最主要的深刻含义，应是以汉代贾谊自喻，隐含怀才不遇、雄图难展之感叹。集中《读喆甫宝拙盦诗集题后》一诗云：

琳琅珠玉读连篇，相对浑忘路八千。
可惜掣鲸好手段，竟教隐豹卸仔肩。
后车京洛仙何羡，前席长沙涕尚涟。
今日共怀同父感，吾宗慷慨箭离弦。

这是诗人在贵州时读喆甫《宝拙盦诗集》后题在集子后的一首诗。喆甫，即陈哲甫（1867—1948），名恩荣，又字蔗圃，天津人。辛亥革命后，任北京高等师范斋务长和教授 8 年，后在平、津和大后方的一些院校讲学任教，抗战胜利后回津从事著述。在燕京大学任国文系主任时曾是冰心的老师。陈哲甫一生喜诗词，有“赋诗万首，文词豪放”之誉。此时陈哲甫也在贵州，两位诗人在一起吟诗唱和，在这个集子里就有 9 首之多。读喆甫诗集，共怀同父之感，应该说是出自内心的。同父，即南宋杰出的思想家陈亮，主抗战，屡遭迫害，与辛弃疾志同道合。喆甫诗集中的慷慨激昂，当击中诗人的情怀，也使诗人产生“前席长沙”之慨。

从诗人把《吊台湾》等诗编入诗集来看，也可看出诗人的用意。集中的《袁翔甫大令以诗稿见赠率成一律以谢之》一诗云：

海外归来又七年，鱼龙变幻讶桑田。
柏林高和今陈迹，杨柳楼台老谪仙。
虎穴同探成底事，龙门在望最流连。
贾生不作长沙哭，镇日行吟手一篇。

此诗更是点出深意和诗集的主题。学贾吟，就像被贬为长沙王太傅的贾谊那样，镇日行吟，以诗来表达自己的感慨与志向。所以我认为《学贾吟》的“贾”字还是读 jiǎ 为宜。

检点其诗集，我们可以感受到诗人的心境与肺腑。读其诗篇，我们会被他的激情、忧思、愁郁、忿满所感染。其心声是百感交集的，但字里行间仍能让我们强烈地感受到诗人的赤诚之心、爱国之情、图强之志。

二、诗集《学贾吟》手稿的主要内容

诗集主要收集的是陈季同湘黔之行的诗作。陈季同此行历时半年，清光绪二十二年丙申（1896）端午由上海出发，沿长江到达汉口。再从汉口租船 4 艘，入洞庭，沿沅江到辰溪，后改乘轿入黔。到达青溪矿局后在镇远、施秉、黄平州一带考察三个月。深秋往贵阳，再辗转到遵义、黔西、毕节，过赤水河入四川，复乘船沿长江顺流而下，经重庆、丰都、万县，过瞿塘峡、巫峡，经巴东、归州、宜昌、沙市回汉口。所到之处，不是吟哦，就是唱和，处处留下诗篇。内容涉猎广泛，有怀古思乡、忧民忧国、针砭时弊、袒露襟怀，也有应景写意、流水记事、风土人情、格物致知等。诗集记录了诗人的所见所闻，也展现了诗人的情感怀抱。后面还编入《吊台湾》四律等诗篇。诗集中的许多诗篇十分感人，忧国之切、忧民之深、思亲之情溢于言表。还有诗人那学贯中西、饱经沧桑的阅历，为其提供了难得的诗材，铸就了富有时代精神的心声。诗人的现存史料不多，诗集也为我们提供了一些有价值的线索和史实。

（一）诗集洋溢着爱国自强的船政精神

读完诗稿，首先给人感受到的是诗人锥心的悲痛。清光绪二十一年三月二十三日（1895 年 4 月 17 日），清廷签订《马关条约》。割让台湾的消息传出，全国哗然。清廷命李鸿章饬令李经方迅速往台与日使妥为商办，并电告台湾巡抚唐景崧“所有文武大小官员，着即陆续内渡”，台湾百姓“愿内渡者，听便，两年内不内渡者，作为日本人，改衣冠”。这种丧权辱国的行为，激起台湾民众的强烈抗议。他们“誓宁抗旨，死不事仇”。在这之前的3月，台湾巡抚唐景崧已急电朝廷派陈季同赴台，授以台湾布政使，以期通过陈季同的人脉和斡旋让法国出面进行干预。4月陈季同赴台，投入紧张的外交斡旋。然而，西方列强无意介入，法国兵舰的三色旗始终看不到，诗人陷入无力回天的痛苦。《台北待法国兵船不至》正是这时的心境流露。“破碎河山劫后棋，赤嵌赤子不胜悲。情殷恋阙阍徒叫，力莫回天夏变夷”。无奈之下，诗人运用他熟悉的《万国公法》内容，与台湾绅士丘逢甲等合议，策划设立“台湾民主国”，以“遥奉正朔”，拒绝割让，并“求各国承认”。当年5月25日，唐景崧被推为总统，庆祝仪式极其隆重。“台湾民主国”终于诞生，作为一种地方性的临时抗日民主政权，有着重要的历史意义。然而所推举的总统“无坚守志”，终因寡不敌众而告失败。

诗人作为当事者，一心想挽回危局，然事与愿违，深感无奈。他在台北的衙斋里读起白居易的《长恨歌》，发出深深感慨和共鸣：“七夕有盟犹在耳，六军不发最伤心。君王掩面知无奈，血泪应沾翡翠衾”（《台北衙斋读长恨歌》）。在《即事》一诗中，也叹息：“太息养痈唯割地，可怜流涕莫回天。”著名的《吊台湾》四律正是这时的写照。诗人离台后，遥望南天，回忆当时的义举，感到台湾变得那么遥远了，已是“云封”雾障，似隔几万重山。只能是“蓬蒿满目囚同泣，桑梓惊心鬼与邻”（《吊台湾》其三）。虽然俄、德、法三国要求日本把辽东半岛还给中国，清廷以三千万两白银赎回了辽东，但台湾还是被割让。“金钱卅兆买辽回，一岛居然付劫灰。强谓弹丸等瓯脱，忍将锁钥委尘埃”（《吊台湾》其二）。诗人悲痛万分地发出“伤心地竟和戎割，太息门因揖盗开”（《吊台湾》其二）的惊世慨叹。“鲸鲵吞噬到鲲身”（《吊台湾》其三），“壶峤而今成弱水”（《吊台湾》其四）。字字饱含诗人悲愤、痛苦之情。对于清廷的腐败，诗人也无情地给予鞭笞和揭露，“怜他鳌戴偏无力，待到狼吞又取容。两字亢卑浑不解，边氛后此正汹汹”（《吊台湾》其一）。“莫保河山空守旧，顿忘唇齿藉维新。”（《吊台湾》其三）。

然而，诗人并未因此而消沉。“葡萄酒久佐餐毡，旌节凋零志尚坚”（《和范肯堂述怀八首》其四）。“我已游踪遍天下，匈奴未灭尚无家”（《同舟熊梦豪孝廉出示过岳阳楼二绝即步其韵》其二）。诗人借用苏武“啮雪餐毡”的故事和霍去病的座右铭“匈奴未灭，何以家为”来表达自己远大的志向并没有泯灭，发出“寄语犬羊休藐视，斑斑我是大毛虫”（《困虎》）和“大公几辈能无我，中国而今尚有人”（《步镇远府全太守韵寄青溪饶大令星帆》）的怒吼。诗集中，诗人多次以南宋主抗战的杰出思想家陈亮为寄托，抒发壮志未酬的感叹和对理想境界的追求。“今日共怀同父感，吾宗慷慨箭离弦”（《读喆甫宝拙龛诗集题后》）。但痛定思痛，诗人想到的还是实实在在的“海天何计挽狂澜？”（《吊台湾》其四）要国人牢牢记住“天下安危原有数，强邻罪责岂无辞。补牢好趁亡羊日，虎视眈眈不可知”（《和范肯堂述怀八首》其七）。诗人深感强邻的虎视眈眈和得寸进尺，要国人汲取教训，亡羊补牢。可惜的是，“苍生痛痒门前雪，国步艰难壁上观”（《和双鋗主人》），许多国人不关心国事，不顾大局。“相沿积习误因循，强邻遂笑秦无人。海东之役是明验，朝朝洗面泪痕新”（《见洋人游历有慨》），因循守旧，必然落后；而落后必然挨打，黄海的失败就是明证。“方今国用处奇绌，成败攸关在一决。励精图治能自强，姑息苟安知必绝”（《见洋人游历有慨》），在国家危亡、成败一决的紧要关头，纵容姑息苟且偷安，只能灭亡；唯有励精图治，才能自强。

诗人是船政学堂的毕业生。船政爱国自强的精神深深扎根在诗人心底。9 年的船政学堂熏陶，16 年的外交生涯，还有保台义举，无不留下爱国的烙印。诗集的许多诗篇充满爱国情结，正是诗人爱国情怀的自然流露。

（二）诗集传承历代优秀诗家的忧民传统

湘黔的考察，使诗人看到了大量的社会现状，政治腐败、经济落后、百姓愚昧吸毒等使他的心情难以平静。一路上，诗人看到的是“枯草荒田一望茫”（《初冬》）“塞边月色倍凄清”（《客中长至》）“叶都黄落树如此，田已荒芜人未归”（《再至清平县》）的凄凉景象。“鹑衣不只悬千结，鹄面如何萃一方。此日饥鹰争攫食，当年小丑善跳梁。”（《过镇西围城见赶场有感》）破旧衣衫打上密密麻麻的补丁，赶场的人都面黄肌瘦，一片民不聊生的景象。

百姓生活十分悲惨，但却吸毒成风。“三省蜀黔滇，山头尽种烟。漏卮无可塞，流毒益无边。价贱人争吸，灯昏客稳眠。请看行道者，枪具负盈肩。”（《鸦片》其一）“莺粟满山涯，春风红白花。膏腴分菽麦，阡陌废桑麻。精血随鸦尽，形容刻鹄差。小村十余灶，烟馆两三家”（《鸦片》其二），“洋烟流毒广，茅店亦灯昏”（《小南门》）、“王化可怜熏到骨，一灯如豆煮洋烟”（《马土司》），此情此景，怎不让人叹息，于是诗人发出了“岂容膏火身消灭，誓勿烟霞口吐吞”（《戒鸦片》）的自诫与劝诫。面对民不聊生，诗人写道：“门外嗷嗷声待哺，稻粱无以资哀鸿”（《飞云岩》），但是官府却不闻不问，“何若菩提淡无语，嬉笑怒骂终痴聋”（《飞云岩》），观音菩萨管用吗？“观音如可问，何日息轮蹄”（《观音山道上》）。在《欲雨》一诗中从连日淫雨联想到天灾人祸，慨叹“方今国库正空虚”、“哀鸿满地兮无力高飞”、“汝不助苗亦已矣，若再害稼当何如”，发出了“汝若无道吾不与，无理吾将叩天阍”的呐喊。

诗集写了不少关于社会底层的现状。如纤夫，“纤夫数十人，手足同爬苦；叫声不忍闻，赤体汗如雨；哀哉行路难，蜀道今自古”（《瞿塘峡》）。诗人坐轿入黔，天天看到轿夫的辛劳，听到轿夫的呻吟。在多首诗中，他都写到轿夫。还专门写了《舆夫吟》二首：

> 跬步皆山地不平，狼牙剑锷石峥嵘。屦穿衣敝寒侵骨，踝肿肩穿喘有声。
> 野店五更偎藁荐，邮亭一饭下椒羹。长嗟口腹劳人舌，重复难明释此生。
>
> 冬晖何短路何赊，日日行行渐离家。宿雨餐风何限苦，剥肤失足不胜嗟。
> 水寒无渡搴裳涉，岭峻难登俯首爬。可恨吏胥犹倚势，鞭箠信手落交加。

诗人在这里既写了轿夫的艰辛和悲惨，又痛斥监工小胥吏的残暴和蛮横。在《登山》中，诗人写道“艰难险阻双肩任，跣足舆夫岂等闲”。这时的诗人已不单单是同情了。他从“才上山来又下山”的山途看到世途的变幻，联想到自己的身世，不由地赞美起轿夫来。

诗人还写了“村店小于斗，村翁大有情。马儿嘶后院，如作不平鸣”（《马掌平》），赞美山村老翁的盛情。在《瓮城桥午饭有偷儿窃钱为舆夫所获余纵之去》和《赠洪少兰校书》等诗篇，对小偷、妓女等下层人物也动了恻隐之心，寄予同情。在《丙申长至道出渝州偕江叔海经师赖耘芝观察登北楼明日耘芝招饮行署同赏雪月》中写道“街头卖雪人纷纷，我复肩舆来官宅；鱼肥酒美炉火红，一醉不知天地窄”。在《书见》中也写到“一席筵开几饼金，岸畔哀声摇尾乞”。这些似乎是诗人用新的体验，去再现杜甫“朱门酒肉臭，路有冻死骨”的场景，而又带有自我讽刺、自我剖析的批判精神。

“倘是为霖雨，无妨沾我衣”（《冒雨》）是诗人另一种心境的剖析，及时雨对农民有利，诗人也愿意作出牺牲，忧民生计之情溢于言表。

（三）诗集留下讴歌壮美河山的诗家情结

诗集既有描绘“毒溪瘴岭山川恶，蔓草荒烟林壑乖”（《别黔》）、“此地极遐荒，难述行人苦。纵教尽金银，亦不值来顾”（《金银山》）的一面，也不乏对锦绣河山“天然一幅好画图，有色有声极听视”（《相见坡》）的赞美。面对“四山风景豁然开”（《观音桥》），“蜀中风物不胜收”（《偶成》）的优美景致，诗人往往诗兴勃发，“今日方能舒眼界”（《观音桥》），“好山好水供吟咏”（《轿板题诗》），写下了许多动人的诗篇。

《偶成》描写的是洞庭湖的景致。从汉口出发，经赤壁、君山，入洞庭湖，一路上是天然图画，湖光如镜，世界清凉，怎不惬意呢?《舟中见君山》描写的是君山的景致。君山，又名湘山，相传为舜妃湘君游历处。湘君乃湘水之神。诗人寄意“不容俗客渡”的君山，欲寻干净之地。“我久欲寻干净土，唐虞世界愿登攀。”追求理想境界的愿望融入诗情画意之中。

由于经历的是难于上青天的蜀道和长江天险，诗人的山水诗增加了许多历险的情节，读来让人惊叹。在《雪山关》一诗中，诗人开篇直呼“噫吁嚱，雪山关，巍峨直上青云端。”虽然“正值溟濛雨，对面不知来去处。周围白雾似汪洋”，只能听到轿夫的对话。而且山路“崎岖磳磴三十里”，“黔蜀边关此要途”，但“居高视卑空余子，万壑皆应凭一呼。登临我欲舒双眼，万里江山供一晚。”诗人一气呵成，描绘了雪山的奇丽和过雪山关的惊险，最后还是发出“汝是名山曾饱看”的赞叹。

一百多年前的长江，滩险流急，舟行极为艰难。当年八月，在三峡地区的云阳县上游五里之山忽然崩塌，山石滚入江中，横江阻流，江水汹涌，航道变窄，“水湧上下三丈许”，令人毛骨悚然。《险滩》一诗正是这一惊心动魄的历险记。

虽然江心五里瞬间堵塞，但诗人的船只还是要从此经过，只好“行李辎重先卸岸，轻舟瞬息浮沉间。”诗人联想三峡的神话，责怪恃才、误事的神女“彩笔腾”，“欲使倒流三峡水，拔山力竟殒崚嶒”，但“才人误事多如是，千古恃才无二致。”面对险滩，诗人希望有愚公们能把山移开，能借来秦皇的神鞭把顽石驱散，或者是能叱石成羊的初平子，把江中的石头变成羊群赶走。可惜的是诗人并没有“愚公之术、秦皇之鞭、初平之法语，惟有听天由命而后已。”全诗铺陈联想，跌宕生发，情景交融，读之如历其境。

飞云岩，也称飞云崖，位于黄平县城东北 12 公里处，占地 0.5 平方公里。明清时，由北京至云南、贵州及邻邦缅甸的古驿道从山门而过。景色秀丽，风景宜人。它建于明朝正统八年（1443），经历代增修扩建，形成一组别具特色的古建筑群，被誉为“黔南第一奇境”、“黔南第一洞天”。王阳明在正德三年过飞云岩时曾评价“天下之山聚于云贵，云贵之秀萃于斯崖。”诗人第一次经过时，在轿里睡着了。第二次经过时认真地游览一番，写下了《飞云岩》。全诗44 句，一韵到底。诗人既描写飞云岩的壮观、佛殿的华丽和当时的情景，又写到当地统治者的豪夺与百姓的贫穷。“争把黄金铸梵相，珠璎宝珞何其工。门外嗷嗷声待哺，稻粱无以资哀鸿。”但当地官府却“嬉笑怒骂终痴聋。”诗人还叹息国人的迷信和愚昧，“功臣不祀祀大士，佞佛可叹古今同。”诗人借景抒情，叙中带议，其境界比其他写飞云岩的诗要高得多。

（四）诗集袒露爱情和孝悌亲情的儒将心扉

诗人船政学堂毕业后被授予四品都司的武官头衔，赴欧后加授总兵衔，所以外人也多称其为陈季同将军。诗人也确实有儒将的风度。他性格开朗，为人诚恳，待人热情，善于交际，很快就融入到欧洲的上流社会。他曾与德意志皇帝弗雷德里希三世一同骑马散步，讨论社会和文学问题。常常出入德国、法国等政要的政治沙龙。常到巴黎高校演讲。当时的《北华捷报》曾有文章评论：“在他之前，中国使馆形同虚设，仅仅充当一个拖着长辫、身穿蓝袍、头皮光光的大人物的住宅。从外交角度坦率地说，因为有了这个年轻翻译的活动，中国才开始在欧洲崭露头角。”享誉世界的法国大作家罗曼·罗兰在巴黎当大学生时，曾听过诗人在索邦大学所作的演讲。他在1889年2月18日所写的日记中写道："他身着紫袍，高雅地端坐椅上。……他的演讲妙趣横生，非常之法国化，且更具中国味。这是一个高等人和高级种族在演讲。透过那些微笑和恭维话，我感受到的却是一颗轻蔑之心：他自觉高于我们，将法国公众视作孩童……着迷的听众，被他的花言巧语所蛊惑，报之以疯狂的掌声。"① 可见诗人气度非凡、才华横溢，难怪有两位法国籍夫人深爱着他。

在诗集中，诗人的许多诗篇常写到他的两位法国籍夫人。"银杯夜月谈三雅，铜雀春深锁二乔"，诗人从汉口登舟入湘，就写下《怀人集句》，回忆与夫人月夜共饮的快乐，怜惜当前两位夫人的寂寞。从湘黔归来后的《又即夕感怀》，写道"罗马忆前游，匆匆十四秋。桑田复沧海，旧恨更新愁。"诗人回忆当年的浪漫，和今日的落魄，深感自责，认为是"重累双胡妇，余生一楚囚。封侯无骨相，底事笔轻投?"诗人因私债问题被革职回国，一到福州就被囚禁起来。原已"奉旨依议"的正常晋升也成了泡影。拖累了两位夫人，诗人的心情十分难过。

诗人入湘期间，家人正在日本避暑。在回龙山午睡时他思念她们，做梦和她们一起纳凉。"席地幕天睡一场，邯郸同此黑甜乡。恍疑身作瀛洲客，携手蓬莱纳晚凉"（《回龙山午睡》）。诗人到黔南黄平州时，得到她们的书信，七岁的施儿"手作鸦涂寄老夫"（《施儿》），令诗人甚感快慰。诗人写下《得家书》和《施儿》两首诗。"岭上得家书，妻孥问起居。不知离别后，肥瘦今何如?"（《得家书》）家人的体贴和诗人的深情流露笔间。"施儿七岁解舆图，常指黔阳把我呼。"施儿拿起地图指着贵州喊爸爸，可爱的形象栩栩如生。诗中说施儿已略懂音乐，也许读点诗书，又能从他妈妈那里学点外文，还涂鸦画画，并把画作寄来。施儿是妃人女博士药爽所生，是中外婚姻的结晶。"何期人种又传胡"（《施儿》）。诗人一生五娶，原配刘氏25年前结婚，早卒。"廿五年前亲迎日""佳人久已归黄土"（《晓发黄平甫出行台即闻鼓乐喧天知为迎娶者乃行未数武而前导鼓乐竞出余前其花轿落在余后余夹杂其中路窄无从避让只得鱼贯而行浑如亲迎市上男女无不掩口而笑余亦捧腹遂成绝句十首》）。续娶两位法国夫人赖妈懿与博

---

① 陈季同著，段映红译：《中国人自画像》，广西师范大学出版社2006年版，扉页。

士药爽，后又纳长李氏与少李氏姐妹俩为妾。刘氏无后，赖氏生有陈骞、陈超二女，博士药爽育有一男一女，男即施儿名承俊，少李氏有遗腹子承璋。诗人在世时，仅施儿一个男孩子，说“人种传胡”，既确实又幽默。《施儿》一诗短短几行，把施儿的活泼、聪慧、可爱和对父母的依恋，以及诗人中年得子的喜悦、幸福感，表现得淋漓尽致。

诗人与两位法籍夫人感情深厚，如果说有什么区别的话，似乎对赖氏要深沉一些，多尊重多承诺。《有赠》一诗写道：

一纸音书亥豕多，漫从纸背细推摩。
为因迟我黄金屋，时发思君白苎歌。
人事秋云惊变态，侬心古井敢生波？
秋光已老黄花晚，三径依依有女萝。

“亥”和“豕”的篆文字形相似，容易混淆。赖氏是法国人，信中的错别字多并不奇怪，但诗人还是可以揣摩出意思来。人事秋云，此时的诗人因还13万法郎（折2万6千两白银）私债而穷困潦倒，谈不上什么金屋藏娇，但夫人却侬心古井，让诗人想到归隐还家，过着夫唱妇随的甜蜜生活。

诗人赠妃人诗，较之赠赖氏的深沉，显得简洁明快：

不意山中逢七夕，遥怜楼上看双星。怀人揽序思申浦，酷日炎风过楚汀。（《七夕》）

天上牵牛喜渡河，我犹湘峡苦奔波。楼头今夜陈瓜果，乞得天孙巧几多？（《又寄妃人》）

闪电五千里，临风尺一书。榴花闻结子，令我忽眉舒。梁燕营新垒，征鸿独索居。床前看明月，秋夜思何如？（《得上海家电闻妃人有娠并报迁居》）

诗人对女儿也十分疼爱。黔南山中，因思念而梦见女儿。“梦见娇儿带病容，杏花无力晓烟笼。珠帘风动垂双幅，绣被寒深拥几重。自牖含愁详问疾，支床低语唤怜侬。”（《志梦》）是邻楼夜半的钟声才打断他的好梦。

诗人思念亲友的诗篇颇多，专写亲人的就近20首。这些亲情诗包含亲情、爱情，读来十分真切感人。

清光绪二十二年丙申（1896）七月，长嫂叶夫人殁于福州，诗人在青溪得到讣告，甚为悲痛，以诗挽之："长兄已花甲，奉倩忽神伤。人世原泡影，哀音送电光。儿时曾抚我，侄辈尽啼娘。不忍家书读，悲秋正断肠"（《福州来电惊知大嫂仙逝》其一）。诗人兄弟三人，兄友如，弟寿彭。诗人少孤，靠长兄和长嫂叶氏抚养成人，与兄嫂感情深厚。其兄嫂还割爱将第五子承汾过继给诗人。诗人也感激兄嫂，于1894年为他们请赐赠正一品封典。接到噩耗，肝肠寸断，"临风一凭吊，山月更苍凉"（《福州来电惊知大嫂仙逝》其二）。

诗人的弟弟陈寿彭，大排行第五，曾留学英国三年，学习海军公法、英国法律、拉丁语、英国语言文学。他也是第一个留日的船政毕业生。译有《中国江海险要图志》、《格致正轨》、《英国十大学校说》等著作。他与其夫人薛绍徽合译的《八十日环游记》是凡尔纳科幻小说的第一本中译本，也是中国第一本科幻小说的中译本。诗人与弟寿彭，曾双双旅居欧洲三年，湘黔道上，自然常为挂念，《山居》一诗就记下"重阳风雨凉如许，万里音书远不传。采到茱萸相思起，登高兄弟一方天"的思念之情。不久，得到寿彭已到上海的消息，当即写下《闻五弟逸儒已到上海》一诗，"出山云尚懒，寄远雁何疏。糊口非吾愿，食贫固晏如。想曾携大被，待我话离居。"手足情谊跃然纸上。

在回来的路上，舟至宜昌，诗人忙上岸打电报，报平安。"洋船如相待，归家应不难。忙忙凭电线，数字报平安"（《舟至宜昌》）。

（五）诗集彰显崇尚科学技术的时代信息

科技诗是诗集的一大特色。用科学的观点进行阐述和解释，把文学和科学结合起来，这在近代是鲜能见到的。诗人此行，与青溪铁厂（贵州青溪炼铁总局）有关。清光绪十一年（1885），贵州巡抚潘霨（字霨如，曾任福建布政使，随沈葆桢巡台）上了办铁厂的奏折，很快得到清廷的批准。次年又批准了章程，同意以股份形式到上海招募股份；在贵阳设立矿务招商局，在青溪设立炼铁总局，在镇远、常德、汉口、上海设立分局；任命上海制造局候选道潘露兼办贵州矿务，任贵州机械矿物总局总调度。潘露是潘霨的弟弟，"讲求西学三十余年"，曾被左宗棠奏派办理在金陵、上海两局的制造事务，是一个“留心时物，洞悉机宜”的干员。经过5年的筹建，终于投产，炼出了铸有“天子一号”的铁锭。铁厂占地60余亩，设立炼铁、炼钢、轧钢三部分。聘法国人罗克莱等5人担任工程师，固定工人近千人。日产生铁25吨，钢48吨。但开工的第二个月，潘露就积劳病故。贵州一时找不出合适的续办人选。更致命的是资金奇缺，使用当地的煤因品位低，技术难题难以解决。从此，铁厂陷入了危机。诗人来厂，颇有诊断、号脉、开方的味道。在《晃州道上》诗中，诗人自注云：“与曾衡甫太守有约在先，不敢因其死遂萌异议”。说明曾太守生前曾约诗人到贵州来。我查了《贵州通史》，有这样一段话，说青溪炼铁总局停工后，贵州巡抚潘霨曾想把铁厂的设备转给湖北办理。两广总督张之洞致电询问。潘霨回电说“已奏饬曾守彦铨来黔筹办”①。“曾彦铨系贵州候补知府，曾参与青溪铁厂筹建事宜”。《到青溪矿局》诗中，诗人自注：“曾衡甫厂屋中有联句云：三生有幸承新命，一片真诚报旧知”。可见曾衡甫太守是青溪铁厂创办人之一，而且是乐于和积极承担新使命的人。从诗人的《到青溪矿局》可看出，曾衡甫太守的苦心经营和困难处境。《贵州通志》记载：“光绪二十五年（1899）曾彦铨被革职查办”。

笔者为此课题专程到过青溪，参观了青溪铁厂遗址。在青溪镇的沅江边上，残存的码头断壁依然屹立。青溪铁厂的原址已是一片农田。在镇办公楼的院子内，一块当年从英国进口的耐火砖成了台阶石，默默地诉说着中国近代的炼铁史，默默地承担着过往行人的踩踏。

贵州的矿产丰富，煤铁的储量多。当年，贵州巡抚潘霨就曾说过，国家创立海军，需要煤铁，开发贵州地下宝藏“正其时也”。雄黄、刺梨、蜡虫是贵州特产，因此诗人也把这些作为诗的题材。

诗人的咏物诗有两大类，一是以言志为主，如《铁》《煤》《硃砂矿》等诗；一是以说理为主。说理的咏物诗，用科学的观点诠释事物，把诗与科普知识结合起来，《蜡虫》《雄黄》《荨草》《刺梨》《棕色猪》就是这一类。蜡虫，是蜡纷科雌雄异体昆虫，每年一代，成群栖息女贞树上。雄虫能分泌白蜡。早在十三世

---

① 贵州通史编委会：《贵州通史》第三卷，当代中国出版社2003年版，页593。

纪，我国已知饲养白蜡虫以生产白蜡。“黔地有虫能吐蜡，女贞树上白如霜。数金量斗收罗贵，九月煎脂采取忙”（《蜡虫》）。雄黄是药用矿石，为块状或粒状集合体，质脆，微有特异的臭气，味淡，主产于湖南、湖北、贵州等省。“艳似桃花皎似霜，黔中兴义产为强。力能解毒和蒲酒，佩可宜男系锦囊”（《雄黄》）。荨草即荨麻，是多年生草本，古称毛藙或荨草。明代李时珍在《本草纲目》中云：“荨麻又称毛薮”。由于荨麻其茎叶有刺蜇人，所以又叫“咬人草”。荨麻是很有经济价值的植物，可供纤维、食物、药物和优质饲料。“蜀黔荨草为何物，偏向道周碍人足。其叶如麻毛刺披，皮肿夫臃偶一触。……黔人闻言前致词，此草有用君休愕。可以肥豕可已疯，采扫但以沸汤沃。信手世间无弃材，请看牛溲与马勃。天雄半夏善鸩人，良医罗列药笼错。但知制炼便收功，美玉无瑕也须琢”（《荨草》）。“黔中有野果，花开似荼蘼。实如安石榴，干若黑蒺藜。其味杂酸甘，积滞能消之。以蜜调为膏，居然甜比饴。”（《刺梨》）刺梨，又名送春归，属蔷薇科野生植物，果实中含有多种营养物质。在近代，这样写诗的实属凤毛麟角。《说地》一诗更为精绝。“自从盘古开洪荒，争说天圆地是方。旋以五行定方位，东西南北环中央。不知地亦一球耳，空中辰宿同列张。……如今太阳向我明，职此火球而已矣。迨至外火消磨尽，尘土渐凝水亦净。中央空虚地皮干，皱成高低势无定。低处居水成海洋，高出轰兀为山岭。”诗人从宇宙的起源说起，概说了行星的演变，可以说这是一篇极好的科普读物。

诗人对当时社会的科技发展十分了解和重视，在贵阳看到电线即惊呼“一线高悬似彩虹”（《出贵阳小西门见电线》其一）。诗人自注，汉口买舟而后，一路未见电线。中国各省均设电报，唯湖南不设，今犹缺然。所以在贵阳见到电线，十分高兴。“顷刻音书匝月通，尘寰若隔马牛风”（《出贵阳小西门见电线》其一）。“几回欲把乡心诉，今日何殊知己逢”（《出贵阳小西门见电线》其二）。

诗人还记述一件关于木化石的事情。在清平驿毛家旅店时，店家拿出珍藏多年的果核化石请教洋矿师：“外强中干一果核，孩童掌上玩多时。”“以为得异宝，怀来问矿师。矿师目视复耳听，撚髯微笑前致词。物理容易推，能响未为奇。金玉其外中败絮，不若老蚌含珠玑。但已千年得灰气，虽木而石世亦稀。”“不值一顾胡示我，鱼目混珠抑何痴。店家闻语色窘据，得意而来失意去。路逢过客问如何，答曰：矿师之言不可据。”（《清平驿毛家旅店》）店家从撚髯得意到窘据失意的形象描写得生动鲜活。

（六）诗集散发着西部文化的民族风情

诗人一路走来，见到许多西部少数民族的风土人情。所见所闻，皆有所记录并加以分析。盘瓠是中国古代神话中的人物。据《后汉书·南蛮传》、晋干宝《搜神记》等书记载，远古帝喾（高辛氏）时，有老妇得耳疾，挑之，得物大如茧。妇人盛于瓠中，覆之以盘，顷化为犬，其文五色，因名盘瓠。后盘瓠助帝喾取犬戎吴将军头，帝喾以少女妻之。负而走入南山，生六男六女，自相配偶。其后子孙繁衍。盘瓠神话在苗、瑶、畲等少数民族中广泛流传，被奉为始祖或图腾。《盘瓠》一诗，25 韵 50 句，把盘瓠的传说和诗人的质疑，用达尔文的进化论进行分析，入情入理，100 多年后的今天也难有如此的诗篇。诗人认为“其犬曰盘瓠，立功垂宇宙。口衔将军头，身为驸马耀。男女生六人，山中自配偶。遂传狪獞猺，散处蛮荒久”的传说，就像髯掀伍子胥、尾续西门豹一样荒诞。按照达尔文理论和生命科学，人虽然是猿进化的，但人畜私交是不可能生育的。诗人认为盘瓠可能是“盘古”之误。“风化攸关非等闲，他事可苟此难苟。”

奢香，彝名舍兹，生于元顺帝至正二十一年（1361），系四川蔺州宣抚使、彝族恒部扯勒君长奢氏之女。明洪武八年（1375），年方十四，嫁与贵州彝族默部水西（今大方）君长、贵州宣慰使霭翠为妻。婚后经常辅佐丈夫处理政事。洪武十四年（1381）霭翠病逝。由于子尚年幼，不能承袭父职，奢香代袭贵州省宣慰使职。洪武十六年（1383），贵州都指挥使马晔，视奢香为“鬼方蛮女”，借机将奢香抓到贵阳，裸衣笞背。奢香与宣慰同知刘淑贞到京城告状，朱元璋召回马晔，将其下狱。奢香回贵州后，一面宣扬朝廷的威德，使人心安定；一面履行诺言，刊山通道。开辟出以偏桥（今施秉县境）为中心的两条驿道：一条向西达乌蒙（今云南昭通）；一条向北，经草塘、陆广、谷里抵毕节，沿途设龙场等九个驿站（史称“龙场九驿”），成为西南地区交通要道，沟通了边疆与内地联系，增进了汉民族与西南各兄弟民族的交流。明太祖朱元璋称：“奢香归附，胜得十万雄兵！”诗人十分感慨：“一女能将蜀道开，奢香千载亦贤哉。”也正因为奢香的努力，才能做到“赤水至今通驿马，乌江无复梗蒿莱。”

济火是汉代牂牁人，为南中罗甸彝族默部君长勿阿纳第六世孙，系水西（黔西）安氏、芒部（镇雄）陇氏彝族土司之远祖。济是父名，火是自己的名，百姓称他为济火将军。济火深目身长，面黧色而白齿，以青布帛为囊，笼发其中，若角状。济火将军尚信义，善抚其家众，大家很爱戴他。诗人称赞他“效尤功著奢香女，继武名颁帖木儿。”他惠及西南地区少数民族“赍叟青羌盖可拟，罗罗鬼国坦如夷。”

跳月是苗族青年在节日夜间所跳的舞蹈。诗人看到的是元宵节的跳月舞，“正月元宵夜三五，苗蛮群作跳月舞。男吹芦笙女振铃，引凤求凰如法古。预遴平壤作月场，男皆软服女饰妆。回翔宛转舞终夕，调笑谑浪双轻狂。并肩角逐直到晓，村鸡既鸣犹携手。归家野合旋分飞，生子方能系萝茑。”在月光下，苗族男女青年载歌载舞，寻找意中的爱侣，表达纯真的爱情。诗人用大量的笔墨进行描绘，绘声绘色，十分传神。“又有狆家姿首饶，褶裙廿幅长围腰。发蒙青巾足蹑履，孟春对月亦相跳。彩布五色编成毬，跳酣掷向欢者头。私奔不禁嫁乃绝，聘钱多少数耕牛。”又有“龙家之苗名狗耳，妇髻如螺圆上指。男人衣白女衣斑，富佩药珠贫薏苡。春时立木为鬼竿，男女旋跃择所欢。既奔须以牛马赎，通媒再作撮合山。”而且将它与诗人熟知的西方舞蹈进行比较，令人玩味。他介绍西方的舞蹈：“西人跳舞恒达旦，灯烛辉煌月不华。洋女妖娆多有致，露胸袒臂裙拖地。疾徐高下舞旋风，凤管鸾笙鸣角徵。双双蝴蝶效婆娑，玉肩相接踵相摩。香汗涔涔尤妩媚，衣香扇影多轻罗。”西方的舞蹈和我国少数民族的舞蹈，形式不同，服饰不同，舞姿不同，但表达的情感是一样的，道理是相通的。诗人最后发出感慨：“中西相距三万里，言语不通服饰异。独于男女之大伦，跳舞合欢能一理。”

（七）诗集抒发中西文化交流的使者情怀

诗人是中西文化交流的使者。当他担任外交官的第一天起，他就深深地感到文化上的无穷压力。西方人对中国的不了解，已经到了无可复加的地步。中国的一切，在西方人的眼中，变得那么怪诞，不近人情，不合法理，被大大地妖魔化。这令诗人十分伤心。他决心要运用自己的笔来介绍中国，来澄清西方人的误读和曲解。他进入欧洲上流社会的沙龙去演讲，到大学的讲坛去演讲，在西方报刊上作介绍。还写成《中国人自画像》《吾国》等法文著作，让西方人了解中国。正因为诗人有此外交经历，他深深地感受到中西文化交流和各国各民族互相尊重互相了解的重要。当路人以奇异的目光争看洋人，“牂牁江畔罗甸国，二鬼间行众鬼哗”，而洋人是“鬼头鬼脸笑哈哈”（《人鬼吟》）时，他发出“鬼亦犹人何足怪”（《人鬼吟》）的叹息，高呼“天下而今已一家”（《人鬼吟》）。

在《见洋人游历有慨》中，诗人将国人与西人的游历作了比较。“吾华昔派人游历，五大部洲多足迹。金钱浪费成效无，未见归来能树立。”而“西人游历求实事，不徒奔走空来去。周谘博访求通商，至再至三至于屡。”“往来如织争游历，孰为中华讲自强”（《申家坡遇游历法国人三名同行戴巨二君与之相见甚欢》）。

诗人是近代最早接触到巴黎公社和社会主义的中国人。他对社会主义有独特的理解。他认为“要的是国家社会主义，而不是无政府主义的社会主义。”1898年诗人与郑观应等一起创办兴亚会，“蚊欲负山兴亚细，蛇能吞象虑欧罗。长安一局棋争奕，笑我闲观已烂柯”（《偶成示兴亚协会诸友》其一）。“相依为命惟中日，唇齿兢兢保亚洲”（《偶成示兴亚协会诸友》其二）。

还有集古人诗句的诗篇，也很有创意。诗人熟悉古诗，信手拈来，组合得天衣无缝，而又有新的意境和诗情。

三、诗集的艺术成就与特色

有清一代，文风甚盛，诗坛繁荣，派系林立。尊唐和宗宋为诗坛两大主流，而神韵、格调、性灵、肌理等“四说”影响最为广泛。“神韵说”为王士禛所主张，“格调说”为沈德潜所主张，“性灵说”为袁枚所主张，“肌理说”为翁方纲所主张。到清后期，同光体独树一帜。同光体，指“同（治）光（绪）以来不专宗盛唐者也”，推崇王安石、苏东坡、杨万里等宋诗代表人物，坚持“散文化”“议论化”倾向。闽派领军人物是陈衍、郑孝胥、陈宝琛等，与陈季同皆为乡谊至交，然酬唱甚少。陈衍编撰《闽侯县志·陈季同传》，引用沈瑜庆在《福建通史》所撰的陈季同事略，同样提到陈季同著有《三乘槎客诗文集》十卷、

《卢沟吟》一卷、《黔游集》一卷，显然是知道陈季同擅长诗词的，但陈衍编撰的《石遗室诗话》《近代诗钞》等却不录陈季同的诗词，究竟是什么原因，我们不得而知。

关于陈季同诗歌的艺术成就，应该说在他在世时就得到同行的公认。首先是得到《四朝诗史》编者的首肯。《学贾吟》手稿封面旁注“天津吏部孙师郑名士，前年已为之刊登孙雄所集之《四朝诗史》上，藉传不朽”等字样，说明《学贾吟》是编入《四朝诗史》的。《四朝诗史》即《道咸同光四朝诗史》甲集八卷，乙集八卷，清孙雄编纂。孙雄原名同康，字师郑，江苏昭文（江苏常熟）人。光绪甲午（1894）进士，吏部主事。“道咸同光”指清道光、咸丰、同治、光绪四朝，登录当代的作品则多取之于作者的手稿。书的编排按时代先后。卷一、卷二为道光朝作品；卷三为咸丰朝作品；卷四为同治朝作品；卷五、卷六为光绪朝作品；卷七为闺秀；卷八为方外、藩属等杂类。编者计划分甲、乙、丙、丁四集印行，结果只出了甲、乙二集，因辛亥革命爆发，清室下台，编辑出版终止。《学贾吟》手稿是孙雄拟编纂而来不及出版的一部分，而且以专卷集季同之诗 354 首，可见其分量之重。

其次是晚清著名诗人的评价。范当世（1854—1905），字肯堂，江苏人，系晚清著名诗人。《清史稿·文苑传》称范能诗，“奇横不可敌”，曾克端《论同光体诗》称其为“开派的宗师”。而范却是十分赏识季同的诗才人品。仅在 1899 年秋至 1900 年春的 8 个月时间里，范专为季同而作的诗就有 40 余首。范诗云“我歌独有陈生寻，为丝为桐成一琴。升堂入室锁钮断，知心取意江河深”，可见其诗交至深。在东坡生日唱和时，范写道“敬如为长歌，甚有高致，余转自愧其才思枯竭，不能和也”。在赠诗中，范诗云：“吾服季常真耐冻，歌残字字撷华腴”。范喻季同为东坡挚友陈季常，诗思敏捷，字字华腴。能让范当世佩服的同时代诗人寥寥无几，足见季同诗之成就。当季同因私债问题被黜回国，仕途上挫折，“朝朝飞短复流长”“杯中见影弓难辨”的时候，范当世写下了五言绝句十首（见《范伯子诗集》卷十二），表示对季同的理解慰藉和对世风日下的批判：

世上皆安乐，而君独苦辛。明明日月照，莫辨汝为人。

史迁七十传，独服李将军。桃李不言者，名声天下闻。

陈汤一树奇，百谤犹能理。无命复摧之，尘埃老吾子。

子有一樽酒，与之忘死生。胸中已无物，身后亦无名。

何哉今人言，智出庸人下。彼固落拓人，我非狂痴者。

风俗庶民事，于今逮缙绅。言言从所授，邑邑自相循。

日惨天茫茫，人间定何世！吾当宽论人，子弗进苛例。

平心论吾曹，谁能补时局？所争在有志，岂必定无欲？

时王欲侯汝，宁知汝凄怆。此意人不闻，有闻亦资谤。

哦诗以送日，好丑率吾指。方知此道宽，无人横相訾。

十首诗的最后一个字，构成“人闻子名者，循例欲谤訾”。这是范当世取此二句精心制作的。

关于陈季同诗词的艺术特色，从《学贾吟》诗稿可窥其大概。《学贾吟》诗作以近体诗为主，其特点是深沉畅达。

一曰深，即深邃。这与诗人学贯中西、见多识广有关。诗人的许多诗作立意高深，常能一矢中的，切中要害。《吊台湾》四律广为传颂。“伤心地竟和戎割，太息门因揖盗开”（《吊台湾》其二）常引起共鸣。《盘瓠》一诗对盘瓠进行理性的科学分析，深入浅出，合情合理。《偶成示兴亚协会诸友》《见洋人游历有慨》《跳月》《人鬼吟》《飞云岩》《和范肯堂述怀八首》等都极俱深度。《困虎》一诗也可看出诗人的立意高深。把它和子宜太守原作、喆甫观察和作一比较，就能说明问题。太守原作、观察和作均就事论事，立意不高。而诗人却联系国耻发出“寄语犬羊休藐视，斑斑我是大毛虫”（《困虎》）的怒吼。

二曰沉，即沉郁。诗稿的成诗时间，是在诗人人生低谷的时候，也是保台义举失败之后。因此大部分诗作就显得深沉厚重、郁闷忧伤。“破碎河山劫后棋，赤嵌赤子不胜悲”（《台北待法国兵船不至》）；“七夕有盟犹在耳，六军不发最伤心”（《台北衙斋读长恨歌》）；“蓬蒿满目囚同泣，桑梓惊心鬼与邻”（《吊台湾》其三）；“海东之役是明验，朝朝洗面泪痕新”（《见洋人游历有慨》）；“枯草荒田一望茫”（《初冬》）；“塞边月色倍凄清”（《客中长至》）；“毒溪瘴岭山川恶，蔓草荒烟林壑乖”（《别黔》）；“一席筵开几饼金，岸畔哀声摇尾乞”（《书见》）；“功臣不祀祀大士，佞佛可叹古今同”（《飞云岩》）；“最是可怜唯走狗，朝朝飞短复流长”（《感事》），都和盘托出诗人的心境，寄托诗人的悲痛和忿懑。

三曰畅，即晓畅。诗作的文字明白晓畅，有的平淡朴实，有的直率奔放，而不求绮丽艰深，没有难以捉摸的晦涩。“携我琴书汗漫游，茫茫身世此轻舟。”这是开篇《汉口即事》的头两句，交代乘船远游，明白如话。“世界清凉新雨后，天然图画远山晴”（《偶成》）；“才上山来又下山，山途应与世途看”（《登山》）；“毕竟苦心天不负，请看大器晚终成”（《到青溪局》）；“犵草猺花沿路绿，层峦叠嶂远山青”（《镇远郡城》）；“大公几辈能无我，中国而今尚有人”（《步镇远府全太守韵寄青溪饶大令星帆》其三）；“杯中见影弓难辨，城下书盟墨尚新”（《感事七叠前韵》），也都平淡无华，但却有思致、有深意。即使用典也是诗家常用之典，像宋玉之高唐、吕洞宾之朗吟、愚公之术、秦皇之鞭、初平之法语等等，都是易懂之典，没有使用偏僻深奥的典故。

四曰达，即畅达。诗人喜交际，性达观。性格使其偏好苏东坡的诗文书法。苏诗的豪放畅达也就在诗人的诗作体现出来。《困虎》《硃砂矿》《读洋矿师说帖有感戏改古诗》《铁》《煤》《见洋人游历有慨》《跳月》《人鬼吟》《飞云岩》等诗都能看到达观的一面。与范肯堂的诗做一比较，也能说明问题。陈季同《和范肯堂述怀八首》和范肯堂的原作细细读来，就可看出陈季同诗更为达观和更有深度。举其中一首为例，范肯堂诗云：“为政风流亦一时，悠悠百岁我何持？居然有妇如康子，颇复骄儿类衮师。别后籍鞠从所适，生今代厉短于辞。饥来共以哦诗乐，遏绝毋令后世知。”陈季同诗云：“朝野鸡鸣已失时，艰难端赖老成持。空言毕竟归何补？前事而今更可师。天下安危原有数，强邻詈责岂无辞？补牢好趁亡羊日，虎视眈眈不可知。”范肯堂诗言人生得失，为政不过风流一时；而陈季同诗从国家的安危出发，强调强邻虎视眈眈，急需亡羊补牢，显然更俱高度，更为达观。

诗集中也有一些不足之处，由于诗绪敏捷，“前途不过六十里，俚句连成八九篇”（《行吟》），成诗快而量大，因此常有一些缺少推敲的地方。有的是诗人一时兴起，游戏之作。虽然有趣，显示诗人的风流倜傥，却未免落俗，如《晓发黄平甫出行台即闻鼓乐喧天知为迎娶者乃行未数武而前导鼓乐竞出余前其花轿落在余后余夹杂其中路窄无从避让只得鱼贯而行浑如亲迎市上男女无不掩口而笑余亦捧腹遂成绝句十首》。《赠洪少兰即席步洪荫之原韵》一诗步洪荫之原韵，洪荫之即受袁世凯指使暗杀了宋教仁的洪述祖，说明诗人与其有交往。而且诗人与其弟逸儒创办的维新报纸《求是报》，曾得到洪述祖的经济支持。可见诗人的交友过滥。范肯堂曾以诗《慎交吟赠敬如义门兼视善夫》婉言相劝之。诗集中多处提到李鸿章，《贵阳闻李傅相违禁人圆明园罚俸一年》《闻李合肥入总署志喜》《和范肯堂述怀八首》等都提到。对李的所作所为有其独到的见解，但显然情感上是偏袒的。

诗人有《三乘槎客诗文集》十卷、《卢沟吟》一卷、《黔游集》一卷，现在发现的《学贾吟》应是《黔游集》，或许是录有《黔游集》的全部或部分诗作。可惜的是《三乘槎客诗文集》、《卢沟吟》尚未发现。但《学贾吟》的发现已为我们提供了许多有价值的史料。一是为学界提供了较多的诗作，为我们评介诗人的艺术特色与成就提供了依据。二是为我们提供了诗人赴贵州的基本情况，弥补了陈季同探究中史料上的不足。三是让我们了解到诗人与范当世的诗词情缘，与马相伯、袁祖志、沈寿康等名流乃至洪述祖等人的交往情况。与日本汉学家西村时彦、永井禾原（永井荷风之父）的唱和和创办兴亚协会等，也有很高的史料价值。

踩在诗人留下诗篇的大地上，我仿佛看到船政风云人物的身影，他们的步伐是那么坚定，那么执著，连诗心都是那么坦荡，鲜活，透明，可以触摸，可以听到它的律动。

校注说明

一、为了便于阅读，诗稿采用简化字录入校注。为了便于与影印本对照，一些异体字在注中加以说明。

二、诗稿以行书为主，但也夹杂一些草书字。凡此均按书法规范和习惯校译，并根据上下文的意思加以确定。有歧义之处，加注说明。

三、诗的题目均按作者原定的题目，有的题目字数太多，但均不断句。不易理解的，在注中加以说明。

四、个别字属于笔误或疑似笔误的，均加注供读者参考。

五、诗稿原为竖排，从右到左。为便于阅读，现改为横排，从左到右。

六、诗稿中涉及的人物，尽量加注说明。个别人物，只提到字号，一时难以考证的也加以注明。

目　录

序一　蔡厚示 ………………………… 1
序二　卢美松 ………………………… 3
前言　沈岩 …………………………… 7
校注说明 ……………………………… 31

汉口即事（三首） …………………… 1
舟过赤壁 ……………………………… 3
恨梦 …………………………………… 3
偶成 …………………………………… 4
同舟熊梦豪孝廉出示过岳阳楼二绝即步其韵（二首） …………………… 4
舟中见君山 …………………………… 5
桃源舟中苦热 ………………………… 6
泊舟界首 ……………………………… 6
姊妹山 ………………………………… 7
舟行 …………………………………… 7
怀人（集句） ………………………… 8
青浪滩寄远（二首） ………………… 9
白溶夜泊（二首） …………………… 10
辰溪县乘舆入黔同人仍循水道前进………………………………… 11
山塘驿 ………………………………… 11
登山 …………………………………… 12
小南门 ………………………………… 12
回龙山午睡 …………………………… 12
辰溪县去思碑 ………………………… 13
有感 …………………………………… 13
分水铺 ………………………………… 14
七夕 …………………………………… 14
又寄妃人 ……………………………… 14
又即事（二首） ……………………… 15
入黔 …………………………………… 16
晃州道上 ……………………………… 17
途中遇雨 ……………………………… 17
到青溪矿局 …………………………… 18
镇远道中 ……………………………… 19
镇远郡城 ……………………………… 20
再至青溪有感 ………………………… 20
步镇远府全太守韵寄青溪饶大令星帆（四首） ……………………………… 20
欧阳哲丞茂才步韵二律见赠因再叠前韵以答之（二首） …………………… 23

感事七叠前韵……………………… 24
贫女八叠前韵……………………… 24
秋夜十叠前韵（二首） ……… 25
答欧阳哲丞……………………… 26
答谢彤廷 ……………………… 27
答金陵友人寄书………………… 27
寄汉皋……………………………… 28
有感（二首） …………………… 28
八月十六…………………………… 29
游仙诗四律………………………… 29
过镇远府长桥……………………… 31
文德关……………………………… 31
施秉旅寓…………………………… 32
麻哈州……………………………… 33
花桥………………………………… 33
八寨（二首） …………………… 34
马土司（二首） ………………… 35
硃砂矿……………………………… 36
山行………………………………… 37
旅怀………………………………… 37
山居………………………………… 38
再至清平县（二首） …………… 39
途中即事（二首） ……………… 40
重阳（二首） …………………… 41
有见（二首） …………………… 42
黄平州……………………………… 42
得家书……………………………… 42
施儿………………………………… 43
诸葛洞（二首） ………………… 43
和吴枢臣秋感二律即用其韵（二首）
………………………………… 44
和欧阳哲丞九日之作（二首） … 45
读洋矿师说帖有感戏改古诗……… 46
铁…………………………………… 47
煤…………………………………… 47
和欧阳哲丞………………………… 48
得上海家电言妃人有娠并报迁居……
………………………………… 48
福州来电惊知大嫂仙逝（二首） …
………………………………… 49
迟家喆甫观察潘子宜太守不至…… 50
闻五弟逸儒已到上海……………… 51
感事………………………………… 51
和家喆甫观察二首………………… 52
逃鸭………………………………… 53
困虎………………………………… 54
读喆甫宝拙盦诗集题后…………… 55
喆甫惠诗口占以和………………… 56
和双鋗主人………………………… 57
有赠………………………………… 57
别青溪诸君（二首） …………… 58
再过文德关………………………… 59
黔行………………………………… 59
舆中吟……………………………… 60

施秉寓题壁（二首） …………… 60
怀哲甫子宜逸溪 …………………… 61
董将军 …………………………… 62
晓行 ……………………………… 62
戒鸦片 …………………………… 63
随带手枪挂在舆中忽为穿窬由轿后刺孔伸手窃去 …………………… 63
蓝桥午夜 ………………………… 64
蓝桥饭罢出门见告示尾大书实贴滥桥四字因戏作 …………………… 64
飞云岩 …………………………… 65
行吟 ……………………………… 67
冒雨 ……………………………… 67
黄平州行台后院有菊数茎见之甚喜… …………………………………… 68
晓发黄平甫出行台即闻鼓乐喧天知为迎娶者乃行未数武而前导鼓乐竞出余前其花轿落在余后余夹杂其中路窄无从避让只得鱼贯而行浑如亲迎市上男女无不掩口而笑余亦捧腹遂成绝句十首 …………………… 68
重安江 …………………………… 70
观音山道上 ……………………… 71
清平驿毛家旅店 ………………… 71
夜宿 ……………………………… 72
清平平越道中 …………………… 73
蜡梅塘 …………………………… 73
废堡 ……………………………… 73
行路难 …………………………… 74
马掌平 …………………………… 74
马掌平阳雨 ……………………… 75
欲雨 ……………………………… 75
酉阳驿 …………………………… 76
贵定道上 ………………………… 77
溪行 ……………………………… 77
怀潘子宜太守 …………………… 77
初冬（二首） …………………… 78
志梦 ……………………………… 79
官田平得喆甫书知子宜停骖龙里俟我同行 …………………………… 79
瓮城桥午饭有偷儿窃钱为舆夫所获余纵之去 …………………………… 79
轿板题诗 ………………………… 80
永定关 …………………………… 80
龙从塘 …………………………… 81
集句慰友人绝句八首 …………… 81
龙里晓发 ………………………… 85
抵贵阳府 ………………………… 86
潘企曾太守设宴于翠微阁和哲甫即席一律 …………………………… 86
肴珍阁午饭别潘子宜陈哲甫闵逸溪（五首） ……………………… 87
竹王庙 …………………………… 88
贵阳闻李傅相违禁人圆明园罚俸一年 …………………………………… 89

闻李合肥人总署志喜……………… 90
出贵阳小西门见电线（二首） … 91
过镇西围城见赶场有感……………… 92
茶店场下坡………………………… 92
鸭池河……………………………… 93
食橘………………………………… 93
大关坡……………………………… 94
荨草………………………………… 94
刺梨………………………………… 96
相见坡……………………………… 97
黔西州……………………………… 98
盘瓠………………………………… 99
舆夫吟（二首） ……………… 102
棕色猪 ……………………………… 103
甘荫棠和题壁诗 ……………… 103
跳月 ………………………………… 104
甘荫棠旅夜 ………………………… 106
晓行 ………………………………… 106
大定府 ……………………………… 107
头塘坡 ……………………………… 108
武乡侯祠 …………………………… 108
黑神庙 ……………………………… 109
怀白亭 ……………………………… 110
济火 ………………………………… 111
奢香 ………………………………… 112
牂牁江 ……………………………… 113
张三丰 ……………………………… 114
蜡虫 ………………………………… 115
雄黄 ………………………………… 116
双井 ………………………………… 116
即事（二首） ……………………… 117
大鬼园 ……………………………… 118
双山 ………………………………… 118
寄怀欧阳哲丞 ……………………… 119
又寄家哲甫 ………………………… 119
又寄怀潘子宜太守 ………………… 120
寄赠闵逸溪鹾尹 …………………… 120
梨树平题壁 ………………………… 121
毕节县 ……………………………… 121
人鬼吟（二首） …………………… 122
观音桥 ……………………………… 123
竹下即事（二首） ………………… 124
巴析平 ……………………………… 124
旅夜不寐闻邻家禳鬼直到天明 … 125
小雨 ………………………………… 125
金银山 ……………………………… 126
申家坡遇游历法国人三名同行戴巨二君与之相见甚欢 ……………… 127
见洋人游历有慨 …………………… 127
阿罗弥投宿 ………………………… 129
别黔 ………………………………… 130
寄赠贵阳守严绍光太尊（四首） …………………………… 130
赤水河（四首） …………………… 133

入川（二首） …………………… 134
雪山关 …………………………… 135
磨泥 ……………………………… 136
雨后河畔行 ……………………… 136
永宁县 …………………………… 136
永宁舟行 ………………………… 137
无题 ……………………………… 138
泸江冒雾 ………………………… 138
田坝郊行（二首） ……………… 139
鸦片（二首） …………………… 140
富顺 ……………………………… 141
自流井 …………………………… 141
合江舟行 ………………………… 142
重庆北楼张三丰遗像 …………… 143
丙申长至道出渝州偕江叔海经师赖耘芝观察登北楼明日耘芝招饮行署同赏雪月 …………………………… 143
重庆赖耘芝观察席上口占 ……… 145
犬归石 …………………………… 146
客中长至 ………………………… 146
见雪 ……………………………… 147
重庆解缆 ………………………… 147
江行（二首） …………………… 148
涪州 ……………………………… 149
酆都县 …………………………… 149
忠州 ……………………………… 150
石宝寨 …………………………… 151
万县 ……………………………… 151
明镜滩 …………………………… 152
题王嫱出塞图（二首） ………… 152
题杨妃出浴图集长恨歌句（二首） …………………………… 153
险滩 ……………………………… 154
安坪场 …………………………… 155
夔州府 …………………………… 156
八阵图 …………………………… 157
滟滪堆 …………………………… 157
瞿塘峡 …………………………… 158
偶成 ……………………………… 159
夔府怀少陵 ……………………… 160
巫山 ……………………………… 160
望夫石 …………………………… 161
滩禽 ……………………………… 162
巫峡阻风（二首） ……………… 162
西人元旦 ………………………… 163
舟中即事 ………………………… 163
饮酒 ……………………………… 164
说地 ……………………………… 165
项王庙（二首） ………………… 167
晓起（二首） …………………… 168
铁棺峡 …………………………… 168
万流驿 …………………………… 169
巴东县 …………………………… 169
归州 ……………………………… 170

香溪口夜泊 …………………… 170
阻风三日 ………………………… 171
十二月初二夜闻雷（二首） …… 171
舟至宜昌 ………………………… 172
书见（二首） …………………… 173
沈七次裳席上口占 ……………… 173
无题 ……………………………… 174
沙市 ……………………………… 174
汉皋怀古（二首） ……………… 175
赠洪少兰校书（二首） ………… 176
双鋗室主人招饮一粟庵在座者为一笠山人涛园七主人城北公清夫道人孤山旧隐情天小谪仙余及山妻赖氏九人而已（二首） ……………… 177
又戏作俳体 ……………………… 177
又赠洪少兰 ……………………… 178
和范肯堂述怀八首 ……………… 178
台北待法国兵船不至 …………… 183
台北衙斋读长恨歌 ……………… 183
吊台湾（四首） ………………… 184
胡马 ……………………………… 186
月夜 ……………………………… 187
即席和日本西村时彦 …………… 187
即席和永井禾原侍郎久一郎（四首） ……………… 187
又步韵 …………………………… 188
又步韵 …………………………… 188
又即夕感怀 ……………………… 188
赠洪少兰即席步洪荫之原韵 …… 189
陈又新表侄以诗赠我即次其韵答之（二首） ……………… 189
闻马二相伯重入徐家汇教堂为神甫诗以寄之 ……………… 190
偶成示兴亚协会诸友（二首） …… ……………… 191
袁翔甫大令以诗稿见赠率成一律以谢之 ……………… 192
偶成（二首） …………………… 193
即事 ……………………………… 194
和沈寿康先生九十自述四律 …… 194

陈季同年表 ……………………… 197

后记 ……………………………… 205

汉口即事（三首）

其一

携我琴书汗漫游①，茫茫身世此轻舟。
溯江几度经吴楚②，缩地何曾剩壑邱。
容易穷荒生马角③，胡为逆旅敝貂裘④。
行行且向湘黔去，倘许桑榆晚景收⑤。

① 汗漫游：谓世外之游，喻漫游之远。杜甫《奉送王信州崟北归》诗："复见陶唐理，甘为汗漫游。"仇兆鳌注引《淮南子》："吾与汗漫游于九垓之外。"

② 手稿为"泝"，"溯"的异体字。

③ 生马角：马生出角来，喻不可能实现之事。王士禛（渔洋山人）《七律和徐健庵宫赞喜吴汉槎入关之作》有"万里穷荒生马角，几人乐府唱刀环"之句。

④ 逆：迎。迎止之处为逆旅，即客舍，也称旅馆。貂，即貂熊，产于北极圈，其毛可制裘，十分名贵，古人常以着貂裘显示富贵。敝：破旧。唐罗隐《东归》有"仙桂高高似有神，貂裘敝尽取无因"之句。宋苏轼《浣溪沙》有"谁怜季子敝貂裘"之句。

⑤ 桑榆：指日落处，也用来喻人之垂老之年。《后汉书·冯异传》有"失之东隅，收之桑榆"之句。刘禹锡《酬乐天咏老见示》有"莫道桑榆晚，为霞尚满天"之句。

其二

汉皋解佩也魂销①，非雨非云暮亦朝。
写怨聊弹湘女瑟②，相思端在小蛮腰③。
多情岂为常浮海，有信终须让弄潮。
萍水因缘随处是，一肩行李路迢迢。

① 汉皋：山名，在今湖北襄阳西北，是汉口的别称。佩：古人衣带上的玉饰。汉皋解佩的典故出自汉刘向《列仙传》卷上《江妃二女》，说："江妃二女者，不知何所人也。出游于江汉之湄，逢郑交甫。见而悦之，不知其神人也。谓其仆曰：'我欲下，请其佩。……遂手解佩与交甫'。但去数十步，视佩，空怀无佩。顾二女，忽然不见。"宋李清照《多丽·咏白菊》词中有"似愁凝、汉皋解佩，似泪洒、纨扇题诗"之句。魂销：即销魂，灵魂离开肉体，形容非常悲伤或愁苦。

② 瑟：古琴。明人张昱有"江上数声湘女瑟，烟中一曲竹枝歌"之句。

③ 小蛮腰：白居易有二妾，一名小蛮，以腰胜，故常以小蛮腰喻美人。此处喻其法国夫人，应是指女博士药爽。

其三

故园才与花离别，无复思偷韩寿香[①]。
杨柳陌头怜少妇，琵琶江上感秋娘[②]。
满天风雨联床夜[③]，一榻烟霞遣兴场。
窄小乾坤焉置我[④]，美人醇酒老斯乡。

① 韩寿香：见南朝宋刘义庆《世说新语·惑溺》："晋贾充女午与韩寿私通，并把皇帝赐其父之外域异香赠寿"。后因以"韩寿香"指异香或男女定情之物。

② 秋娘：唐代歌妓女伶的通称，后又泛指年老色衰的妇女。白居易《琵琶行》有"曲罢常教善才服，妆成每被秋娘妒"之句。陈季同自注："汉上常招歌姬汪一姑，名桂仙者，长沙人，侑酒，已徐娘半老矣"。

③ 陈季同自注："是夕，风雨大作，不能归寓，即借榻于一姑，而畏热无寐"。

④ 陈季同自注："旧句云，乾坤无地容同甫，湖海何人识曼卿"。

舟过赤壁①

身世年来类转蓬②，扁舟西湖大江东。

经过赤壁无穷感，安得先生代借风③。

① 赤壁：有文赤壁和武赤壁两处。其中文赤壁在湖北省黄冈市境内，武赤壁在湖北省蒲圻市（今赤壁市）境内。这里应指位于蒲圻市（今赤壁市）境内的赤壁。

② 类转蓬：类似蓬草之飞转，实则也隐含自伤飘零意。李商隐《无题》有“嗟余听鼓应官去，走马兰台类转蓬”之句。

③ 先生：这里指诸葛亮。借风：《三国演义》第49回《七星坛诸葛祭风，三江口周瑜纵火》描写诸葛亮借东风火烧曹营。

恨梦

风雨满床孤，高唐梦一姑①。

舟人不能事，催醒隔窗呼。

① 高唐：战国时楚国台馆名，在云梦泽中。宋玉有《高唐赋》云，“昔者楚襄王与宋玉游於云梦之台，望高唐之观。”楚襄王夜梦巫山神女。后人常用为巫山的代称。唐杜甫《晚晴》诗：“高唐暮冬雪壮哉，旧瘴无复似尘埃。”一姑：指汪一姑，参见《汉口即事》其三注②。

偶 成

四叶扁舟鱼贯行[①]，乘风破浪日兼程。
宝山倘许无空手，邻舫何妨有恶声。
世界清凉新雨后，天然图画远山晴。
今宵知向洞庭宿，如镜湖光眼待明。

① 鱼贯：如游鱼首尾相接，一个挨着一个依序前行。陈季同一行分别乘坐四艘江船从汉口下水后正向洞庭方向依次前行。

同舟熊梦豪孝廉出示过岳阳楼二绝即步其韵[①]（二首）

其一

翼然楼阁势巍巍[②]，万顷湖光眼界开。
陆地有人仙不羡，朗吟亦渡洞庭来[③]。

① 孝廉：汉代选拔官吏的科目之一。孝，指孝悌；廉，指清廉。始于董仲舒贤良对策时的奏请，由各郡在所属吏民中荐举孝、廉各一人。后合称为“孝廉”。明清两代，也是举人的别称。岳阳楼耸立在湖南省岳阳市洞庭湖畔，与江西南昌的滕王阁、湖北武汉的黄鹤楼并称为江南三大名楼，北宋范仲淹有脍炙人口的《岳阳楼记》。步韵：即次韵，是唱和的一种。唱和可以用原韵，不必原字，称依韵；用原韵原字，但字序不同，称用韵；用原韵原字，又字序相同的，称次韵。

② 翼然：像鸟张开翅膀一样。宋欧阳修《醉翁亭记》：“峰回路转，有亭翼然临于泉上，醉翁亭也”。

③ 朗吟：化用吕洞宾“朗吟飞过洞庭湖”的诗句。据道教书籍记载，唐朝

有个吕洞宾。两举进士不第，浪迹江湖，遇汉钟离授以丹诀，隐居终南山等地修炼成仙，号纯阳子。传说他三次路过岳阳，在岳阳楼上狂饮，人皆不识。于是他题诗壁：“朝游北海暮苍梧，袖里青蛇胆气粗。三醉岳阳人不识，朗吟飞过洞庭湖。”

其二

尘寰下望杳津涯①，暮楚朝秦岂足夸②。
我已游踪遍天下，匈奴未灭尚无家③。

① 尘寰：指尘世，人世间。杳津涯：指自己走过的道路已无影无踪。此时陈季同的人生道路是处于低潮的时候，心境可想而知。

② 暮楚朝秦：指战国时期，秦楚两大强国对立，有些弱小国家时而事秦，时而事楚。后以之比喻反复无常或主意不定，或归属变换不定。这里指自己的人生生涯变换不定，没有什么建树，不值得夸奖。熊梦豪的原作可能有恭维之话，作者表示谦恭。

③ 匈奴未灭句：诗人借用汉霍去病的座右铭“匈奴未灭，何以家为”来表示自己虽然在官场上失意，但是远大的志向并没有放弃。大清帝国在列强的蹂躏下已支离破碎，尤其是台湾被割让，作者联合爱国志士保卫台湾没有成功，让他一直不能释怀。

舟中见君山①

湖心盈撮认君山②，十二峰争耸黛鬟③。
咫尺不容俗客渡，潇疏想见泪痕斑。
水看消长经千古，月尚分明挂一弯。
我久欲寻干净土，唐虞世界愿登攀④。

① 君山：古称洞庭山、湘山、有缘山，是八百里洞庭湖中的一个小岛，与千古名楼岳阳楼遥遥相对，总面积0.96平方公里，由大小七十二座山峰组成，“道书”将其列为天下第十一福地。

② 盈撮：指君山，就像冒出来的一撮土一样。

③ 耸黛鬟：君山的座座山峰，就像女子的黑发鬟一样高耸着。

④ 唐虞世界：指理想的社会。唐虞因以逊让为美德，为历代史家所称颂。

桃源舟中苦热[①]

道出桃源岂问津，时刚伏暑热蒸人[②]。
有窗都满三竿日[③]，无地能容七尺身。
高树一蝉鸣断续，远山双塔势嶙峋。
停船偶向船旁望，无数舟人浴水滨。

① 桃源：即桃源县，位于湖南省西北部，常德市西南部。历来被认为是“世外桃源”所在地。东晋大诗人陶渊明脍炙人口、流传千古的散文《桃花源记》所描绘的“洞天福地”，据传就是桃源县的桃花源。

② 伏暑：分为小暑、大暑、处暑，伏天是一年中气温最高，并且潮湿闷热的日子。

③ 三竿日：太阳离地已有三竿那么高，谓时间不早。《南齐书·天文志上》：“日出高三竿。”

泊舟界首

扁舟轻入古蛮乡[①]，千里滩河浪最狂。
昔日穴居成古庙[②]，何时风气启三湘[③]。
悬崖民演青苗戏[④]，临港渔张巨木筐。
不信艰难唯蜀道，盈盈一水引偏长。

① 古蛮：中国古代对南方各族的泛称，也用以泛指各地的少数民族。

② 穴居：《孟子·滕文公》记载“下者为巢，上者为营窟”，即地势低洼潮湿的地段作巢居，地势高亢燥爽的地段作穴居。穴居是黄土地带原始居住建筑的主要形式。凡是地势较高，有条件挖筑穴居的地方，不仅在黄河流域，即使在长江流域、珠江流域以及西南、东北地区，都采取穴居的方式。而对于地势低洼的沼泽地带来说，巢居是这类地区原始建筑的主流。

③ 三湘：指湖南，是潇湘、资湘、沅湘的合称。

④ 青苗戏：旧时春耕春播后，常请道士或巫师做会禳灾，画符驱虫。为保庄稼不受病虫和鸟兽危害，常唱“灯影”、木偶戏，名为唱“青苗戏”。

姊妹山

两山对峙水中流[①]，姊妹曾闻此苦修。
二女不知何处去，巍峨庙貌尚千秋[②]。

① 对峙：相对而立。北魏郦道元《水经注·资水》：“县左右二冈对峙。”唐杨炯《浮沤赋》：“排两足而分规，擘波心而对峙。”

② 巍峨：形容高大雄伟。

舟　行

乡入古南蛮，滩多引缆艰。
山无灵秀气，石作嵯岈顽[①]。
浴水牛浮鼻，迎风竹尽斑[②]。
不知人世事，一月此身闲。

① 嵯岈：错杂不齐貌。

② 竹尽斑：指斑竹，又名湘妃竹，此源于“炎帝舜帝葬长沙，双妃寻夫斑

竹泪”的典故。古书《博物志》载：“舜二妃曰湘夫人，舜崩，二妃以涕挥竹，竹尽斑”。

怀人（集句）

青山隐隐水迢迢[①]，不待东风不待潮[②]。
神女生涯原是梦[③]，玉人何处教吹箫[④]。
银杯夜月谈三雅，铜雀春深锁二乔[⑤]。
若把西湖比西子[⑥]，渡江十里九停桡[⑦]。

①④ 原句见唐杜牧《寄扬州韩绰判官》：“青山隐隐水迢迢，秋尽江南草未凋。二十四桥明月夜，玉人何处教吹箫。”

②⑦ 原句见明林章（1555—1599，福清人，原名春元，字初文）的绝句《渡江词》：“不待东风不待潮，渡江十里九停桡；不知今夜秦淮水，送到扬州第几桥?”

③ 原句见唐李商隐《无题·重帏深下莫愁堂》：“重帏深下莫愁堂，卧后清宵细细长。神女生涯原是梦，小姑居处本无郎。风波不信菱枝弱，月露谁教桂叶香。直道相思了无益，未妨惆怅是清狂。”

⑤ 原句见唐杜牧《赤壁》：“折戟沉沙铁未销，自将磨洗认前朝。东风不与周郎便，铜雀春深锁二乔。”此处二乔，暗指两位法国夫人，此诗思念的正是这两位法国夫人。

⑥ 原句见宋苏轼《饮湖上初晴后雨》：“水光潋滟晴方好，山色空濛雨亦奇。欲把西湖比西子，淡妆浓抹总相宜。”

青浪滩寄远[1]（二首）

其一

海上花凭日日看，而今入梦也应难。
锦帆已越三千里，青浪初过第一滩。
珍重有言犹在耳，别离欲慰强加餐。
恼人最是无眠夜，北斗横天月已阑[2]。

① 青浪滩：位于湖南省泸水县沅水流域。沅水，素以其滩多、滩陡、滩险、滩长而著称于世，是湖南省四水系中最为奇特的河流，青浪滩系沅水流域最凶险、最狭长的一大名滩。位于沅水流域下游，居五强溪之上不远的地方，全长24华里，宽不逾50米，夹岸是壁陡的山岩，水流湍急，浪大涡深，被世人称为湖南"四水"第一滩。上世纪90年代后，随着五强溪水电站的建设，而居其上游的青浪滩也随之销声匿迹了。

② 此句化用唐人诗句。唐徐安贞《闻邻家理筝》："北斗横天夜欲阑，愁人倚月思无端。忽闻画阁秦筝逸，知是邻家赵女弹。曲成虚忆青蛾敛，调急遥怜玉指寒。银锁重关听未辟，不如眠去梦中看。"

其二

不是浮梁去买茶[1]，也同惆怅此天涯。
鸳衾辜负人何处，虎穴迢遥路尚赊[2]。
解佩情原钟汉女[3]，封侯悔已晚还家。
归期莫为黄花笑，老圃秋深菊有华。

① 此句化用唐人诗句。唐白居易《琵琶行》句："前月浮梁买茶去，去来江口守空船。"浮梁：在今江西省景德镇，是唐代著名的茶叶集散地。浮梁产茶历

史悠久，汉代即有僧人种植和采集茶叶。至唐代，茶叶加工和贸易开始兴盛，唐王敷《敦煌变文集》中记述：“浮梁歙州，万国来求。”

② 赊：长，远。

③ 参见《汉口即事》其二注①

白溶夜泊[1]（二首）

其一

沿溪顽石状峥嵘[2]，船近危滩浪有声。
勇驶有时偏落后，挂帆无意却横行。
莫夸肠热天犹热，不信心平水亦平[3]。
成事因人原尔尔[4]，舟师一缆系前程。

① 白溶：地名，处沅水流域，沅水由沅陵下行三十里后即滩水连接，有白溶、九溪、横石、青浪等。

② 峥嵘：形容山势高峻突兀，又有卓异、不平凡之意，苏轼《和刘景文见赠》有“豪气峥嵘老不除”句。

③ 陈季同自注：“青浪滩山上庙墙，大书‘心平水平、波涛不惊’八字。”

④ 成事因人：源自成语“因人成事”，《史记·平原君虞卿列传》：“公等碌碌，所谓因人成事者也。”

其二

万山深处泛轻舟，无数林泉任卧游。
炎气连天惊伏暑，涛声入夜讶凉秋。
舟人引缆千寻远，庙祝题缘一网收[1]。
缓缓日行三十里，明朝容易到辰州。

① 庙祝：寺庙中管香火的人。青浪滩有一庙，名伏波官，敬奉的是汉老将马援。马援（前24—49年），汉扶风茂陵（今陕西兴平县）人，字文渊，佐东汉光武建立政权，为中兴名将。光武帝建武十七至二十年（41—44）封伏波将军。年72岁，请征五溪。次年病卒于军中。陈季同自注："山上祀马伏波，其庙祝皆临崖持长竿，以网向行舟乞钱米。"

辰溪县乘舆入黔同人仍循水道前进[①]

舍舟独登陆，捷径我姑趋。
水远成弓背，山高此板舆。
扇难挥汗雨，伞莫杀阳乌[②]。
忽与同舟别，而今判两途。

① 辰溪县：位于湖南省西部，怀化市北部，东连溆浦，南邻怀化，西与麻阳、泸溪接壤，北与沅陵交界。陈季同改乘舆，即乘轿进入贵州，而其他人仍乘船前行。

② 阳乌：神话传说中在太阳里的三足乌。《文选·左思〈蜀都赋〉》："羲和假道于峻歧，阳乌回翼乎高标。"李善注《春秋元命包》："阳成于三，故日中有三足乌，乌者，阳精。"李白《上云乐》："阳乌未出谷，顾兔半藏身。"后借指太阳，此处指酷热的阳光。

山塘驿[①]

晓发山塘驿，中天星尚明。
人声惊犬吠，客梦破鸡鸣。
行李挑灯束，肩舆踏月行。
山灵应笑我[②]，何事苦宵征。

① 驿站，在古代主要是朝廷派送文书，供派送人员休息的地方。山塘驿，于明洪武十五年（1382）裁县城、寺前驿站后设立。位于湖南省辰溪县火马冲镇。笔者于2007年曾赴当地考察，原址还在，有火灾的痕迹，已破败不堪。

② 山灵：指山神。

登　山

才上山来又下山，山途应与世途看。
艰难险阻双肩任，跣足舆夫岂等闲[①]。

① 跣足：光着脚。《新五代史·王彦章传》："彦章为人骁勇有力，能跣足履棘行百步。"此处，是坐在轿里的作者看到光着脚的轿夫，抬轿上山又艰难地抬轿下山而发出的感叹，而且联想到世途艰辛，宦海浮沉，不由得发出轿夫"岂等闲"的赞叹。

小南门

地号小南门，山中别有村。
稻粱饶沃壤，鸡犬讶桃源。
小憩茶消渴，充饥粥不温。
洋烟流毒广[①]，茅店亦灯昏。

① 洋烟：指鸦片，在此偏僻的小山村也深受其害。

回龙山午睡

席地幕天睡一场，邯郸同此黑甜乡。
恍疑身作瀛洲客[①]，携手蓬莱纳晚凉[②]。

① 瀛洲：传说中的东海仙山。《山海经》记载，海上有三座仙山，蓬莱、瀛洲、方丈。

② 陈季同自注："时内子等正避暑东瀛三岛间。"

辰溪县去思碑[①]

不道为官亦莠良，安民除暴竟超常。
石碑硃字煌煌在，争道青天是姓黄[②]。

① 陈季同自注："沿路石碑，金书除暴安良黄青天等字。"

② 争道青天句：该县曾有姓黄的清官，甚为民所称颂。

有　感

奔走寰区亦夙因[①]，轮蹄未许息风尘[②]。
谁知沧海归来客，须炼金刚不坏身。
学佛学仙原有骨，任劳任怨却依人。
转移莫笑随流俗，面目庐山却是真。

① 夙因：指前世因缘。指此次来是有原因的。参见《到青溪矿局》注①。

② 轮蹄：车轮与马蹄，代指车马，唐韩愈《南内朝贺归呈同官》诗："绿槐十二街，涣散驰轮蹄。"此处喻兵荒马乱。

分水铺

才与河分别，山中又见河。
纡回频绕道，辛苦此奔波。
樵子深林入，渔翁隔水歌。
篱边村女手，补屋寂牵萝[①]。

① 补屋：即牵萝补屋，用藤萝补房屋的漏洞，形容生活拮据。唐杜甫《佳人》诗云："侍婢卖珠回，牵萝补茅屋"。

七　夕

茂林修竹柏亭亭，列嶂周围似锦屏。
不意山中逢七夕，遥怜楼上看双星[①]。
怀人抚序思申浦[②]，酷日炎风过楚汀。
荒僻似知牛女会，山花无语亦娉婷。

① 双星：指织女星、牵牛星。

② 申浦：指上海。此诗，美国莱斯大学钱南秀教授认为是思念法籍女博士药爽。

又寄妃人[①]

天上牵牛喜渡河，我犹湘峡苦奔波。
楼头今夜陈瓜果，乞得天孙巧几多[②]。

① 妃人：指陈季同的双胡妇之一，即法籍女博士药爽。

② 七夕：又称乞巧节，相传每年七月七日夜，是牛郎织女在天河相会的时候，妇女过节多进行乞巧活动。天孙，指织女星。相传织女为天帝之孙，故名。

又即事（二首）

其一

前路茫茫后路悠，那堪马背又逢秋。
弟兄踪迹成劳燕[①]，儿女情怀起女牛[②]。
炼石荒唐天可补[③]，刻舟辛苦剑空求[④]。
头颅如雪生如梦，去日光阴不许留。

① 劳燕：指伯劳、燕子各飞东西，喻夫妻或情侣别离。乐府诗集《东飞伯劳歌》："东飞伯劳西飞燕，黄姑织女时相见"。"伯劳"是一种留鸟，而"燕"则是一种候鸟。伯劳与燕子的生活习性明显不同，它们觅食、栖息都不在一起。因此，"劳"和"燕"这两种鸟在人们心中成了"分离"的代名词，"劳燕分飞"就比喻别离，多用于夫妻情侣。作者在此形容兄弟的别离。

② 女牛：指织女、牵牛二星。

③ 炼石：即炼石补天，传说女娲炼五色石以补天。汉刘安《淮南子·览冥训》："往古之时，四极废，九州裂，天下兼覆，地不周载……于是女娲炼五色石以补苍天。"

④ 刻舟：即刻舟求剑，《吕氏春秋·察今》："楚人有涉江者，其剑自舟中坠于水，遽契其舟曰：是吾剑之所从坠。舟止，从其所契者入水求之。舟已行矣，而剑不行，求剑若此，不亦惑乎？"

其二

千古同心可断金[①]，匆匆一月入山深。
艰难天步怀长虑[②]，潦倒韶华剩苦吟[③]。
楚尾水从村外转，黔中山向马头侵。
今宵知在何方宿，卧看银河拥铁衾[④]。

① 同心可断金：意指人心齐，力量大，再硬的金属也可断。《易·系辞上》："二人同心，其利断金"。

② 天步：天运。国运日国步，天运日天步。《诗·小雅》："天步艰难"。

③ 潦倒：指失意。唐杜甫《登高》诗："艰难苦恨繁霜鬓，潦倒新亭浊酒杯。"韶华：指美好的时光或年华。唐戴叔伦《暮春感怀》诗："东皇去后韶华尽，老圃寒香别有秋。"唐李贺《嘲少年》诗："莫道韶华镇长在，发白面皱专相待。"

④ 衾：大被。铁衾：形容又冷又硬的大被。唐杜甫《茅屋为秋风所破歌》诗："布衾多年冷似铁，骄儿恶卧踏里裂。"

入　黔

石滩一线界分疆，报道行人已出湘。
借问前村是何地，牌坊高写大鱼塘[①]。

① 大鱼塘：村名，在玉屏侗族自治县内，属于大龙镇，位于湘黔交界处，是入黔门户。

晃州道上[①]

匝月湘中吊胆惊[②]，敢因生死竟渝盟[③]。
咆哮虎口从容入，屈曲羊肠转折行。
令尹关门虔祷告[④]，农夫击壤乐升平[⑤]。
沉舟破釜由来久，有志谁云事不成[⑥]。

① 晃州：今湖南省新晃侗族自治县。新晃素有“湘黔通衢”之称，是湘黔边界重要的商道和物资集散地。

② 陈季同自注：“湘中人士不喜西人，此次挈洋矿师偕行，沪上亲友争来劝阻，恐有奇祸。”

③ 陈季同自注：“与曾衡甫太守有约在先，不敢因其死遂萌异议。”

④ 陈季同自注：“时沅州府求雨，南门闭塞不通。”

⑤ 击壤：一项古老的投掷游艺，相传远在帝尧时代已经流行。陈季同自注：“将至晃州，滂沱大雨，禾稼复苏。”

⑥ 陈季同自注：“幸出湘境，安然无事。”

途中遇雨

天际怒雷奔，山中万马喧。
黑云迷岭岫，好雨足郊原。
行李都沾湿，征衫忽不温。
前途泥滑滑，客子最销魂[①]。

① 销魂：形容非常悲伤或愁苦。

到青溪矿局①

炉锤陶冶费经营，一篑功亏九仞倾②。
泉府莫流源屡涸③，山灵应笑宝空呈④。
浑如铸错频搜铁⑤，为欲酬恩已竭精⑥。
毕竟苦心天不负，请看大器晚终成。

① 青溪矿局：即贵州青溪炼铁总局，在今镇远县青溪镇。它是中国近代第一家铁厂，它的筹建比著名的湖北汉阳铁厂还早三年。清光绪十一年（1885年），贵州巡抚潘霨（字霨如，又字伟如）上了办铁厂的奏折，很快得到清廷的批准。次年又批准了章程，同意以股份形式到上海招募股份；在贵阳设立矿务招商局，在青溪设立炼铁总局，在镇远、常德、汉口、上海设立分局；任命上海制造局候选道潘露兼办贵州矿务，任贵州机械矿物总局总调度。潘露是潘霨的弟弟，“讲求西学三十余年”，曾被左宗棠奏派办理在金陵、上海两局的制造事务，是一个“留心时物，洞悉机宜”的干员。经过5年的筹建，终于投产，炼出了铸有“天子一号”的铁锭。铁厂占地60余亩，设立炼铁、炼钢、轧钢三部分。聘法国人罗克莱等5人担任工程师，固定工人近千人。日产生铁25吨，钢48吨。但开工的第二个月，潘露就积劳病故。贵州一时找不出合适的续办人选。更致命的是资金奇缺，使用当地的煤因品位低，技术难题难以解决。从此，铁厂陷入了危机。季同此行，正是与青溪铁厂有关，颇有诊断、号脉、开方的味道。季同在《晃州道上》诗中自注云：“与曾衡甫太守有约在先，不敢因其死遂萌异议”。说明曾太守生前曾约陈季同到贵州来。我查了《贵州通志》，有这样一段话，说青溪炼铁总局停工后，贵州巡抚潘霨曾想把铁厂的设备转给湖北办理。两广总督张之洞致电询问。潘霨回电说“已奏饬曾守彦铨来黔筹办”。“曾彦铨系贵州候补知府，曾参与青溪铁厂筹建事宜”。又据季同诗中自注，“曾衡甫厂屋中有联句云：三生有幸承新命，一片真诚报旧知”。可见曾衡甫太守是青溪铁厂创办人之一，而且是乐于和积极承担新使命的人。曾彦铨，字衡甫，因青溪铁厂亏损被

革职。

② 篑：盛土的筐子。一篑功亏：即功亏一篑。堆九仞高的山，缺一筐土而不能完成，比喻做事情只差最后一步，或不能坚持而前功尽弃。《尚书·旅獒》："不矜细行，综累大德，为山九仞，功亏一篑。"

③ 泉：古代钱币名称。泉府：储备钱财的府库。古代设有泉府，掌管国家钱库租税等。

④ 山灵，即山神。

⑤ 浑如：非常像，酷似。

⑥ 陈季同自注："曾衡甫厂屋中有联句云：三生有幸承新命，一片真诚报旧知"。

镇远道中①

几番跋涉到青溪，依旧征车又指西。
旋转尘寰如马磨②，萧条茅店屡鸡栖③。
昨宵梦忽关山越，一月身同草木齐。
绝巘登临回首望④，群峰尽向马头低。

① 镇远：隶属黔东南州，位于贵州省东部武陵山区，是贵州高原向湘西丘陵过渡的斜坡地带，东界湖南新晃，南邻三穗、剑河，西毗施秉，北接岑巩和铜仁地区的石阡，是贵州的东大门，素有"滇楚锁钥、黔东门户"之称。现为镇远县。

② 马磨：像马一样随着磨转。

③ 鸡栖：鸡栖息之所，即鸡窝，引申为住在像鸡舍一样的地方。《诗·王风·君子于役》："鸡栖于埘，日之夕矣，羊牛下来。"宋苏轼《自雷适廉宿于兴廉村净行院》诗："荒凉海南北，佛舍如鸡栖。"

④ 绝巘：极高的山顶。

镇远郡城

路转峰回骖屡停，忽从谷口见邮亭。
楼台错落都临水，形势嵯峨似建瓴。
犵草猺花沿路绿[①]，层峦叠嶂远山青。
版图隶后苗犹崛[②]，烽火年来已几经。

① 犵 gē 草猺 yáo 花：泛指当地的花草。

② 隶：附属。崛：特起貌。蔡邕《玄文先生李子材铭》："雄俊豪杰，往往崛出，自战国及汉，名臣继踵。"

再至青溪有感

青溪非复古青溪，小妹伤心草自萋。
惆怅汉皋旧神女[①]，隔墙黄鹄不胜啼。

① 参见《汉口即事》其二注①。

步镇远府全太守韵寄青溪饶大令星帆（四首）

其一

游骑青溪偶结邻，荆州得识宰官身。
温公以后谁生佛[①]，子骏而来又此人[②]。
治法蒲鞭威久著[②]，宣勤花县政常新。
最难仰体怀柔意，域外也同入幕宾[③]。

① 温公：指司马光，于宋神宗熙宁四年退居洛阳十五年，以书局自随。卒，赠太师、温国公，谥文正，有《司马文正公文集》传世。

② 子骏：指刘歆，西汉末古文经学派的开创者，目录学家、天文学家。刘向之子。沛（今江苏沛县）人。王莽执政，任“国师”。后谋诛王莽，事泄自杀。著有《三统历普》，造有圆柱形的标准量器。根据这量器的铭文计算，他用的圆周率是3.1547，世有“刘歆率”之称。原有集，已失传，明人辑有《刘子骏集》。

③ 蒲鞭：用蒲草做的罚鞭。《后汉书·刘宽传》：“吏人有过，但以蒲鞭罚之，示辱而已，终不加苦。”

④ 幕宾：幕僚。《晋书·郗超传》：“谢安与王坦之尝诣温论事，温令超帐中卧听之，风动帐开，安笑曰，郗生可谓入幕之宾矣。”后因称参与机密的幕僚为“入幕宾”。此指与作者同来的洋矿师奥人戴马陀、法人巨郎也参与重要事项的讨论。

其二

一家中外已无邻[①]，指臂原能佐此身。
何可守株空待兔，不妨成事暂因人。
多方图治筹常运，不惮求精器尚新。
水陆莫非王土下，舳舻江海已来宾。

① 一家中外：陈季同多次说到天下一家，中西文化融合。他既受“天下为公”大同思想的影响深刻，又受到当时欧洲社会主义思潮的影响，向往民主与共和。1889年在潘若斯《珠江传奇》序中写道：“使中西文字融会贯通，如天衣之无缝。谁谓天下非一家哉?”在《巴黎人》一书中写道“在科学创造的美好未来，总有一天将天下一家。”

其三

虎穴亲探与鬼邻，五千道路一吟身。
大公几辈能无我，中国而今尚有人。
饭每不忘恩泽厚，面犹未洗泪痕新。
他山自昔能攻错[1]，何事殷勤问主宾。

① 攻错：比喻用别人的长处弥补自己的短处。《诗经·小雅·鹤鸣》：“他山之石，可以为错。”

其四

未遑朝食有强邻，攘臂何妨不顾身[1]，
姑借楚材为我用[2]，敢将刀柄授他人[3]。
深尝方识莲心苦，依旧谁云花样新。
用夏由来夷可变[4]，岂教夺主效喧宾[5]。

① 攘臂：捋衣出臂。《孟子·尽心下》：“冯妇攘臂下车。”曹植《美女篇》：“攘袖见素手。”不顾身：不考虑个人安危。司马迁《报任少卿书》：“常思奋不顾身，以殉国家之急。”

② 姑：暂且。楚材：唯楚有材，《左传·襄公二十六年》：“虽楚有才，晋实用之。”

③ 柄授他人：即授人以柄，把剑柄交给别人，比喻将权力交给别人或让人抓住缺点使自己被动。

④ 用夏变夷：夏指中原地区诸夏民族，夷指中原地区以外的少数民族。人们认为用中原地区诸夏民族影响改变中原地区以外的少数民族，历来如此。但当时夏、夷的含义已变化，夏指中国、夷指外国。

⑤ 喧宾：即喧宾夺主。

欧阳哲丞茂才步韵二律见赠因再叠前韵以答之（二首）

其一

萍水因缘喜有邻，何期仙骨属君身。
春风馥郁师前哲[①]，化雨缤纷启后人。
拍案文惊尘不染，抛砖诗引样翻新。
可知俯唱遥吟乐，绮席琼杯洽主宾[②]。

① 馥郁：香气浓烈。

② 绮席：绮本义细绫，绮席指华丽的席具，也可引申为精美的筵席。琼杯，玉质的酒杯。

其二

休讶投梭拒比邻[①]，也因愚闇每忘身[②]。
洞中鸡犬惊渔父，天上神仙笑杞人。
诗婢胡为言薄诉[③]，乐工多事曲偷新。
遥怜星月交辉夜，乌鹊南飞雁自宾[④]。

① 投梭：以梭子投掷。《晋书·谢鲲传》："邻家高氏女有美色，鲲常挑之，女投梭，折其两齿。"后以"投梭"比喻女子拒绝男子的挑逗引诱。

② 愚闇：亦作愚暗，指愚钝不明事理。

③ 诗婢：指郑玄家懂得诗的奴婢。《世说新语·文学》：郑玄家奴婢皆读书。尝使一婢，不称旨，将挞之，方自陈说，玄怒，使人拽著泥中。须臾，复有一婢来，问曰："胡为乎泥中？"答曰"薄言往诉，逢彼之怒。"两婢一问一答，皆用《诗经》中句子。

④ 乌鹊南飞，见曹操《短歌行》："月明星稀，乌鹊南飞，绕树三匝，何枝可依？"

感事七叠前韵

星轺四出外交邻[①]，明哲其如内保身。
不紊大谋甘小忍，却将无事责庸人。
杯中见影弓难辨，城下书盟墨尚新。
樽俎折冲吾岂敢[②]，且将旨酒劳嘉宾[③]。

① 星轺：古代使者所乘的车，亦借指使者。

② 冲：古代冲击敌城的战车；折冲，挫败敌人。樽俎：酒器和盛肉的祭器。折冲樽俎是成语，《战国策·齐策五》："此臣之所谓比之堂上，禽将户内，拔城於尊俎之间，折冲席上者也。"谓不用武力而通过酒宴谈判制胜对方。

③ 旨酒：即美酒。《诗经·小雅·鹿鸣》诗云："……呦呦鹿鸣，食野之芩。我有嘉宾，鼓瑟鼓琴。鼓瑟鼓琴，和乐且湛。我有旨酒，以燕乐嘉宾之心。"

贫女八叠前韵[①]

刀尺寒闺火乞邻[②]，风流格调子然身[③]。
修容谁悦偏怜我，作嫁徒劳却为人。
蟋蟀吟残灯半炧[④]，鸳鸯绣罢线犹新。
蓬门何日成金屋[⑤]，羞把芳心托大宾。

① 贫女：唐秦韬玉《贫女》诗云："蓬门未识绮罗香，拟托良媒益自伤。谁爱风流高格调，共怜时世俭梳妆。敢将十指夸针巧，不把双眉斗画长。苦恨年年压金线，为他人作嫁衣裳。"诗写的是为家贫女，流露的是诗人的怀才不遇。此诗和"贫女"常被用来表达或流露文人不被世用的愤懑和不平。八叠前韵：指仍用前诗的韵脚，即上平"十一真"。八叠指《步镇远府全太守韵寄青溪饶大令星帆》四首算起第八首。后还有《秋夜》二首，共十叠。《答欧阳哲臣》虽未署

明叠韵，实际上也是。

② 刀尺：剪刀和尺，裁剪工具。寒闺：寒冷的闺房。刀尺寒闺常指为远方的亲人制作冬衣。

③ 孑然：形容孤独。

④ 灺 xiè：亦作灺，灯烛灰。诗词中常用以指残烛。

⑤ 蓬门：用蓬草编的门，形容贫寒之家所住的简陋房屋。金屋：形容极其奢华的住宅和陈设。

秋夜十叠前韵（二首）

其一

芭蕉修竹纸窗邻，斗室方床五尺身。
长夜如年愁度我，寒衾似铁暖需人[1]。
观棋不觉樵柯烂[2]，对镜惊看客鬓新。
秋月凉风无限思，黄花满地雁来宾。

① 手稿为“煖”，煖为暖的异体字。

② 烂柯：见南朝梁任昉《述异记》卷上：“晋时王质伐木，至，见童子数人，棋而歌，质因听之。童子以一物与质，如枣核，质含之，不觉饥。俄顷，童子谓曰：‘何不去？’质起，视斧柯烂尽，既归，无复时人。”后以“烂柯”喻岁月飞逝，也借指下棋。

其二

无复窥墙有女邻[1]，漫云宋玉是前身。
广寒何术求灵药[2]，秋水无端望美人。
扇叹婕妤相见隔[3]，笔怜张敞画眉新[4]。
悠悠千载思贤母，截发犹留座上宾[5]。

① 窥墙：指邻女窥墙，形容女子对男子的倾慕。战国楚宋玉《登徒子好色赋》："然此女登墙窥臣三年，至今未许也。"

② 广寒：月中仙宫名，泛指月宫。灵药：指后羿向西王母求来而被嫦娥偷吃的长生不死药。唐李商隐诗："嫦娥应悔偷灵药，碧海青天夜夜心。"

③ 扇叹婕妤：用的是汉班婕妤被弃的典故。班婕妤为汉成帝妃，被赵飞燕谗害，退居冷宫，后有诗《怨歌行》，以秋扇为喻抒发被弃之怨情。

④ 笔怜张敞：《汉书·张敞传》："京兆尹张敞为妇画眉，长安中传张京兆画眉妩。有司以奏敞，上问之，对曰：'臣闻闺房之内，夫妇之私，有过于画眉者。'上爱其能，弗备责也。"后来，人们遂用"张敞画眉"来表现夫妇恩爱之情。

⑤ 截发：即截发留宾。典故出自南朝宋刘义庆《世说新语·贤媛》："晋陶侃，少家贫。一日大雪，同郡孝廉范逵往访，陶母湛氏剪发卖以治馔款客，并剉碎草荐以供其马。"后以"截发留宾"喻贤母好客。

答欧阳哲丞

香车宝马厌为邻[①]，偶向溪山寄此身。
客久有时飞客思，诗清何幸读诗人。
天孙云锦衣无缝[②]，月府霓裳曲最新。
狡兔倘教营一窟，三椽先筑馆迎宾[③]。

① 香车宝马：华丽的车子，珍贵的宝马。指考究的车骑。唐韦应物《长安道》诗："宝马横来下建章，香车却转避驰道。"陈季同自注："余沪寓近味莼园，每春秋佳日，则士女如云，车马之声昼夜不绝"。

② 天孙：指织女星。相传织女为天帝之孙，故名。此言织女织的云锦天衣无缝。

③ 椽：古代房屋间数的代称。三椽：指很少的几间房屋。

答谢彤廷[1]

文采风流既见馀[2]，盈盈一水独愁余[3]。
干时我乏趋凫术[4]，指日君操养鹤符。
抱负已从诗里露，清闲莫慰酒边吁。
行看百里花争发，待兔何妨暂守株。

① 谢彤廷当时是青溪县典史。典史设于州县，隶属于县令，主管缉捕、刑狱之职。陈季同自注：“青溪县典史。”

② 文采风流：横溢的才华与潇洒的风度，亦指才华横溢与风度潇洒的人物。杜甫《丹青引赠曹将军霸》诗：“英雄割据虽已矣，文采风流今尚存。”此处是诗人给对方的褒言。

③ 盈盈一水：《古诗十九首之迢迢牵牛星》：“盈盈一水间，脉脉不得语。”此处讲像牛郎织女一样经受银河相隔、亲人分离的愁苦。

④ 干时：求合于当时，或作违反时势解。此处言诗人自己缺乏迎合时弊、趋炎附势的权术。凫：泛指野鸭。

答金陵友人寄书

江南春色正相思，驿使遥来寄一枝[1]。
我与梅花共清瘦，暗香疏影雪霜姿[2]。

① 寄一枝：诗人手稿先是写“赠一枝”，后改为“寄一枝”。南朝宋陆凯《赠范晔》诗：“折花逢驿使，寄与陇头人。江南无所有，聊寄一枝春。”

② 暗香疏影：出自林逋《山园小梅》“疏影横斜水清浅，暗香浮动月黄昏”句。雪霜姿：苏轼《红梅》有“故作小红桃杏色，尚余孤瘦雪霜姿”句。

寄汉皋[1]

桂子飘来月窟香，遥怜抱斧有吴刚。
愿教学得嫦娥术，共试长生不老方。

① 参见《汉口即事》其二注①，这首也是望月生情、无限思念的诗。

有感（二首）

其一

贪花那有惜花心，闻到芬香即湎沉[1]。
但愿群芳齐下拜，何须种树待成阴。
不毛忍使田成石，坠溷也将屋贮金[2]。
艳福且教消受惯，他年一任雨风侵。

① 湎沉：即沉湎，犹沉溺，多指嗜酒无度。
② 溷 hùn：指猪圈或厕所，泛指肮脏的地方。

其二

见花便折复移栽，嫩蕊柔条手自培。
连理枝头求并蒂，交柯树下祝重台[1]。
池中莲任东西戏，岭上梅争先后开。
报道一声春去也，嫣红姹紫尽枯摧。

① 连理枝，交柯树，皆比喻爱情的坚贞和美好。

八月十六

中秋虚度竟无诗，却值云腾雨骤时。
可奈山中为异客，未能天上看佳期。
团圞徒自伤人月①，明晦由来付偶奇。
剪得园蔬拼一醉，明朝怅怅又何之。

① 团圞，即团栾，作圆貌和团聚解，此处指团聚。

游仙诗四律

其一

误入天台十八秋，琼宫贝阙任遨游。
广寒窃药驯霜兔，河朔乘槎犯斗牛。
千古阮刘难独步①，几回李郭属同舟②。
囊中无价珊瑚树，沧海茫茫铁网收。

① 阮刘：指刘晨、阮肇。相传东汉永平年间，刘晨、阮肇同入天台山采药，遇二女子邀至家。半年后返，子孙已历七世。

② 李郭：指李傕、郭汜。汉献帝初平三年（192），董卓被王允所杀，其部将李傕、郭汜攻入长安，杀了王允后掌控朝中大权。此后李傕、郭汜反目，自相残杀。

其二

多事天孙索聘钱[①]，翩跹谪降大罗天。
小星无复明三五，浩劫应教历万千。
眼已土苴身外物[②]，胸无尘滓地行仙。
洞庭稳涉波涛过，斗酒吟诗朗百篇。

① 参见《答欧阳哲丞》注②。

② 土苴：犹土渣。喻极为轻贱的事物。

其三

五岳归来不厌劳，云游南北奏牛刀[①]。
莫填海满痴精卫，坐视山倾拙巨鳌[②]。
鸾凰丛中栖枳棘，琵琶马上饮葡萄[③]。
虚无飘渺寻楼阁，手摘星辰百尺高。

① 奏牛刀：《福建通志》记载诗人“尝游黔、游蜀、游齐鲁，登泰岱，谒孔陵，适李鸿章治河在鲁，留襄助。”1893年永定河泛滥成灾，陈季同协助治理取得成效。五岳归来的小奏牛刀应是指此事。

② 坐视山倾句：神话传说谓渤海之东有大壑，五座仙山常随波漂流。天帝使十五巨鳌轮番举戴之，五山才峙立不动。后以巨鳌喻负荷重任。此处言其拙。诗人《吊台湾》有“怜他鳌戴偏无力，待到狼吞又取容”句。

③ 化用唐诗句。王瀚《凉州词》：“葡萄美酒夜光杯，欲饮琵琶马上催”。葡萄，代指美酒。

其四

蜃市楼台一霎中，雨馀天半驾长虹。
海滨净土庐堪结，壶里琼浆酒不空。
听遍玉箫河满子，吹残铁笛大江东[①]。
只因偶动尘凡思，又费丹炉九转功。

① 手稿为“篴”，笛的古字。

过镇远府长桥[①]

撤尽藩篱边境开，缅人骑象不重来[②]。
虹桥犹自悬山谷，驿馆何存问水隈。
东海鱼龙方变化，西川戎马起尘埃[③]。
可怜无暇谋朝食，徒自蓬蒿叹草莱。

① 镇远府长桥：即祝圣桥，在府城东，明万历三十七年建，崇祯元年重建。清雍正元年，修缮坚好至今。

② 陈季同自注：“缅甸贡使尝过此桥”。

③ 陈季同自注：“时闻英俄已兴兵入前后藏，藏人求援于朝，川中为之震动”。

文德关[①]

文德如何竟有关，峥嵘石磴舍舆攀[②]。
镇雄镇远相犄角[③]，望土望城斗黛环[④]。
焉及宫墙高万仞，曾经泰岱小群山。
登高有训谁能守，如织行人日往还。

① 文德关：在镇远府城西十里。古时是货物运出镇远的第一个关卡。

② 手稿为“峥屽”，疑为“峥嵘”笔误。

③ 镇雄镇远：镇雄关、镇远关。陈季同自注：“镇雄关在西，镇远关在东，皆入黔必由之路”。

④ 望土望城：望土坡、望城坡。陈季同自注：“望土坡、望城坡，咸距施秉县十余里”。

施秉旅寓[①]

对客烹羊饱老饕[②]，葡萄不饮饮山醪[③]。
中秋忽忽过三日，地主兢兢惜一毛[④]。
沽解杖头名士惯[⑤]，醉眠妇侧步兵豪[⑥]。
任他村犬无端吠，如豹声声聒耳嘈[⑦]。

① 施秉，位于贵州省东部，今为施秉县，属黔东南苗族侗族自治州管辖。

② 饕 tāo：传说中一种凶恶的兽，引申为贪食之人。苏轼《老饕赋》：“盖聚物之夭美，以养吾之老饕。”

③ 葡萄：代指美酒。参见《游仙诗四律》其三注③。醪 láo：汁滓混合的浊酒。山醪：指农家自酿的酒。

④ 兢兢：小心谨慎的样子。《诗·小雅·无羊》：“尔羊来思，矜矜兢兢，不骞不崩。”

⑤ 杖头：即是杖头青，诗文中常称买酒之钱。典故出自《世说新语》和《晋书·阮修传》。阮修（公元 270—311），字宣子，晋代陈留尉氏人，好易老，善清言，性简任，常挂百钱于杖头，步行至酒家独自酣饮。

⑥ 醉眠妇侧：典故出自南朝宋刘义庆《世说新语·任诞》：“阮公邻家少妇有美色，当垆酤酒。阮与王安丰常从妇饮酒。阮醉，便眠其妇侧。夫始殊疑之，伺察，终无他意。”

⑦ 聒：吵闹嘈杂，使人厌烦。

麻哈州[1]

问境惊知地插花[2]，一州如斗见麻哈。

满城红漾仙人米，沿路黄栽诸葛瓜[3]。

苗妇青裾长及膝[4]，黔黎白草结为家[5]。

蚕丛鸟道模糊认，荆棘纷披轿底哗。

① 麻哈州：今为贵州省麻江县。此地宋高宗时置麻哈安抚司，元置麻峡县，明洪武十六年（1383）置麻哈长官司，弘治七年（1494）置麻哈州，1914 年改麻哈州为麻哈县，1931 年更名为麻江县。

② 地插花：即插花地。陈季同自注："贵州常有此县之地属于他邑者，名为插花地，甚奇"。

③ 仙人米：植物，即长在仙人掌上的具有米粒花芯的花。诸葛瓜：为诸葛氏家族留传的瓜种，亦名诸葛雪瓜、诸葛洋瓜，为葫芦科西瓜属一年生草本蔓性植物，夏季消暑瓜果。

④ 青裾：青布作的襟衣。陈季同自注："苗妇以青布作百褶裙，长仅及膝，内不着裤，赤脚露腿，亦颇饶姿致"。

⑤ 陈季同自注："山腰一带多系草屋，黔中农民生聚于斯"。

花桥[1]

山行五十里，日暮到花桥。

境僻游人少，秋深夜气萧。

瀑声喧枕畔，风洞见山腰。

屈指青溪别，途中第六宵。

⑴ 花桥：位于黎平县地坪乡，是侗乡典型的风雨桥建筑，始建于清光绪八

年（1882），尔后几经修葺。桥全长70米，上有桥楼3座，中间一座最大，为5重檐四角攒尖顶，高5米，顶端安置一个葫芦宝顶，远看像桥上鼓楼。地坪风雨桥全系杉木构造，无一钉一铆，衔接无隙，布局严谨，技艺精湛，是侗族人民建筑艺术的结晶。

八寨[①]（二首）

其一

从容一骑入黔南，苗语啁啾惜未谙。
峻岭崇山看不尽，披星戴月况何堪。
几遭吞噬鲲身脱[②]，遑恤咆哮虎穴探[③]。
迢递关河今不远[④]，三椽茅店且停骖[⑤]。

① 八寨：在今贵州省丹寨县。

② 鲲身：古岛屿名，原在台湾省台南西南海中，自南而北有七个岛屿，号“一鲲身”至“七鲲身”。“一鲲身”位于北端。17世纪荷兰殖民者建热兰遮（Zeelandia）城堡于屿上，称为台湾城、台湾街，郑成功收夏台湾后改城名为王城，街名为安平镇。18世纪后港湾逐渐淤积，1882年遭遇一次特大洪水，港湾填淤成平地，岛屿遂与台南西郊陆地相连接，成为台湾安平海滨。此借指台湾。

③ 遑：闲暇，此处为“何、怎能”的意思。恤：忧虑。《诗·邶风·谷风》“我躬不阅，遑恤我后”，郑玄解释说：“我身尚不能自容，何暇忧我后所生孙也。”朱熹解释说：“我身且不见容，何暇恤我已去之后哉！”

④ 迢递：指远貌。

⑤ 三椽：参见《答欧阳哲丞》注③。停骖：指停下车马，在此暂住。

其二

不觉披图近粤西[1]，高山无树草萋萋。
榛荆碍道行鱼贯[2]，泉石当途滑马蹄。
苗子闭门惊过客[3]，舆夫脱履跣缘溪。
浮萍断梗知何处[4]，忽向层岩古寨栖。

① 披图：即展图观看。《后汉书·卢植传》："今同宗相后，披图案牒，以次建之，何勋之有?"

② 榛荆：犹荆棘。形容荒芜。唐柳宗元《首春逢耕者》诗："故池想芜没，遗亩当榛荆。"明刘基《醒斋铭》："楚国皆醉，鄢郢榛荆。"清纳兰性德《菩萨蛮·宿滦河》词："榛荆满眼山城路，征鸿不为愁人住。"

③ 苗子：指苗家的孩子。

④ 浮萍断梗：比喻漂泊不定。宋秦观《别贾耘老》诗："人生百龄同臂伸，断梗浮萍暂相亲。"亦作"断梗飘萍。"

马土司[1]（二首）

其一

三十年前化外人[2]，攻城野战已频频。
王师屡抗凭双手，羽党全归保一身。
虎踞昔为苗寨主，龙钟今作汉家民[3]。
头衔显赫官千户，可见天恩许自新。

① 土司：元明清时期于西北、西南少数民族地区设置的、由当地民族首领充任并世袭的官职。

② 化外：即教化之外，指蛮荒之人，尚未开化。

③ 龙钟：指老态龙钟，形容年老体衰、行动不便。此言马上司已老迈龙钟。

其二

焕然板屋隐山巅，富裕经营有陌阡。
父子易装披氅服[①]，妻孥散发覆香肩。
万间错落留宾馆，千顷膏腴负郭田[②]。
王化可怜熏到骨[③]，一灯如豆煮洋烟[④]。

① 氅服：大衣，外套。

② 负郭田：指近郊良田。《史记·苏秦列传》："使我有洛阳负郭田二顷，吾岂能佩六国相印乎！"近城之地，最为膏腴，故曰负郭。后以负郭田，泛指良田。

③ 王化：天子的教化。《诗大序》："正始之道，王化之基。"

④ 洋烟：指鸦片。

硃砂矿[①]

乞得神仙治世方，搜求铅汞入苗荒。
地中水满四相厂，洞口云封七合塘。
未必探囊如取物[②]，有时凿壁岂偷光[③]。
铁鞋已破征衫敝，一片愚诚佐自强。

① 硃砂：矿物名，为炼汞主要原料，也可制颜料，也是安神定惊的中药。因产于辰州的硃砂矿最佳，所以又称辰砂。

② 探囊取物：典故见《新五代史·南唐世家》："中国用吾为相，取江南如探囊中物尔。"探囊取物，喻事情极易办成。

③ 凿壁偷光：典故见《西京杂记》卷二："匡衡字稚圭，勤学而无烛。邻舍有烛而不逮，衡乃穿壁引其光，以书映光而读之。"后即以"凿壁偷光"形容刻苦攻读。

山　行

深山穷谷孰知音，狼子何曾尽野心。

铸错无妨多聚铁，披沙不惮细淘金①。

寒衣远道忙刀尺②，秋色谁家捣杵碪③。

顿起莼鲈张翰思④，悠悠岁月苦行吟。

① 淘金：即沙里淘金，比喻从大量的事物中选取精华。唐刘知幾《直书》："虽古人糟粕，真伪相乱，而披沙拣金，有时获宝。"

② 刀尺：参见《贫女八叠前韵》注②。杜甫《秋兴八首》诗云："寒衣处处催刀尺，白帝城高急暮砧。"

③ 杵：槌棒。碪：捣衣石，砧的异体字。

④ 莼鲈张翰思：即思归张翰，泛指思乡想弃官归隐的人。元赵孟頫《至元壬辰由集贤出知济南暂还吴兴赋诗书怀》之二："多病相如已倦游，思归张翰况逢秋。"南朝宋刘义庆《世说新语·识鉴》："张季鹰（张翰）辟齐王东掾，在洛，见秋风起，因思吴中莼菜羹、鲈鱼脍，曰：人生贵得适意尔，何能羁宦数千里以要名爵？遂命驾便归。"后以"思莼鲈"喻思乡归隐。

旅　怀

身在万山中，心在万山外。

树已金铁鸣，天未风云会。

世路何崎岖，世人何狡狯。

只手挽狂澜①，七年求病艾②。

抱此杞人忧，否极何时泰③。

① 挽狂澜：谓扭转局面或风气。唐韩愈《进学解》："障百川而东之，回狂

澜于既倒。”

② 七年求病艾：出自“七年之病，求三年之艾”，病久了才去寻找治病的药。《孟子·离娄上》：“今之欲王者，犹七年之病，求三年之艾也。”

③ 否极泰来：坏的到了极点，就会转而变好。否、泰皆为六十四卦中的卦名，天地交则泰，不交则否。否终则泰，否去则泰来。

山居

山中七日等求仙，世外沧桑景几迁。
扪葛攀藤缘底事①，鸡栖豚栅亦安眠②。
重阳风雨凉如许，万里音书远不传③。
采到茱萸乡思起，登高兄弟一方天④。

① 底事：指何事，或此事。此应是指曾太守生前曾就青溪铁矿问题约陈季同到贵州来之事。参见陈季同在《晃州道上》诗中自注：“与曾衡甫太守有约在先，不敢因其死遂萌异议”。

② 鸡栖：参见《镇远道中》注③。豚栅：即猪圈。唐王驾《社日》诗：“鹅湖山下稻粱肥，豚栅鸡栖半掩扉。”

③ 手稿中为“万山”，但诗人在“山”字旁点了两点，可能是欲改而未改之字。从格律的角度看，“山”字为平声，而此处应为仄声。疑为笔误，应为“万里”。

④ 化用唐王维诗《九月九日忆山东兄弟》：“独在异乡为异客，每逢佳节倍思亲。遥知兄弟登高处，遍插茱萸少一人。”夏历九月九日为重阳节，有登高的风俗，登高时佩带茱萸，据说可以避灾。茱萸：又称越椒，一种有香气的植物。此时诗人兄弟各在一方。

再至清平县[①]（二首）

其一

疾行十里绝人家，屈计清平路尚赊[②]。
迎面凉风从北起，回头红日已西斜。
山腰岩石峥嵘状[③]，谷口金银黄白花。
我亦倦飞归未得，数声噪晚羡寒鸦。

① 清平县，今为凯里市。

② 赊：犹言远、长。

③ 参见《文德关》注②。

其二

再至清平景已非，秋风萧瑟冷征衣。
叶都黄落树如此[①]，田已荒芜人未归。
到处雪鸿空有迹[②]，孰怜乌鹊竟无依。
荒山何可供吟啸，几点芦花扑面飞。

① 黄落：谓草木枯萎凋零。汉武帝《秋风辞》："秋风起兮白云飞，草木黄落兮雁南归。"

② 雪鸿：雪泥鸿爪的简称，雪地上偶然留下的鸿雁爪印。比喻往事遗留的痕迹，也指人生际遇不定，踪迹无常。

途中即事（二首）

其一

可怜孤客可怜宵，秋雨秋风最寂寥。

追悔有时脐欲噬[①]，相思几度血来潮。

宝山依旧归空手，金屋何年贮阿娇[②]。

蹭蹬功名蹭蹬路[③]，一肩行李叹萧萧。

① 脐欲噬：即噬脐，比喻后悔不及。《左传·庄公六年》："若不早图，后君噬脐。"

② 贮阿娇：典故出自《汉武故事》："帝以乙酉年七月七日生于绮兰殿。年四岁立为胶东王。数岁，长公主嫖抱置膝上，问曰'儿欲得妇不？'胶东王曰'欲得妇。'长公主指左右长御百余人，皆云不用。末指其女问曰'阿娇好不？'于是乃笑对曰'好！若得阿娇作妇，当作金屋贮之也。'"原指汉武帝要用金屋接纳阿娇作妇，后常用以形容娶妻或纳妾。

③ 蹭蹬：失势难进的样子，也比喻失意、潦倒。宋陆游《楼上醉书》诗："岂知蹭蹬不称意，八年梁益雕失颜。"

其二

潦倒风尘唤奈何，香衾辜负已良多。

登楼秋夜凄清感，拔剑中宵慷慨歌。

履险恨无鞭缩地[①]，谈瀛纵有口悬河[②]。

羞看霜雪侵双鬓，去日光阴等逝波[③]。

① 履险：指身处险境。晋孙绰《庾冰碑》："履险思夷，处满思冲。"北齐颜之推《颜氏家训·文章》："陆机犯顺履险，潘岳乾没取危。"

② 谈瀛：指谈论海外之事。唐李白《梦游天姥吟留别》："海客谈瀛洲，烟涛微茫信难求。"

③ 逝波：比喻流逝的光阴。

重阳（二首）

其一

端阳一别竟重阳，久客登高独自伤。
细雨如丝石路滑，尖风似剪夹衣凉[①]。
思亲不仅逢佳节，买醉无从觅巨觞[②]。
廿里观音山下上，重安渡口唤津梁[③]。

① 手稿为"裌"，夹的异体字。夹衣：指有面有里、中间不加衬垫絮类的衣服。宋苏轼《初秋寄子由》诗："子起寻夹衣，感叹执我手。"

② 觞：古代酒器。

③ 津梁：渡口和桥梁，比喻能起引导、过渡作用的事物或方法。黄平县重安镇，清水江上的码头，系湘黔要道必经之处。

其二

秋以为期秋已深，登高怀远思沉沉。
东篱应为黄花笑，南国常怀红豆心。
蹀躞山中谁送酒[①]，牢骚泽畔此行吟。
近来身世知何似，抱树寒蝉只自喑。

① 蹀躞 diéxiè，小步貌。古乐府《白头吟》："蹀躞御沟上，沟水东西流"。

有见（二首）

其一

山花无语为谁开，惜向重安江畔栽。
春色也因关不住，蓬门开送暗香来。

其二

两月山中未见花，忽从谷口灿明霞。
黔阳若是蓬莱境，应讶重逢萼绿华[1]。

① 萼绿华：传说中的女仙名，自言是九嶷山中得道女子罗郁。唐李商隐《重过圣女祠》诗："萼绿华来无定所，杜兰香去未移时。"

黄平州[1]

冒雨出黄平，登山滑滑行。
舆夫猱也似[2]，举重竟如轻。

① 黄平州：明万历二十八年（1600）所设，今为贵州省黄平县。
② 猱 náo：猴的一种，身体便捷，善攀援。

得家书

领上得家书[1]，妻孥问起居[2]。
不知离别后，肥瘦近何如。

① 领："岭"的本字，"嶺"本作"岭"。

② 妻孥：妻子和儿女。此处应是指其妻赖妈懿、妃人药爽及其子女。她们问起居，还介绍了七岁施儿的情况，参见《施儿》一诗。

施 儿[①]

施儿七岁解舆图[②]，常指黔阳把我呼。

音乐已知分角徵，诗书何止识之无？

舌能象译繙阿母[③]，手作鸦涂寄老夫。

进士吾家多不栉[④]，何期人种又传胡[⑤]。

① 施儿：根据陈季同曾长孙女陈书萍、陈书箐《学贾吟》后记中所说，是她们的祖父陈承俊，字毅安，1890 年生于法国巴黎，妃人药爽所生。当时陈季同 40 岁，中年得子，认为是上天所赐，谓之施儿。

② 舆图：即地图。

③ 繙："翻"的异体字，作翻译解。

④ 栉：古代男子束发用的梳篦。不栉：不束发。清徐嘉《论诗绝句》五十首之四曰："清华风物乱离时，白雪清云绝妙词。家有左棻夸不栉，栖鸦流水阿男诗。"后用"不栉进士"称有才华的女性。此指妃人女博士药爽。

⑤ 胡：中国古代对北方和西方各族的泛称。此指施儿有着法国人的血统。

诸葛洞[①]（二首）

其一

两山如削浪中奔，风雨雷霆日斗暄。

不愧名为诸葛洞，几疑身入武陵源[②]。

礁滩怪状波涛险，斧凿神工岩壑存。

欲问卧龙在何处[③]，山花寂寞鸟无言。

① 诸葛洞：原名翁蓬洞，是为纪念诸葛亮而改名的。据考证，诸葛亮并没有到过此地。古时此地是水道，两岸悬崖峭壁，河中乱石嶙峋，礁多水险，置身其间，令人发怵。诸葛洞现辟为下舞阳景区，并建起了水坝和电站，当年的惊险已不复存在。

② 武陵源：位于湖南省境内，连绵26000多公顷，有3000余座尖细的砂岩柱和砂岩峰，在峰峦之间，沟壑峡谷纵横，溪流池塘和瀑布随处可见，景色十分奇丽壮观。

③ 卧龙：指诸葛亮。诸葛亮（181—234），字孔明，东汉末隐居隆中，留心世事，被称为“卧龙”。

其二

百尺悬涯瀑布微，随风落地作尘飞。
儿童拜佛遥疑是，苗子追鹰近始非[①]。
石似乱堆争险恶，舟能无恙亦几希。
谁知八阵图成后，后路犹留此一机。

① 陈季同自注：“有岩曰佛子拜观音，苗子赶老鹰，极肖”。诸葛洞有奇形怪状的岩石，有的像佛子拜观音，有的像小孩赶老鹰。

和吴枢臣秋感二律即用其韵（二首）

其一

清溪水可洗寒瓢[①]，楚尾吴头路尚迢[②]。
怀远登高情脉脉[③]，举杯邀月影寥寥。
秋蝉夕照喑无响，梁燕西风去不骄。
香草美人无限思，小乔夫婿小蛮腰[④]。

① 瓢：剖开葫芦做成的舀器，可盛水盛酒。

② 古豫章一带位于楚地下游，吴地上游，首尾相衔接，故称“楚尾吴头”，泛指长江中下游一带地方。但此处应是指诗人自己所处的地方和家人所在的地方，一个在楚之尾（战国时，贵州也属楚地），一个在吴之头（指上海）。

③ 怀远登高：指回忆与妃人药爽当年在巴黎游玩的情形。

④ 壻，同婿。小蛮腰：指妃人女博士药爽。

其二

检点诗瓢与酒瓢[①]，留连丘壑水迢迢。
荻花枫叶生萧瑟，蛙鼓蛩笙慰寂寥[②]。
吟啸天涯鸿爪遍，荒凉驿路马蹄骄。
相思常共秋深浅，白到头颅瘦到腰。

① 诗瓢：指贮放诗稿的器具。典故出自宋计有功《唐诗纪事》卷五十：“球（唐球）居蜀之味江山，方外之士也。为诗拈稿为圆，纳之大瓢中。后临病，投瓢于江，曰：‘斯文苟不沉没，得者方知吾苦心尔。’至新渠，有识者曰：‘唐山人瓢也。’”

② 蛩：蟋蟀。蛙声像鼓，蛩声像笙，打破山里的寂寞，给诗人一点慰藉。

和欧阳哲丞九日之作（二首）

其一

栉风沐雨缘何事[①]，绝巘层峦岂不高。
挟策久惊琴剑冷，寄怀犹剩酒诗豪。
枝无可择乌三匝[②]，天未能闻鹤九皋[③]。
好把黄花簪两鬓，肯容落帽等鸿毛。

①栉风沐雨：指风梳发，雨洗头，形容人经常在外面不顾风雨地辛苦奔波。《庄子·天下》："沐甚雨，栉疾风。"

②乌三匝：曹孟德《短歌行》："月明星稀，乌鹊南飞。绕树三匝，何枝可依?"谓乌鸦绕树盘旋，哪里是栖息之所？喻诗人当时的处境。

③九皋：曲折深远的沼泽。《诗·小雅·鹤鸣》："鹤鸣于九皋，声闻于野。"毛传："皋，泽也。言身隐而名著也。"郑玄注："皋，泽中水溢出所为坎，自外数至九，喻深远也。鹤在中鸣焉，而野闻其鸣声……喻贤者虽隐居，人咸知之。"《镜花缘》第四十回："九皋有路招云鹤，三匝无枝泣夜乌。"后用以喻贤者虽隐居，但大家都知道他。

其二

驿路迢迢秋气侵，年来道上似山阴。
菊花应笑辜成约，松柏曾期共此心。
待到重阳归未得，不辞五岳远相寻。
任教面目风尘色，故我依稀镜自临。

读洋矿师说帖有感戏改古诗[①]

有炉无铁技难神，有铁无煤又恼人[②]。
今日近山虽有铁，寻煤尚待几多春。

①随行的洋矿师有奥国人戴马陀和法国人巨郎。戏改的古诗为卢梅坡的《雪梅》："有梅无雪不精神，有雪无诗俗了人。日暮诗成天又雪，与梅并作十分春。"

②有铁无煤句：青溪铁厂开工的第二个月就停产，一是因为负责人潘露积劳病故，贵州一时找不出合适的续办人选；二是资金奇缺。还有一个重要问题就是当地的煤品位低，技术难题难以解决。

铁

骨格铮铮产自天[①]，含藏蕴蓄几经年。
屈伸不畏炉锤巨，磨炼能同金石坚。
披甲勇当千炮雨，作舟功在一轮烟。
只因欲化逢时器，费尽经营细烁煎[②]。

① 骨格铮铮：比喻刚正坚贞。此诗讲述了铁的特性、用途，更称赞了它的品格，并以此励志。

② 烁：销熔，也写作“铄”。

煤

深山伏处黑盈堆，多事趋炎力士来。
世界光明凭吐气，心肠铁石亦成灰。
干霄屡变风云色[①]，赴火常偕杞梓材。
龙麝漫夸香臭判[②]，可能唐苑著花开。

① 干霄：高入云霄。唐刘禹锡《和兵部郑侍郎省中四松诗十韵》：“便有干霄势，看成构厦材。”

② 龙麝：龙涎香与麝香的并称，泛指香料。

和欧阳哲丞

芝兰空谷发幽香，相赏何妨引巨觞[①]。
树上鸣秋欧子感[②]，水中呼月谪仙狂[③]。
不堪知己伤同甫[④]，但愿齐眉学孟光[⑤]。
世尽欲醒吾欲醉，且将醒醉付苍苍[⑥]。

① 巨觞：大酒杯，喻开怀畅饮。

② 欧子：指欧阳修（1007—1072），字永叔，号醉翁，北宋著名文学家、史学家。《秋声赋》是其名篇。

③ 谪仙：指被贬下凡的仙人，喻灵感像仙人一样的诗人，此指李白。李白初到长安，造访贺知章，以《蜀道难》呈示，贺看后赞叹不已，说："公非人世之人，可不是太白星精耶?"后称李白为谪仙。

④ 同甫：指南宋爱国词人陈亮。同甫是他的字。他一生坚持抗金，数度上书力主恢复中原，虽身陷绝境而毫不退缩，被辛弃疾视为知己。

⑤ 齐眉学孟光：见《后汉书·梁鸿传》。梁鸿，家贫博学，作《五噫歌》，讽刺统治者，为朝廷所忌，改姓隐名逃往齐鲁，后往吴，为人舂米。每归，妻孟光为具食，举案齐眉，以示敬爱。后人常以"举案齐眉"表示恩爱的夫妻关系。

⑥ 苍苍：指无边无际、空阔辽远。

得上海家电言妃人有娠并报迁居[①]

闪电五千里，临风尺一书。
榴花闻结子，令我忽眉舒。
梁燕营新垒，征鸿独索居[②]。
床前看明月，秋夜思何如。

① 根据陈季同曾长孙女陈书萍介绍，其大伯母和父亲讲过，妃人药爽回法国时把女孩带走。此时她怀的就是这个女孩。

② 索居：孤身独居。《礼记·檀弓上》："吾离群而索居，亦已久矣。"

福州来电惊知大嫂仙逝[1]（二首）

其一

长兄已花甲[2]，奉倩忽神伤。
人世原泡影，哀音送电光。
儿时曾抚我，姪辈尽啼娘。
不忍家书读，悲秋正断肠。

① 陈季同兄弟三人，兄友如，弟寿彭。季同少孤，靠长兄和长嫂叶氏抚养成人，与兄嫂感情深厚。其嫂逝时，据《薛氏年谱》记载为清光绪二十二年（1896）丙申七月即陈季同在贵州的时候。

② 花甲，即一甲子。古代以天干地支组合纪年，以六十年为一循环。因干支名号错综参互，故称花甲子。后称年满六十为花甲。

其二

应是尘缘尽，瑶池返驾忙[1]。
鳏鱼惜手足[2]，春草梦池塘[3]。
割爱螟蛉子[4]，酬恩鸾凤章[5]。
临风一凭吊，山月更苍凉。

① 瑶池：神话中西王母所住的地方，也指人去世后所去的天堂。

② 鳏鱼：比喻愁思不眠的人，因鱼的眼睛从没闭过。宋陆游《晚登望云》："衰如蠹叶秋先觉，愁似鳏鱼夜不眠。"

③ 春草梦池塘：比喻少年时的欢快生活。朱熹《劝学诗》："少年易老学难成，一寸光阴不可轻。未觉池塘春草梦，阶前梧叶已秋声。"

④ 螟蛉子：指抱养或在亲戚间过继的小孩。此指长兄长嫂把其小孩过继给他。陈季同自注："第五子承汾继于余。"

⑤ 陈季同自注："前年陈情，为长兄长嫂请貤赠正一品封典。"

迟家喆甫观察潘子宜太守不至[①]

古有三人共，同心可断金[②]。
关山教跋涉，踪迹尚浮沉。
对影孤邀月[③]，张琴孰和音[④]。
待看云出岫，倦鸟欲投林[⑤]。

① 喆：同哲，多用于人名。陈季同自注："原订同行，乃余到黔两月有奇，而二公尚迟迟不至，致事多掣肘。"

观察：清代对道员的尊称。唐代中叶于未设节度使的各道设"观察使"，为州以上的长官。清分守道辖一省内若干府、县，分巡道辖一省内某一专门项目，其地位类似唐之观察使，后人借用以尊称道员。察：手稿为"詧"，察的异体字。

陈喆甫、潘子宜，待考。

② 参见《又即事》其二注①

③ 孤邀月：李白《月下独酌》："花间一壶酒，独酌无相亲。举杯邀明月，对影成三人。"此处喻同行的两位不至，只剩下自己一个人。

④ 孰和音：谁是知音。据《吕氏春秋·本味篇》载：伯牙鼓琴，钟子期听之，方鼓琴而志在泰山，钟子期曰："善哉乎鼓琴！巍巍乎若泰山"。少时而志在流水。钟子期曰："善哉鼓琴，洋洋乎若流水"钟子期死，伯牙摔琴绝弦，终身不复鼓琴，以为世无足复为鼓琴者。

⑤ 最后两句：化用晋陶潜《归去来辞》名句"云无心以出岫，鸟倦飞而知还"。谓云从山中飘出时，疲倦的鸟飞回林中，比喻辞官归隐或长期在外而思归。

闻五弟逸儒已到上海①

闻已来申浦，偏无一纸书。
出山云尚懒，寄远雁何疏。
糊口非吾愿，食贫固晏如②。
想曾携大被，待我话离居。

① 逸儒：诗人的弟弟陈寿彭（1855—?），字逸儒，大排行第五，曾留学英国三年，学习海军公法、英国法律、拉丁语、英国语言文学。他也是第一个留日的船政毕业生。译有《中国江海险要图志》、《格致正轨》、《英国十大学校说》等著作。他与其夫人薛绍徽合译的《八十日环游记》是凡尔纳科幻小说的第一本中译本，也是中国第一本科幻小说的中译本。

② 晏如：指安定、安宁，恬适。汉司马迁《史记·司马相如列传》："及臻厥成，天下晏如也。"宋范仲淹《君以民为体赋》："君惠则其民晏如。"

感　事

大千世界忽昏黄，优孟衣冠入睡乡①。
财可通神阿堵物②，力能使鬼活无常③。
借花福薄难消受，成竹胸空亦主张。
最是可怜惟走狗，朝朝飞短复流长④。

① 优孟衣冠：古代表演乐舞、杂戏的艺人，喻假扮古人或模仿他人。《史记·滑稽列传》载，有一个叫孟的杂戏的艺人常以谈笑旁敲侧击地劝说楚王。楚相孙叔敖死后，儿子很穷，孟就穿戴了孙叔敖的衣冠去见楚庄王，神态和孙叔敖一模一样。庄王以为孙叔敖复生，让他做宰相。孟以孙叔敖的儿子很穷为辞，并趁机对楚王进行规劝，庄王终于封了孙叔敖的儿子。后用"优孟衣冠"比喻假

装古人或模仿他人。

② 阿堵物：钱。《世说新语·规箴》：“王夷甫雅尚玄远，常嫉其妇贪浊，口未尝言钱字。妇欲试之，令婢以钱绕床不得行。夷甫晨起，见钱阂行，呼婢曰：‘举却阿堵物。’”后作为钱的别称，含讽刺意味。

③ 活无常：神话中谓专事勾魂的鬼，喻指险恶之人。清黄钧宰《金壶浪墨·王九》：“小说所载活无常，淮扬谓之勾使。”

④ 飞、流：散布；短、长：指是非、善恶。飞短流长：指散播谣言，中伤他人。此时，诗人的心情复杂，有因私债问题而被革职和中伤之事，也面临参与台湾民主义举未能成功之非议，以及此次湘黔活动的流言。

和家喆甫观察二首

其一

不亏一篑复何迟，九仞为山力已疲。

蛇影疑团几莫辨①，龟蓍灵卜失先知②。

冰寒焉与夏虫语③，绠短难牵玉虎丝④。

容易延津双剑合，又伤利器未逢时⑤。

① 蛇影：即杯弓蛇影，指误将酒杯中的弓影当作蛇，比喻疑神疑鬼而引起恐惧。

② 龟蓍：即龟甲和蓍草，都是古代占卜的工具。

③ 冰寒句：化用夏虫语冰典故，比喻人囿于见闻，见识短浅。语出《庄子·秋水》：“井蛙不可以语于海者，拘于虚也；夏虫不可以语于冰者，笃于时也。”

④ 绠短句：化用绠短汲深典故，指用短绳系器汲取深井的水，比喻浅学不足以悟深理。《庄子·至乐》：“昔者管子有言……褚小者不可以怀大，绠短者不可以汲深。”后多以“绠短汲深”为力小任重、不能胜任的谦词。玉虎：井上的

辘轳。唐李商隐《无题》诗："金蟾啮鏁烧香入，玉虎牵丝汲井迴。"林学衡《无题杂诗》："玉虎丝牵惹恨长，瘦腰谁似沉东阳。"

⑤ 延津双剑合：指晋时龙泉、太阿两剑在延津会合的故事，比喻因缘会合。

其二

雪拥蓝关马到迟①，相思我已梦魂疲。
重逢不觉都无语，后事而今未可知。
卓尔鸡群孤立鹤，纷如蚕茧乱抽丝。
秋光老去黄花瘦，送酒人来叹过时。

① 雪拥蓝关句：借用韩愈《左迁至蓝关示侄孙湘》诗句："云横秦岭家何在，雪拥蓝关马不前"。马到迟，指喆甫观察、潘子宜太守两位迟到两个多月。参见《迟家喆甫观察潘子宜太守不至》。

逃　鸭①

掉头不顾洞庭西，水暖春江独啑泥。
身入牢笼偏免脱，魂飞汤火任鸡啼。
纵怀鸿鹄长空志②，犹效鸳鸯浅渚栖。
相遇鸬鹚应一笑③，逋逃也到武陵溪④。

① 陈季同自注："和喆甫、子宜舟次之作。"即诗人和陈喆甫观察、潘子宜太守在船上的和诗。

② 鸿鹄：大雁与天鹅，飞得高，故用来比喻志向的远大。

③ 鸬鹚：亦作鸕鷀，即鱼鹰，羽毛黑色，有绿色光泽，颔下有小喉囊，嘴长，上嘴尖端有钩，善潜水捕食鱼类。渔人常驯养之以捕鱼。

④ 逋逃：即逃亡，逃跑。

困　虎[1]

纷纷落叶起腥风，变色争谈气象雄。
缘木未能负牙爪[2]，出山不觉入牢笼。
身虽受困豪犹斗，臂看搏来健有功。
寄语犬羊休藐视，斑斑我是大毛虫[3]。

① 陈季同自注：“青溪人猎一虎抬至局门求售，子宜太守遂作困虎一律见示，即步原韵。”

② 缘木：爬树。

③ 大毛虫：老虎。

附原作

一声长啸便生风，曾在南山意气雄。
不自见机投槛阱[1]，嗤他帖耳受牢笼[2]。
捋须何畏负嵎势[3]，得子全凭入穴功。
不道山君敦围貌[4]，今朝变作可怜虫。

① 槛阱：为猎取野兽而设立的陷阱。

② 嗤：讥笑。

③ 嵎：通“隅”。

④ 围：牢狱。

附喆甫观察和作

兽王绰有大王风，啸谷咆林一世雄。
孰道巨鱼还涸辙[①]，竟如大鸟自投笼。
枢精北极惊韬采[②]，周处南山敢论功。
不作阱中摇尾态，翻怜尘海叩头虫[③]。

① 涸辙：喻穷困的境地。

② 枢精：指虎。唐骆宾王《上郭赞府启》："侧闻枢精啸谷，韵清籁于惊苹。"韬采，隐藏美丽的光泽，喻埋没才华。

③ 尘海：指茫茫尘世。明袁宗道《曹元和邀饮灵慧寺同诸公赋》："骤马出尘海，入门闻午钟。"

读喆甫宝拙盦诗集题后[①]

琳琅珠玉读连篇，相对浑忘路八千。
可惜掣鲸好手段[②]，竟教隐豹卸仔肩[③]。
后车京洛仙何羡[④]，前席长沙涕尚涟[⑤]。
今日共怀同父感[⑥]，吾宗慷慨箭离弦。

① 盦，同"庵"。

② 掣鲸：比喻才大气雄。唐杜甫《戏为六绝句》之四："或看翡翠兰苕上，未掣鲸鱼碧海中。"

③ 隐豹：汉刘向《列女传·陶答子妻》："答子治陶三年，名誉不兴，家富三倍，其妻数谏不用……妾闻南山有玄豹，雾雨七日而不下食者，何也？欲以泽其毛而成文章也，故藏而远害。犬彘不择食，以肥其身，坐而须死耳。"后因以隐豹比喻爱惜其身，隐居伏处而有所不为。仔肩，担负的担子、任务。

④ 后车：指侍从们所乘的车子。

⑤ 前席长沙句：化用李商隐《贾生》诗句："可怜夜半虚前席，不问苍生问鬼神。"贾谊被贬长沙，人为之鸣不平。文帝接见贾谊，看似郑重其事，却不关心黎民社稷，而是问鬼神。

⑥ 同父：即陈亮，字同父、同甫（1143—1194），南宋杰出的思想家，喜谈兵，主抗战，因此屡遭迫害，曾三次被诬入狱。与辛弃疾志同道合，交往甚密。

喆甫惠诗口占以和

敢因五岳忘丘壑，曾向天台访阮刘[①]。
为欲借材供晋用，翻疑故事效荆州。
亡羊牢破何时补，归燕巢空不可留。
斫地王郎原有剑[②]，而今莫再刻舟求。

① 阮刘：阮肇与刘晨的并称。参见《游仙诗四律》其一注①。

② 斫地王郎：见杜甫《短歌行赠王郎司直》："王郎酒酣拔剑斫地歌莫哀。"斫地：砍地，表示愤激。

附原作

理财要道推盐铁，策富能才想管刘。
自古利源归丱职，至今良法遍欧洲。
一炉枯烬余温在，十载荥阳苦绩留。
地宝由来关国运，满山犁耳试搜求。

① 丱，古礦字。

和双鋗主人

苍生痛痒门前雪，国步艰难壁上观①。
春水一池干底事，万间广厦已高寒。
凄凉作态青天月②，慷慨悲歌古井澜③。
沧海澄清同揽辔④，太平景象几时看。

① 壁上观：比喻坐观胜负而不帮助任何一方。

② 作态：故意作出的姿态或状态。

③ 古井澜：唐孟郊《烈女操》：“贞妇贵殉夫，舍生亦如此。波澜誓不起，妾心古井水。”后以古井比喻寂然不为外物所动之心。

④ 揽辔 lǎn pèi：《史记·袁盎晁错列传》：“文帝从霸陵上，欲西驰下峻阪，袁盎骑，并车揽辔，上曰：将军怯邪？盎曰：臣闻千金之子坐不垂堂，百金之子不骑衡，圣主不乘危而侥幸。今陛下骋六騑，驰下峻山，如有马惊车败，陛下纵自轻，奈高庙、太后何？上乃止。”后用为谏止君王履险之典。

有　赠①

一纸音书亥豕多②，漫从纸背细推摩。
为因迟我黄金屋③，时发思君白苎歌④。
人事秋云惊变态，侬心古井敢生波⑤？
秋光已老黄花晚，三径依依有女萝⑥。

① 此诗为接到家人的信后所写。此家信应是赖妈懿所寄来的。

② 亥豕：《吕氏春秋·察传》：“子夏之晋，过卫，有读史记者曰：‘晋师三豕涉河。’子夏曰：‘非也，是己亥也。夫己与三相近，豕与亥相似。’至於晋而问之，则曰晋师己亥涉河也。”“亥”和“豕”的篆文字形相似，容易混淆。后

用以指文字因形近而误。此指信中的错别字多。

③ 黄金屋：化用金屋贮娇。此时的诗人因还十三万法郎（折两万六千两白银）私债而穷困潦倒。

④ 白苎 zhù 歌：即白纻歌，乐府《舞曲歌辞》名，因用苎麻制成舞者的巾、袍而得名。

⑤ 古井：参见《和双鋗主人》注③。

⑥ 三径：指退隐之居所。王莽专权时，兖州刺史蒋诩辞官回乡，于院中辟三径。后多以“三径”指代退隐家园。女萝：植物名，即松萝，多附生在松树上，成丝状下垂。《楚辞·九歌·山鬼》：“若有人兮山之阿，被薜荔兮带女萝。”

别青溪诸君（二首）

其一

九十秋光荏苒过[①]，一声破梦起骊歌[②]。
篮舆又向青山去[③]，行李新添好句多[④]。
千古销魂惟别耳，今朝分手奈愁何。
黔南道上闽南客[⑤]，退日思挥夸父戈[⑥]。

① 荏苒：时光渐渐过去。

② 骊歌：告别之歌。南朝梁刘孝绰《陪徐仆射晚宴》诗：“洛城虽半掩，爱客待骊歌。”

③ 篮舆：竹轿。

④ 陈季同自注：“在青（即青溪）与诸君唱和，得佳句颇多。”

⑤ 陈季同生于福州，却自称是“闽南客”，原因待考。

⑥ 夸父戈：借用挥戈反日典故，指排除困难，扭转危局。

其二

才得逢君又别君，无端促驾忽纷纷[①]。
评诗煮酒今宵别，地北天南明日分。
秋水一方无限思，阳关三叠不堪闻[②]。
他年相忆应寻梦，鸿雁时来寄朵云[③]。

①促驾：指催车速行。《孔子家语·颜回》：“公闻之，越席而起，促驾召颜回。”

②阳关三叠：古曲名。又称《渭城曲》，因唐王维《送元二使安西》诗：“渭城朝雨浥轻尘，客舍青青柳色新。劝君更尽一杯酒，西出阳关无故人”而得名。后入乐府为送别之曲，反复诵唱，谓之三叠。

③寄朵云：诗人随手拈来，用山里特有的云为寄友之物，化用梅花、红豆等情物，出语平淡意精深。

再过文德关

一夫于此当关易，千古唯知蜀道难。
今日再来感迟暮，层峦风景已高寒[①]。

①层峦：重叠的山岭。

黔　行

连云栈道满蒿莱，点缀秋光菊未栽。
怕触登高孤客感，黄花不许向人开。

舆中吟

庐山虽带风尘色，面目何曾染一尘①。
今日黔中大腹贾，当年海外小行人②。
筍舆夜夜移家苦，蓬鬓朝朝对镜新③。
天上客星应似我④，斗牛河畔往来频。

① 染一尘：化用宋代苏轼《题西林壁》诗："不识庐山真面目，只缘身在此山中。"此处以庐山自喻，虽风尘仆仆，却不染一尘。

② 大腹贾：大腹便便的商人。诗人在欧洲当外交官 14 年，戏称海外小行人。

③ 筍舆：竹轿。蓬鬓，蓬乱的鬓发。唐卢纶《逢病军人》诗："蓬鬓哀吟古城下，不堪秋气入金疮。"

④ 客星：指新星，新出现的星。明无名氏《观象玩占》："客星，非常之星，其出也无恒时，其居也无定所，忽见忽没，或行或止，不可推算，寓于星辰之间，如客，故谓之客星。"

施秉寓题壁（二首）

其一

望城坡上看施秉①，遥在迷濛丛树中②。
流水绕城如匹练，断桥遗址认长虹。
山无奇胜游人少，路纵通衢旅店空。
邻舍将军来问讯，灯前为我叙前功③。

① 施秉：位于贵州省东部，属于黔东南苗族侗族自治州，东邻镇远，北靠

石阡，西与余庆、黄平为邻，南与台江、剑河相接。㵲阳河风景名胜区在施秉境内。

② 迷濛：形容烟雾迷漫，景物模糊。宋翁元龙《江城子》词："月帘栊，影迷濛。"

③ 邻舍将军：指董玉贵将军。参见《董将军》诗。

其二

明朝容易到新州[①]，拟向飞云洞里游[②]。
逆旅那堪长抑郁，名岩何可不勾留。
千山叶落荒无色，四野田空庆有秋。
自笑舆中同坐井，观天独抱杞人忧[③]。

① 新州：指黄平新州。新州现为黄平县城关镇，是县政府所在地，东邻施秉县，西接崇仁乡，南抵重安镇，北接旧州镇。黄平县位于贵州省东南部。黄平之名源出旧州，因其地势平坦，土壤呈黄色得名。南宋宝祐六年（1258）十一月筑黄平城，赐名镇远州。元至元二十八年（1291）置黄平府。清康熙十一年（1672）裁兴隆卫，移州治于卫城，得名新州；原黄平州治改设巡检司，称旧州。

② 飞云洞：参见《飞云岩》诗。

③ 最后两句化用成语坐井观天、杞人忧天。韩愈《原道》："坐井而观天，曰天小者，非天小也。"《列子·天瑞》："杞国有人，忧天地崩坠，身亡所寄，废寝食者。"后用以比喻不必要的忧虑。此处作者以坐轿如坐井而又忧天自嘲。

怀哲甫子宜逸溪[①]

闻道今晨此地过，三人先我亦奔波。
漫云众志成城易，其奈人情似纸何。
磊块可消惟酒胆，缠绵难去是诗魔。
后尘终恐追难及[②]，缩地无方斫地歌[③]。

① 哲甫：参见《迟家喆甫观察潘子宜太守不至》注①；子宜，即潘子宜太守；逸溪，闵逸溪。陈季同自注：“诸君先一日赴贵阳”。

② 后尘：指行路时身后扬起的灰尘，比喻落在别人的后面。

③ 斫地：参见《喆甫惠诗口占以和》注②。

董将军[①]

何来邻舍董将军，煮茗挑灯坐夜分[②]。
指掌旧伤教我看，头衔无用强人闻。
阵亡兄弟长生位[③]，克复城池不次勋。
话到老亲曾被掳，泪珠难禁落纷纷。

① 陈季同自注：“董将军，名玉贵，浙人，世居贵州，官副将，现带镇远镇标右营练军，贫甚。”

② 夜分：指夜半。

③ 陈季同自注：（董将军）“自言兄弟五人，阵亡者四，官均至参（军）、游（击），现祀省城昭忠祠。”

晓　行

白鬓风霜重，黄平山岭高。
故乡归未得，蜀道远犹豪。
去住常无定，行藏失所操。
家书非不寄，梦想恐徒劳。

戒鸦片[1]

腹中刀刺复雷奔，眼底纷纷落泪痕。
呵欠不时生倦态，软瘫无力等销魂。
岂容膏火身消灭，誓勿烟霞口吐吞。
一棒当头枪扫地，醒来醉梦日昏昏。

① 陈季同失意后也染上鸦片。此诗是诗人戒鸦片的写照。

随带手枪挂在舆中忽为穿窬由轿后刺孔伸手窃去[1]

失窃虽然事细微，客中难得佛郎机[2]。
浑如猛虎归山去，奚啻神龙破壁飞[3]。
御敌而今无寸铁，论钱究竟值何几。
偷儿定是英雄汉，只取军装不取衣。

① 穿窬 yú：指盗窃行为。穿，穿壁；窬，逾墙。诗人随带在轿中的手枪被窃。陈季同自注：“时十月初五日，施秉道上。”

② 佛郎机：明代泛指葡萄牙和西班牙，清代是法兰西的另一译名。《清史稿·邦交志三·法兰西》：“法兰西一名佛郎机，在欧罗巴之西。”此处指法国造的手枪，是很难得的。

③ 啻 chì：但，只。奚啻：即何啻，何止。

蓝桥午夜

蓝桥何处觅琼浆，且买村醪醉一觞。
适口安能分野味，防身无复有洋枪①。
枫红芦白千山色，橘绿橙黄十月霜。
天上遥怜俱耐冷，素娥青女杜兰香②。

① 谓随身的手枪已被偷走。参见《随带手枪挂在舆中忽为穿窬由轿后刺孔伸手窃去》。

② 素娥：即嫦娥。青女：传说中掌管霜雪的女神。杜兰香：神话中的仙女。

蓝桥饭罢出门见告示尾大书实贴滥桥四字因戏作

忽尔“蓝桥”改“滥桥”，煌煌告示宰官骄。
焚琴煮鹤风重见①，玉液琼浆事已迢。
宁缺忍将“鱼”作“鲁”，冒名可笑“淑”生“椒”。
刘郎再到仙还俗②，前度魂今不许销。

① 焚琴煮鹤：指把琴当柴烧，把鹤煮了吃；比喻糟蹋美好的事物。

② 刘郎：指东汉刘晨。相传刘晨和阮肇入天台山采药，为仙女所邀，留半年，求归，抵家子孙已七世。

飞云岩[①]

中秋我已过桥东，舆中畏热睡梦梦[②]。
飞云名胜失交臂[③]，醒来人马行匆匆。
今日有缘看岩谷[④]，停车眼界聊为充。
丹青土木方兴作，昙花已现蛟龙宫。
佛有三十二手眼，朱幢宝筏居当中[⑤]。
飞云朵朵拥华盖[⑥]，茂林修竹围青葱。
瀑布悬崖落花雨，弓鞋盈案赐儿童。
万间广厦清净地，慈悲意像涵虚冲[⑦]。
西方金身竟到此，苗荒忽睹庄严容[⑧]。
停云流水供游览，文武宴会追醉翁[⑨]。
我登觉岸一回首，大千世界都成空[⑩]。
争把黄金铸梵相，珠璎宝珞何其工。
门外嗷嗷声待哺，稻粱无以资哀鸿。
诸葛洞中波浪险，重安江上夕阳红。
天戈所指苗蛮伏，至今归化乐融融。
还借如来来说法，点头顽石咸和衷。
将军当年裹马革，慷慨为国豪从戎。
功臣不祀祀大士，佞佛可叹古今同。
盖恐英灵犹鲁莽，来与座客争雄风。
何若菩提淡无语，嬉笑怒骂终痴聋。
浩歌长啸佛应许，飞云叆叇雨迷濛[⑪]。
佛手拈花微一笑，高楼百二闻鸣钟。

① 飞云岩：在黄平县内，又称飞云崖、飞云洞。它位于黄平县城东北 12 公

里处，占地0.5平方公里。明清时，由北京至云南、贵州及邻邦缅甸的古驿道从山门而过。景色秀丽，风景宜人。它建于明朝正统八年（1443），经历代增修扩建，形成一组别具特色的古建筑群，被誉为“黔南第一奇境”、“黔南第一洞天”。王阳明在正德三年过飞云崖时曾评价“天下之山聚于云贵、云贵之秀萃于斯崖。”

② 梦梦：一般指昏乱、不明，此指睡得迷迷糊糊。《诗·小雅·正月》：“民今方殆，视天梦梦。”陆德明释文：“梦，莫红反，乱也。”朱熹集传：“梦梦，不明也。”

③ 失交臂：《庄子·田子方》：“吾终身与汝交一臂而失之。”后以“失之交臂”喻错过机会。

④ 岩谷：亦作“嵓谷”，犹山谷。《素问·六元正纪大论》：“土郁之发，岩谷震惊。”《南齐书·杜京产传》：“谓宜释巾幽谷，结组登朝，则嵓谷含懽，薜萝起抃矣。”

⑤ 手眼：指眼光、手法，比喻非凡的智慧、本领。朱幢，指佛殿中红色的经幢。宝筏，佛教用语，比喻引导众生渡过苦海到达彼岸的佛法。唐李白《春日归山寄孟浩然》诗：“金绳开觉路，宝筏渡迷川。”

⑥ 华盖：指帝王车上的伞盖。此处代指飞云崖所供的主佛。

⑦ 虚冲：虚静淡泊。

⑧ 金身：手稿为“全身”，应是笔误。睹：手稿为“覩”，睹的异体字。

⑨ 手稿为“讌”，宴的异体字。

⑩ 觉岸：佛教用语，指由迷惘而到觉悟的境界。大千世界，即三千大千世界，佛教认为以须弥山为中心，七山八海交绕之，更以铁围山为外郭，是谓一小世界，合一千个小世界为小千世界，合一千个小千世界为中千世界，合一千个中千世界为大千世界，总称为三千大千世界。

⑪ 叆叇 ài dài：形容云盛，云气缭绕。晋潘尼《逸民吟》：“朝云叆叇，行露未晞。”唐刘禹锡《和汴州令狐相公到镇改月偶书所怀二十二韵》：“衣风飘叆叇，烛泪滴巉巖。”

行 吟

前途不过六十里，俚句连成八九篇①。
笔砚随身供啸傲②，豺狼当道敢安眠③。
洛阳纸贵凭他日④，渤澥帆归已两年⑤。
日日山行山笑我，囊中无个买山钱。

① 俚句：对自已所写诗歌的谦称。此句言诗人的诗思敏捷，一口气写了八九首诗。

② 啸傲：放歌长啸，傲然自得。指行为旷达，不受拘束。晋陶潜《饮酒》“啸傲东林下”。晋郭璞《游仙》诗之八：“啸傲遗世罗，纵情在独往。”

③ 豺狼当道：比喻暴虐奸邪的人掌握国政。《汉书·孙宝传》：“豺狼横道，不宜复问狐狸。”汉荀悦《汉纪·平帝纪》：“豺狼当道，安问狐狸！”

④ 洛阳纸贵：比喻著作有价值，流传广。《晋书·左思传》：“于是豪贵之家竞相传写，洛阳为之纸贵。”

⑤ 渤澥：渤海的古称。渤海帆归：指诗人还清私债、官复原职后，留在李鸿章幕中襄助洋务时，发挥“精于测算”之所长，建大坝，治理永定河河水暴涨之事。当时是清光绪二十年（1894），正好已过了两年。

冒 雨

前番冒雨往，今番冒雨归。
相隔已多旬，犹见雨霏霏。
昔雨何其骤，今雨何其微。
倘是为霖雨，无妨沾我衣①。

① 霖雨：甘霖，及时雨。此两句指，如果是及时雨，就下吧，即使把我浇

透了也无妨。忧民之心溢于言表。

黄平州行台后院有菊数茎见之甚喜[①]

新州官舍忽见菊，墙角谁栽四五枝。
晚节精神经雨后，新霜天气已寒时。
满头插罢非归去，小院看来爱赏期。
今日不妨拼一醉，凉衾何惜睡迟迟[②]。

① 行台：古代设有行台制度，为出征时随其所驻之地设立的代表中央的政务机构，如行中书省，简称行省；行枢密院，简称行院；行御史台，简称行台。行台又指地方大吏的官署及其居住之所，或是当地官府设置的驿站。

② 凉衾：冰凉的被褥。

晓发黄平甫出行台即闻鼓乐喧天知为迎娶者乃行未数武而前导鼓乐竞出余前其花轿落在余后余夹杂其中路窄无从避让只得鱼贯而行浑如亲迎市上男女无不掩口而笑余亦捧腹遂成绝句十首[①]

思乡愁绪正纷纷，琴瑟和鸣最怕闻。
前导乐工如有意，强教新妇配参军。

正叹年来作嫁忙，如何强使作新郎。
行人掩口胡卢笑[②]，野鸭分明混作鸯。

萍踪遇合本无因[③]，却笑萧郎是路人[④]。
我自倒行卿障面，虽然相近未相亲。

忽使行人导彩舆，似知羸马识长途[5]。
新娘倘识余心事，切莫低声骂老奴。

风霜驿路怜才少，云雨巫山倦眼开。
疑是愿为夫子妾，故教百两送将来。

一样伤心事不齐，彩舆声傍荀舆啼。
有声那及无声切，卿往东床我往西。

卿去宜家我返家，卿家咫尺我天涯。
双舆心绪分明判，争发如花乱似麻。

待旦前宵尚枕戈，今朝无意小登科。
可怜神女荒唐梦，不是邯郸道上过。

远贾原同新嫁娘[6]，未谙食性作羹汤。
小姑不在凭谁遣，洗手厨中只自尝。

廿五年前亲迎日[7]，蓝舆曾挟彩舆行。
佳人久已归黄土，触景如何不动情。

① 诗人早晨从黄平出发，刚出行台，就听到鼓乐喧天，知道是迎娶的队伍，没走几步，其前导鼓乐就走到诗人轿子的前面，而新娘的花轿却落在后头。由于路窄，无法避让，诗人的轿子只能夹在中间，鱼贯而行。路边的行人无不掩口而笑，诗人自己也捧腹大笑。触景生情，写下了绝句十首。

② 胡卢：形容笑的样子，指从喉间发出的笑声。《聊斋志异·促织》："掩口胡卢而笑。"

③ 萍踪：形容行踪不定，像浮萍般四处飘浮。

④ 萧郎：宋尤袤《全唐诗话·崔郊》记载，唐代崔郊十分思慕他姑姑的一名婢女，曾写诗赠之曰："公子王孙逐后尘，绿珠垂泪滴罗巾。侯门一入深如海，从此萧郎是路人。"后以"萧郎"代指美好的男子或女子爱恋的男子。

⑤ 羸 léi：手稿为“羸 yíng”，应是笔误。羸马：瘦弱的马。

⑥ 远贾：到远方去经商或从远方而来的商贾。唐韩愈《南山》诗：“巨灵与夸蛾，远贾期必售。”

⑦ 此指前妻刘氏，25 年前与诗人结婚。《福建通志》记载：“初娶刘氏，早卒。”

重安江

再渡重安夕照斜，柴扉无复见芳华。
想因邻舍看新妇[①]，抑向江头去浣纱[②]。
惆怅空巢思燕子，依稀人面感桃花[③]。
过门剩得题凡鸟[④]，从此萧郎恨有加。

① 陈季同自注：“邻家适有婚事。”

② 陈季同自注：“门启，露堂上纺纱机一架。”

③ 人面桃花：形容女子的面容与桃花相辉映。唐崔护《题都城南庄》诗：“去年今日此门中，人面桃花相映红。人面不知何处去，桃花依旧笑春风。”后用于泛指所爱慕的女子而又不能再见到，形容由此而产生的怅惘心情。

④ 题凡鸟：即题凤，繁体字的“鳳”字可拆为凡鸟二字。南朝宋时，刘义庆《世说新语·简傲》：“嵇康与吕安善，每一相思，千里命驾。安后来，值康不在。喜（康兄）出户延之，不入。题门上作‘凤’字而去。喜不觉，犹以为欣。故作‘凤’字，凡鸟也。”后因以“题凤”为访友的典故。

观音山道上

天栈任高低，行人但向西。

离肠随路转[①]，人语与云齐。

飞思家千里，搴裳水一溪[②]。

观音如可问，何日息轮蹄[③]。

① 离肠：充满离愁的心肠。唐武元衡《南徐别业早春有怀》诗："虚度年华不相见，离肠怀土并关情。"

② 褰裳：指撩起衣裳。诗经《郑风·褰裳》："子惠思我，褰裳涉溱。"卢照邻《释疾文》："於是裹粮寻师，搴裳访古。"

③ 轮蹄：参见《有感》注②。

清平驿毛家旅店

外强中干一果核，孩童掌上玩多时。

中间能动摇，其声若龟蓍[①]。

店家给予数文钱，携归韫椟而藏之[②]。

以为得异宝，怀来问矿师[③]。

矿师目视复耳听，撚髯微笑前致词[④]。

物理容易推，能响未为奇。

金玉其外中败絮，不若老蚌含珠玑。

但已千年得灰气[⑤]，虽木而石世亦稀。

谓之为木犹是木，谓之为石则已非。

子若宝之洵可宝[⑥]，如欲弃置仍如遗。

不值一顾胡示我，鱼目混珠抑何痴。

店家闻语色窘据，得意而来失意去。

路逢过客问如何，答曰：矿师之言不可据。

① 龟蓍：龟甲和蓍草，都是古代占卜的工具。此指龟甲。

② 韫椟：指把果核藏在匣子中。椟，匣子；韫，藏。

③ 矿师：指同行的洋矿师奥国人戴马陀和法国人巨郎。

④ 撚髯：捻胡须。

⑤ 灰气：指无氧状态。此句言果核已成化石。

⑥ 洵：诚然、确实。

夜 宿

信是天无三日晴[①]，凄风冷雨过清平。

如何击柝鸣钲夜[②]，尚有呼卢喝雉声[③]。

① 陈季同自注："黔谚有云，天无三日晴，地无三里平，家无三两银，人无三分情。"

② 击柝：敲梆子巡夜。鸣钲：敲击铙。此处均指巡更。陈季同自注："地方文武因有洋矿师过境，派人轮流支更。"

③ 呼卢喝雉：指赌博。卢、雉：古时赌具上的两种颜色。宋陆游《风顺舟行甚疾戏书》诗："呼卢喝雉连暮夜，击兔伐狐穷岁年。"陈季同自注："舆夫聚赌，夜分始散。"

清平平越道中

一地双名字，官民各主张。
民呼黄猫岭，官榜白泥塘。
杨老为羊脑，洛邦是乐旁。
适从究何所，歧路易亡羊。

蜡梅塘

小阳春已届，岭上尚无花。
云抱山腰曲，风推雨脚斜。
泥涂六七里，草屋两三家。
日午聊休歇①，盈瓢水当茶。

① 日午：中午。唐柳宗元《夏昼偶作》诗："日午独觉无余声，山童隔竹敲茶臼。"

废　堡

五里坡头多废堡，犹留气象接天高。
视卑目久无余子①，环顾山惟剩不毛。
空洞何曾胸有甲，玲珑终恐笑藏刀。
绿林梁上逋逃薮②，始创原为灭尔曹③。

① 余子：古代百姓服役，家中一人为正卒，其余称"余子"。此泛指当年驻守此堡之士卒。

② 绿林：西汉末，王匡、王凤等领导起义的地方，后称聚众抗官或劫富济

贫的人为绿林好汉。梁上，即梁上君子，窃贼的代称。逋逃：逃亡者。手稿为“捕逃”，应是笔误。薮，人或物集中的地方。此处指废堡成了绿林好汉、窃贼、逃亡者藏身的地方。

③ 创：手稿为“剙”，创的异体字。尔曹：即汝辈，你们的代称。

行路难

欲向西行先向南，问程弯似月初三。
人心难与矢争直[①]，世味安能饴比甘[②]。
新妇炊因无米拙，小姑性未作羹谙。
为知沧海珠韬采，猛向骊龙项下探[③]。

① 矢：箭，此处比喻像箭一样笔直。

② 世味：人世间的滋味。唐韩愈《示爽》诗：“吾老世味薄，因循致留连。”

③ 最后两句：借用骊珠典故。传说中骊珠出自骊龙颔下。《庄子·列御寇》：“夫千金之珠，必在九重之渊，而骊龙颔下。”

马掌平

山路崎岖甚，舆夫缓缓行。
如何名马掌，洵是盗虚声[①]。
村店小于斗，村翁大有情。
马儿嘶后院，如作不平鸣。

① 洵：诚，实在。手稿为“循”，应是笔误。盗虚：窃取虚名。明陈子龙《兵垣奏议·欣睹旌直之典疏》：“末世嚣凌，人多情伪，处士盗虚，庶人横议。”此言以马掌平为地名亦是牵强附会的虚名。

马掌平阻雨

山中忽落水倾盆，檐溜浑如万马奔[①]。
入夜枕边闻瀑泻，经冬耳畔听雷喧。
霏霏雨里舆夫语，滑滑泥中屐齿痕。
望远悲歌行不得，怎教游子不销魂。

① 檐：手稿为“簷”，檐的异体字。檐溜，指雨水从房顶上或顺着房檐流下来。

欲　雨

青溪驿使来，遗我双鲤鱼[①]。
抽刀批其鳞[②]，中有尺一书。
故人为我传消息[③]，道是上峰风信急。
阴阴欲雨云怒飞，行人宜虑征衫湿。
我谢故人惠爱心，我身久已入山深。
洪涛巨浪浑闲事，小雨何能再我侵。
我爱瞿塘与滟滪[④]，我今行向渝关去。
捷径苦无捷足趋，正路不由更何处。
雨师雨师兮莫扬尔威[⑤]，施不及时兮显与天违。
哀鸿满地兮无力高飞，征鸿翩跹兮迢递东归[⑥]。
好将膏泽勤收检，四野田园看一遍。
望汝情殷可作霖，稼穑艰难休作践。
方今国库正空虚，天庾正供尤积输[⑦]。
汝不助苗亦已矣，若再害稼当何如。
行人已觉行路苦，滂沱切勿再相阻。

闾阎无惊鸡犬安[⑧]，况复双肩肩重负。

雨师汝来听吾言，平心静气尔勿喧。

汝若无道吾不与，无理吾将叩天阍[⑨]。

① 遗：留下。

② 批：剖开。

③ 故人：指在青溪的老朋友。

④ 瞿塘与滟滪：长江三峡上的瞿塘峡与滟滪滩。瞿塘峡为长江三峡之首，也称夔峡，在夔州府城东，旧名西陵峡，两岸对峙，中贯一江。滟滪堆在其口，乃三峡之门。

⑤ 雨师：指雨神。古称风姨、雨师、雷公、电姆，皆风、雨、雷、电的神化，也是先民对自然的敬畏。

⑥ 哀鸿：哀鸣的鸿雁，比喻啼饥号寒的灾民。征鸿，喻戍边的士卒。

⑦ 天庾：国家的仓廪。正供，法定的赋税。清魏源《筹漕篇》："内河之贡道，天庾之正供，其不能全归于海运明矣。"

⑧ 闾阎：均指里巷的门，此处泛指里巷百姓。

⑨ 天阍：指天宫之门。元萨都剌《避暑乌石山饮天章台》诗："题诗向天阍，奎光射瑶席。"

酉阳驿

我觅西阳驿[①]，原来是酉阳。

误将低铁柜，认作直风箱。

雨止云犹湿，霜过草尽黄。

棉衣初着体，冷暖自思量。

① 酉阳驿：在平越县境内，清平县署将酉阳错写成西阳。陈季同自注："清平县署单内谓今日西阳打尖。"

贵定道上[①]

游山五阅月，身动心常静。
洗车雨势狂，压帆风力劲。
治水虽无功，弄潮终有信。
趺坐板舆中[②]，参禅长入定。

① 贵定：位于云贵高原东部的黔中山原中部，今置贵定县，属黔南布依族苗族自治州。

② 趺坐：盘腿端坐的姿势。

溪行[①]

沿溪行十里，入耳尽涛声。
带雨泉流急，冲滩石怒鸣。
荡胸惊眼净，涤虑觉神清。
扰扰尘氛里，谁能喻此情。

① 从平越县酉阳驿到贵定县新增驿，有50里路程。诗人一行沿溪而走。

怀潘子宜太守

我身尚在雨中行，君身已入雨中去。
既然天无三日晴[①]，岂真地有连朝雨。
南山虽展雷霆威，朔方犹是天日处[②]。
屐齿可著盖可张[③]，薄言莫惜泥中诉[④]。

① 天无三日晴：参见《夜宿》诗注①。

② 朔方：即北方。

③ 盖：车篷。

④ 薄言：浅薄的话，自谦之词。宋梅尧臣《送王判官同提点坑冶》诗：“聊此陈薄言，忉怛不能重。”

初冬（二首）

其一

满山林木间红黄，枯草荒田一望茫。
岁月不胜迟暮感，关河不觉路途长。
行云流水同飘泊，滟滪瞿塘且徜徉。
寒气肯容侵傲骨，只教赢得满头霜[①]。

① 满头霜：指头发花白。

其二

马背逢秋秋已去，水中呼月月沉波。
蒹葭苍老怀人切[①]，荆棘纷披奈我何。
阴合岭云终不散，阳回春意尚无多。
傲霜剩有东篱菊，擎雨犹撑曲沼荷。

① 蒹葭：蒹和葭都是水草。《诗·秦风·蒹葭》：“蒹葭苍苍，白露为霜。所谓伊人，在水一方。”表达在水边对故人的怀念，后以“蒹葭”泛指思念异地友人。

志梦[1]

梦见娇儿带病容，杏花无力晓烟笼。
珠簾风劲垂双幅，绣被寒深拥几重。
自牖含愁详问疾，支床低语唤怜侬。
为因结想翻成梦，多谢邻楼夜半钟。

① 陈季同的法籍夫人赖妈懿育有二女陈骞（字槎仙）、陈超（字班仙），此时约有十二三岁。此诗应是思念她们而作的。

官田平得喆甫书知子宜停骖龙里俟我同行[1]

新安道上雨纷纷，龙里飞来一朵云。
报道河东狮怒吼，故教冀北马空群。
盈车掷果迟公子，单骑探花壮使君。
小住为佳吾岂敢，风声鹤唳不堪闻。

① 停骖：指下马（或下车、落轿）驻店。龙里：即龙里县。诗人在官田平得到哲甫观察的书信，知道子宜太守已在龙里县等待诗人一起前行。俟：手稿为“竢”，俟的异体字。

甕城桥午饭有偷儿窃钱为舆夫所获余纵之去[1]

方失洋枪又失钱[2]，群呼捕盗忽喧天。
防身旅客虽无术，攫食偷儿剧可怜[3]。
忍使捉将官里去，且教唤到马头前。
而今放尔偷生路，再犯须知我有鞭[4]。

①“甕”通“瓮”，手稿为“甕城”。瓮城，围绕在城门外的小城。纵之：即放他（指小偷）走。

② 方失洋枪：指随身带的枪被偷走，参见《随带手枪挂在舆中忽为穿窬由轿后刺孔伸手窃去》。

③ 攫 jué：抓取，掠夺。

④ 鞭：原指鞭子，此处泛指办法。有鞭：此指再偷的话，我有办法治你。

轿板题诗

诗兴遄飞索纸无[①]，漫将轿板乱鸦涂[②]。

横斜恍似朝天笏[③]，错落分明记事珠。

莫漫斫轮推老手[④]，何须挈榼唤奚奴[⑤]。

好山好水供吟咏[⑥]，肘下风云起画图。

① 遄飞：疾速飞扬，此指诗人诗兴勃发。

② 乱鸦涂：乱涂乱画，此指诗人因没有纸张，把诗写在轿内的轿板上。

③ 笏：古代大臣上朝拿着的手板，用玉、象牙或竹木制成，上面记呈奏之事。

④ 斫 zhuó：手稿为“斲”，斫的异体字。斫轮老手，比喻经验多的人。

⑤ 榼：古时盛酒的酒器。奚奴，古时指被役使的人。

⑥ 手稿为“詠”，咏的异体字。

永定关

重重关塞似防边，可笑边疆是粤滇。

仿佛秦关罗百二，艰难蜀道远三千。

流丹飞阁临无地，耸翠层峦别有天。

黄叶漫山寻路去，长空一鹤舞翩跹。

龙从塘[①]

将近黔阳风景殊，龙从塘下费踌躇。

氤氲云满行人路，皎洁光生隐者庐。

一水萦回似衣带，诸峰圆转列香炉。

神龙见首从兹始，龙里今宵见尾无[②]？

① 龙从塘：地名，在龙里县驿附近。传说中此地龙脉的“龙首”在这里。诗人今夜应是住在龙里县驿。龙里县驿在今贵州省黔南布依族苗族自治州龙里县。

② 萦回：曲折环绕。

③ 尾：指“神龙”的“龙尾”，此处言今晚看得到龙尾吗？

集句慰友人绝句八首

其一

遥指红楼是妾家[①]，一为迁客去长沙[②]。

佳人已属沙吒利[③]，流水无情对落花[④]。

① 唐李白《陌上赠美人》诗云：“骏马骄行踏落花，垂鞭直拂五云车。美人一笑褰珠箔，遥指红楼是妾家。”

② 唐李白《与史郎中钦听黄鹤楼上吹笛》诗云：“一为迁客去长沙，西望长安不见家。黄鹤楼中吹玉笛，江城五月落梅花。”

③ 宋王诜诗句：“佳人已属沙吒利，义士今无古押衙。”沙吒利，亦称沙咤利，为唐代番将。唐许尧佐《柳氏传》载有唐代番将沙咤利恃势劫占韩翊美姬柳氏的故事。后人因以“沙咤利”指霸占他人妻室或强娶民妇的权贵。王诜是

驸马都尉，纳了几个爱妾，冷落了蜀国公主并致其郁郁而死，宋神宗将其爱妾发配给了将士，故有佳人已属他人之叹。

④ 宋释惟白《续传灯录·温州龙翔竹庵士珪禅师》云：“落花有意随流水，流水无情恋落花。”本意指残春时落花随流水的景象，引喻为一方有情，另一方无意。

其二

胜日寻芳泗水滨①，玉楼宴罢醉和春②。
十年一觉扬州梦③，从此萧郎是路人④。

① 宋朱熹《春日》诗云：“胜日寻芳泗水滨，无边光景一时新。等闲识得东风面，万紫千红总是春。”

② 唐白居易《长恨歌》句：“金屋妆成娇侍夜，玉楼宴罢醉和春。”

③ 唐杜牧《遣怀》诗云：“落魄江湖载酒行，楚腰纤细掌中轻。十年一觉扬州梦，赢得青楼薄幸名。”

④ 唐崔郊《赠去婢》诗云：“公子王孙逐后尘，绿珠垂泪滴罗巾。侯门一入深如海，从此萧郎是路人。”

其三

头上花枝笑酒卮①，劝君须惜少年时②。
东风不与周郎便③，在地愿为连理枝④。

① 宋邵雍《插花吟》诗云：“头上花枝照酒卮，酒卮中有好花枝。身经两世太平日，眼见四朝全盛时。况复筋骸粗康健，那堪时节正芳菲。酒涵花影红光溜，争忍花前不醉归。”

② 唐无名氏《金缕衣》诗云：“劝君莫惜金缕衣，劝君须惜少年时。有花堪折直须折，莫待无花空折枝。”

③ 唐杜牧《赤壁》诗云："折戟沉沙铁未销，自将磨洗认前朝。东风不与周郎便，铜雀春深锁二乔。"

④ 唐白居易《长恨歌》句："在天愿作比翼鸟，在地愿为连理枝。"

其四

十里珠簾半上钩①，玉人何处教吹箫②。

侯门一入深如海③，何必珍珠慰寂寥④。

① 宋苏轼《吉祥寺赏牡丹》诗云："人老簪花不自羞，花应羞上老人头。醉归扶路人应笑，十里珠帘半上钩。"

② 唐杜牧《寄扬州韩绰判官》诗云："青山隐隐水迢迢，秋尽江南草木凋。二十四桥明月夜，玉人何处教吹箫。"

③ 参见其二注②崔郊诗。

④ 唐江采苹《一斛珠》："柳叶双眉久不描，残装和泪污红绡。长门尽日无梳洗，何必珍珠慰寂寥。"

其五

陶然共醉菊花杯①，前度刘郎今又来②。

佩玉鸣鸾罢歌舞③，揽衣推枕起徘徊④。

① 宋崔曙《九月登望仙台呈刘明府容》诗云："汉文皇帝有高台，此日登临曙色开。三晋云山皆北向，二陵风雨自东来。关门令尹谁能识，河上仙翁去不回。且欲近寻彭泽宰，陶然共醉菊花杯。"

② 唐刘禹锡《再游玄都观》诗云："百亩庭中半是苔，桃花净尽菜花开。种桃道士归何处？前度刘郎今又来。"其诗抒发了不懈斗争的精神，"前度刘郎"已为成语。

③ 唐王勃《滕王阁诗》："滕王高阁临江渚，佩玉鸣鸾罢歌舞。画栋朝飞南

浦云，珠帘暮卷西山雨。闲云潭影日悠悠，物换星移几度秋。阁中帝子今安在？槛外长江空自流。”

④ 唐白居易《长恨歌》句：“揽衣推枕起徘徊，珠箔银屏逦迤开。”

其六

卿须怜我我怜卿①，乍见黎涡便有情②。
解识东风无限恨③，杜鹃啼血猿哀鸣④。

① 明冯小青诗：“新妆竟与画图争，知是昭阳第几名？瘦影自临春水照，卿须怜我我怜卿。”

② 宋朱熹《自警》诗云：“十年浮海一身轻，归对梨涡却有情。世上无如人欲险，几人到此误平生。”梨涡，本指宋妓黎倩的酒窝，后泛称女子面颊上的酒窝。

③ 唐李白《清平调》三章之一：“名花倾国两相欢，常得君王带笑看，解释春风无限恨，沉香亭北倚栏杆。”

④ 唐白居易《琵琶行》句：“其间旦暮闻何物？杜鹃啼血猿哀鸣。”

其七

四更犹插满头花①，内使传宣坐赐茶②。
神女生涯原是梦③，不知秋思在谁家④？

① 清黄莘田《虎邱竹枝》诗云：“斑竹薰笼有旧恩，湘妃节节长情根。吴娘酷爱衣香好，个个将钱买泪痕。楼前玉杵捣红牙，簾下银灯索点茶。十五当炉年少女，四更犹插满头花。”

② 宋周必大《入直》诗云：“绿槐夹道集昏鸦，敕使传宣坐赐茶。归到玉堂清不寐，月钩初上紫薇花。”

③ 唐李商隐《无题二首》之二：“重帷深下莫愁堂，卧后清宵细细长。神女

生涯原是梦，小姑居处本无郎。风波不信菱枝弱，月露谁教桂叶香。直道相思了无益，未妨惆怅是清狂。”

④ 唐王建《十五夜望月》诗云：“中庭地白树栖鸦，冷露无声湿桂花。今夜月明人尽望，不知秋思落谁家?”

其八

君问归期未有期[①]，词中有誓两心知[②]。
等闲识得东风面[③]，却话巴山夜雨时[④]。

① 唐李商隐《夜雨寄北》诗云：“君问归期未有期，巴山夜雨涨秋池。何当共剪西窗烛，却话巴山夜雨时。”

② 唐白居易《琵琶行》句：“临别殷勤重寄词，词中有誓两心知。”

③ 参见《其二》注①朱熹诗。

④ 参见本诗注①。

龙里晓发[①]

观音山上上朝晖[②]，宿雾初开见翠微[③]。
可笑南行还北上，虽然西去却东归。
朔风吹冷侵人面[④]，冬日余温暖我衣。
原野草枯群动息，天边时有白云飞。

① 龙里：指诗人客次的龙里县，在今贵州省黔南布依族苗族自治州龙里县。龙里是贵阳的东大门，距贵阳市30余公里，《贵州通志》：“龙里县负山阻溪，为八省咽喉。”明洪武四年（1371）置龙里驿，二十三年（1390）置龙里卫。清康熙十年（1671）撤龙里卫置龙里县。

② 观音山：在龙里县城西。

③ 翠微：青绿的山色，也泛指青山。

④ 朔风：北风，指寒风。

抵贵阳府[1]

行行渐近贵阳城，水驿山邮第几程[2]。

连日迷濛困淫雨，今朝和畅喜新晴。

诸峰低首如相迓[3]，流水知音颇有情。

土壤只今成九仞，多君一篑好经营[4]。

① 贵阳府：即今贵州省的贵阳市。

② 水驿山邮：泛指水路山路的邮驿。邮驿是古代传递公文和书信的站点，“步递曰邮，马递曰驿。”《大清会典》记载，“凡置邮，曰驿，曰站，曰塘，曰台，曰所，曰铺。”驿的规模最大，站次之，余类推。

③ 相迓：犹相迎。

④ 参见《到青溪矿局》注②。

潘企曾太守设宴于翠微阁和哲甫即席一律[1]

悠悠槛外白云飞，修竹苍梧接翠微。

入耳涛声喧逝水，铭勋柱影立斜晖[2]。

当头皓魄银蟾上[3]，排闼青容锦幛围[4]。

容易一樽三国共[5]，高岗万仞振戎衣。

① 潘企曾：时任贵阳知府。翠微阁：在贵阳城中，至今还在。

② 铭勋柱：指翠微阁外矗立的记载鄂尔泰功绩的铁柱。陈季同自注：“阁外有鄂文端公平苗铭勋铁柱”。鄂尔泰，字毅庵，西林觉罗氏，满洲镶蓝旗人，曾任云贵广西三省总督，因改土归流晋封伯爵，又因苗民叛乱削去伯爵，清乾隆十

年（1745）病逝，谥文端。

③ 皓魄：指明亮的月光。银蟾，即月亮。陈季同自注："时十月望前一日。"

④ 排闼：推开小门。

⑤ 三国共：指座中有中、法、奥三国的人。陈季同自注："座有戴马陀君系奥国人，巨郎君系法兰西人。"

肴珍阁午饭别潘子宜陈哲甫闵逸溪（五首）

其一

身世年来类转蓬[①]，怀才不遇亦遭逢。

孰怜雅叙园中客，更听肴珍饭后钟[②]。

① 转蓬：随风飘转的蓬草。《后汉书·舆服志》："上古圣人，见转蓬始知为轮。"

② 肴珍：即嘉肴珍膳，指珍贵的食物。

其二

更尽樽前酒一觞[①]，明朝相忆路茫茫。

途人若问余心事，为道回天有妙方。

① 觞：古代盛酒器。

其三

关山跋涉五千里，乡国别离二百天[①]。

明日幸歌归去也，愿君好著祖生鞭[②]。

① 乡国：即家乡。

② 祖生：指祖逖。祖生鞭，典故出自《晋书》："刘琨与亲旧书曰：吾枕戈待旦，志枭逆虏，常恐祖生先吾著鞭耳。"后引以勉励人们努力进取。

其四

异乡分手情何限，千古同心可断金。
梁燕且教自来去[1]，海鸥莫更任浮沉。

① 梁燕：出自南宋刘辰翁的《兰陵王·丙子送春》"但箭雁沉边，梁燕无主"。"箭雁沉边"，写被掳北去的君臣，如同被射中的大雁，坠落到遥远北方。以"无主"的"梁燕"喻南宋臣民，凄惶无依。

其五

一电传来万里通，何须惆怅海西东。
成三有足能扛鼎，况复腾腾此热中。

竹王庙[1]

杨老黄丝古庙存，玉筐吞燕等荒唐[2]。
男儿何可随流水，自大奚唯独夜郎。
为爱虚心聊拜竹[3]，全无血气也封王[4]。
荆尸杜魄同千古[5]，数典獠人祖不忘[6]。

① 竹王庙：即祭祀夜郎的庙。《后汉书·南蛮西南夷列传》记载："夜郎者，初有女子浣于遯水，有三节大竹流入足间，闻其有号声，剖竹视之，得一男儿，归而养之。及长，有才武，自立为夜郎侯，以竹为姓。"陈季同自注："杨老黄丝驿等处皆祀竹二郎、竹三郎，相传为夜郎王之庙，夜郎姓竹，故呼竹王。"

② 陈季同自注："相传牂牁女子浣于河滨，见大竹三节漂流而过，中有儿啼，剖得男儿，长有才武，遂自立为夜郎侯。"

③ 拜竹：崇尚竹的品格。竹是空心的，文人常以竹比喻人的虚心，有"未出土时先有节，纵凌云处也虚（无）心"之句。

④ 陈季同自注："夜郎被杀后，人以其子非血气所生，请封为王。"

⑤ 荆尸：指春秋时楚军阵法。《左传·庄公四年》："正月，楚武王荆尸，授师孑焉，以伐随。"杜预注："尸，陈也。荆亦楚也，更为楚陈兵之法。"杜魄，即杜鹃鸟，相传古蜀王杜宇的魂魄化为杜鹃。

⑥ 獠人：是当时对敬奉夜郎为祖先的当地人的鄙称。陈季同自注："祀之者多獠人。"

贵阳闻李傅相违禁入圆明园罚俸一年①

持节方回海上槎②，九州犹自诵皇华③。
为因欲访阿房炬，却讶贪看上苑花④。
黄阁何符供养鹤⑤，玉关有客悔还家⑥。
区区同犯金吾禁，不尽浮沉叹李瓜⑦。

① 李傅相：即李鸿章（1823—1901），本名章桐，字渐甫（一字子黻），号少荃（泉），晚年自号仪叟，别号省心，谥文忠。李违禁入圆明园，被罚俸一年。

② 持节方回：指李鸿章出使各国刚回来。槎：即筏，此指乘船。

③ 皇华：《毛诗序》云："《皇皇者华》，君遣使臣也。送之以礼乐，言远而有光华也。"后以"皇华"赞颂奉命出使或出使者。

④ 阿房：即阿房宫，是秦王朝的巨大宫殿，据传为项羽所焚（据考证不确）。上苑，即皇家的园林。

⑤ 黄阁：汉代三公官署避用朱门，厅门涂黄色，故称为黄阁，此借指相府。

⑥ 玉关；即玉门关，汉时为通往西域各地的门户。此泛指西域各地。陈季同自注："傅相至各国，王家园囿争邀往游，唯恐其足迹不至。"

⑦ 李瓜：即谁是代李之瓜。瓜代，本指到来年瓜熟时派人接替戍边。后来就把任期满换人接替称为瓜代。

闻李合肥入总署志喜①

鼎鼐调和三十年，艰危独任此双肩。
剧怜槎泛张骞后②，几次鞭看祖逖先③。
傲雪菊花开晚节，鸣皋老鹤下长天④。
四夷慕德非今日⑤，喜诵珠槃玉敦篇⑥。

① 李合肥：即李鸿章，因其为合肥人。

② 张骞：西汉时期外交家。汉中成固（今陕西城固）人。陈季同自注："同署张樵埜侍郎，曾使美、日、秘诸国。"埜：同野。

③ 祖逖：中国东晋初有志于恢复中原而致力北伐的大将。字士稚。范阳逎县（今河北涞水）人，东晋北伐大将。陈季同自注："同署堂官，非故旧即门生。"

④ 皋：本义为泽边地，泛指岸边、水旁陆地。

⑤ 四夷，指东夷、西戎、南蛮、北狄，古代华夏族对四方少数民族的统称。此处泛指周边的国家。

⑥ 珠槃玉敦：古代诸侯盟誓时用的器具。引申为订立盟约。《周礼·天官·玉府》："合诸侯则供珠盘玉敦。"郑玄注："敦，盘类，珠玉以为饰。古者以盘盛血，以敦盛食。合诸侯者必割牛耳，取其血歃之以盟。珠盘以盛牛耳，尸盟者执之。"亦作"珠盘玉敦"。槃：木盘。

出贵阳小西门见电线（二首）

其一

顷刻音书匝月通[①]，尘寰若隔马牛风[②]。
三竿重见如冬日，一线高悬似彩虹。
岂亦牵情连不断，未能免俗半凌空。
路旁过客抬头问，又为何人达苦衷。

① 匝月：满一个月。

② 陈季同自注："贵阳以东不通电线故音问多疏。"

其二

忆从汉上别芳踪[①]，迢递关河隔万重。
一线有丝情不断，三湘无地足能容[②]。
几回欲把乡心诉，今日何殊知己逢。
我自乘舆君架木，庸中矫矫孰游龙。

① 芳踪：指电线。在汉口时见到。陈季同自注："汉口买舟而后，一路未见电线。"

② 三湘：指湖南。陈季同自注："中国各省均设电报，唯湖南不设，今犹缺然。"

过镇西围城见赶场有感

男女纷纷去赶场，米盐椒醋各分忙。
鹑衣不只悬千结[①]，鹄面如何萃一方[②]。
此日饥鹰争攫食[③]，当年小丑善跳梁[④]。
孰怜糊口长途客[⑤]，驿路风霜但自尝。

① 鹑衣：补缀的破旧衣衫。杜甫《风疾舟中伏枕书怀》：“鹑衣寸寸针。”

② 鹄面：容颜枯瘦的人。萃：聚集，聚在一起。

③ 饥鹰：喻饥饿的老百姓。

④ 小丑跳梁：指微不足道的坏人上蹿下跳，兴风作浪。陈季同自注：“此方皆獠犵旧居。”

⑤ 手稿爲“餬”，同“糊”。长途客：指作者这些长途而来的人。

茶店场下坡

山原俯瞰满畦町，久已霜过草尚青。
却讶阳春回黍谷[①]，依稀天气似兰亭[②]。
田园重叠成梯级，峰岭周围列幛屏。
惆怅鸭池河畔路，频呼略约渡前汀[③]。

① 黍谷：山谷名，在北京市密云县西南，又称寒谷、燕谷，此泛指寒冷的北方。

② 兰亭：在浙江省绍兴市西南之兰渚山上。东晋永和九年（353）王羲之等同游于此，并赋诗结集，羲之作《兰亭集序》。此泛指暖和的南方。

③ 惆怅：伤感；愁闷；失意。鸭池河，在乌江中游。今为贵州省清镇市鸭池河。汀：水边平地。

鸭池河

绿水穿岩出，微波荡漾生。
煖池嬉有鸭[①]，阳谷喜闻莺。
危磴盘旋上[②]，层峦转瞬更[③]。
回看旧来路，一线贴山平。

① 煖池：温暖的池塘。

② 危磴：高峻的石级山径。

③ 转瞬更：重叠的山岭随着作者的移动而转瞬变化。

食　橘

故里霜中果，芬香沁齿牙[①]。
望梅聊止渴[②]，怀橘正思家。
忽见红千颗，安能掷一车。
急将金玉剖，败絮不胜嗟[③]。

① 一、二句：谓作者家乡福州盛产红桔，香甜可口。

② 望梅止渴：比喻愿望无法实现，用空想安慰自己。见南朝宋刘义庆《世说新语·假谲》："魏武行役，失汲道，军皆渴，乃令曰：'前有大梅林，饶子，甘酸可以解渴。'士卒闻之，口皆出水，乘此得及前源。"

③ 最后两句：金玉其外，败絮其中，比喻外表华美而内质破败。此喻食橘外表好看，内质很差，难以入口。

大关坡[①]

直上十二里，高逾四百寻[②]。
狼牙增皲瘃[③]，汗雨落蒸淫[④]。
弱息余残喘，悬旌似客心[⑤]。
舆夫双腂肿[⑥]，强项尚登临。

① 大关坡：在今贵州省黔南布依族苗族自治州贵定县内。
② 高逾：高，超过。
③ 皲瘃：坼裂的冻疮。
④ 淫：手稿为“滛”，淫的异体字。蒸淫：形容挥汗如雨，蒸发了又渗出。
⑤ 悬旌：挂在空中随风飘摇的旌旗。诗人以此来比喻高悬着的心境。
⑥ 腂 guò，红肿。

荨 草[①]

蜀黔荨草为何物，偏向道周碍人足。
其叶如麻毛刺披，皮肿肤臃偶一触[②]。
嗟乎此邦荆棘多，圆蛇为害蛊为毒[③]。
天复何为生此草，甚于蜂虿与蝎蝮[④]。
安得钢刀尽剪除，勿使滋蔓去其恶[⑤]。
黔人闻言前致词，此草有用君休愕。
可以肥豕可已瘋，采归但以沸汤沃[⑥]。
信乎世间无弃材，请看牛溲与马勃[⑦]。
天雄半夏善鸩人[⑧]，良医罗列药笼错。
但知制炼使收功，美玉无瑕也须琢。
使贪使诈原因人，用之失道必衡决[⑨]。
良骥追风谁能知，当年倘未逢伯乐[⑩]。

① 荨 qián 草：荨麻，俗称藿麻，古称毛藐。由于荨麻其茎叶有刺蜇人，所以又叫“咬人草”。荨麻是很有经济价值的植物，可供纤维、食物、药物和优质饲料。荨：手稿为“蕁”；草：手稿为“艸”，皆异体字。

② 荨草的叶子有毛刺，皮肤被割到立即浮肿。

③ 蛊：古时把毒虫放在一起，最后不死的为蛊。

④ 蜂虿：蜂和虿，都是有毒刺的螫虫。蜂：手稿为“蠭”，蜂的异体字。

⑤ 滋蔓：滋生蔓延。

⑥ 此二句：谓荨草可以用来喂猪，也可祛风定惊治风疹。已：停止。关键的是，采摘回来要用开水浇一下。

⑦ 牛溲：车前草的别名。马勃：一名灰菇，俗称牛屎菇。两者皆至贱，均可入药。唐韩愈《进学解》：“玉札丹砂，赤箭青芝，牛溲马勃，败鼓之皮，俱收并蓄，待用无遗者，医师之良也。”清李渔《闲情偶寄・居室・房舍》：“收牛溲马渤入药笼，用之得宜。其价值反在参苓之上。”此处谓荨草和车前草、灰菇一样都是有用的东西。

⑧ 天雄：中药名。为附子或草乌头之形长而细者。辛，热，有毒。《淮南子・缪称训》：“天雄乌喙，药之凶毒也，良医以活人。”半夏，辛，温，有毒。二者皆为中药，但都有毒，炮制不当或吃过量均会像鸩一样毒死人。

⑨ 衡决：横裂，不衔接。引申为混杂；纷乱。明杨慎《古文参同契序》：“其书散乱衡决，后之读者，不知孰为经，孰为註。”

⑩ 良骥：骏马，良马。伯乐：春秋中期郜国（今山东省成武县）人，原名孙阳（约前 680—前 610）。因精于相马，甚得秦穆公信赖，被封为“伯乐将军”，著有《伯乐相马经》。此处借指荨草也许和千里马一样，只是尚未遇到伯乐。

刺 梨[1]

黔中有野果，花开似荼蘼[2]。
实如安石榴[3]，干若黑蒺藜[4]。
其味杂酸甘，积滞能消之[5]。
以蜜调为膏，居然甜比饴。
然亦分贵贱，单瓣惟编篱，
重瓣送春归[6]，艳吐红紫奇。
苗人作佳酿，瓮头封以泥[7]。
不肯轻供客，留为嫁女儿。
此梨独黔产，邻省不能移。
竟同过淮橘[8]，草木岂无知。
今人分疆界，何如此刺梨。

① 刺梨：又名茨梨（《分类草药性》），文先果（《四川中药志》），为蔷薇科植物刺梨的果实。落叶灌木，高约1米。多分枝，遍体具短刺，生长于中山及低山地区的沟旁、路边或灌木林旁。刺梨是云贵高原特有的野生资源，贵州为主产地。利用刺梨酿酒，最早见于清道光十三年（1833）吴嵩梁在《还任黔西》的诗句："新酿刺梨邀一醉，饱与香稻愧三年"。贝青乔的《苗俗记》载："刺梨一名送香归……味甘微酸，酿酒极香。"《宦游笔记》云：刺梨，"又名送春归"。刺梨可入药，具有健胃、消食积饱胀、解暑的功效。

② 荼蘼：落叶灌木，攀缘茎，茎有棱，并有钩状的刺，羽状复叶，小叶椭圆形，花白色，有香气，可供观赏。

③ 安石榴：石榴的别称，性味甘、酸涩、温，具有杀虫、收敛、涩肠、止痢等功效。

④ 蒺藜：一年生匍匐草本，多分枝，全株有柔毛。生于田野、路旁及河边草丛。辛、苦，微温；有小毒。

⑤ 刺梨的味道酸中带甘，能助消化，消滞化积。

⑥ 重瓣：刺梨的品种有单瓣与重瓣的区分。陈季同自注：“重瓣者名送春归。”

⑦ 瓮：陶制盛器，小口大腹。苗族人家用以酿酒，酿好后，瓮头用泥封住，以便贮存。

⑧ 过淮橘：见《晏子春秋·杂下之十》：“婴闻之：橘生淮南则为橘，生于淮北则为枳，叶徒相似，其实味不同。所以然者何？水土异也。”淮南的橘树，移植到淮河以北就变为枳树。比喻环境变了，事物的性质也变了。

相见坡[①]

我登相见坡，下上三十里。
两坡可相望，所间若盈咫[②]。
坡上大声呼，问答如响尔。
千夫鱼贯行，率然阵势耳[③]。
首坡林木森，蔚杂满霞气。
中坡瀑布悬，云雾腾腾起。
尾坡一溪横，迷濛飞白雨。
重楼仿佛若神山，可惜将军非小李。
我闻山入黔中青，今映夕阳色凝紫。
裴回瞻眺不忍前[④]，三里五里行复止。
僰人挽犊犁石田[⑤]，侏离盱睢相对语[⑥]。
有时呜呜讴山歌，椎髻练裙和妇子。
天然一幅好画图，有色有声极听视。
劳人迁客愁顿忘，安得烟云生笔底。
漫将佳景寄吟篇，鸿爪雪泥如是已。
如骑龙背立中坡，前见龙首后龙尾。
恨不与龙同驾空，金阙玉扃叩仙子[⑦]。

① 相见坡：今为贵州省黔东南苗族侗族自治州镇远县。陈季同自注：“黔人谓岭曰坡，在偏桥之东。”

② 咫：古代长度名，周制八寸，合今制市尺六寸二分二厘。见《说文》：“中妇人手长八寸谓之咫，周尺也。”比喻距离很近。

③ 鱼贯：形容前后接连着，像鱼群游动一样。此处谓很多的人鱼贯而来，就像摆起了阵势。

④ 手稿爲“裵裒”，裴回的异体字。裴回：即徘徊。瞻眺：来回远望观看。宋朱熹《释奠斋居》诗：“瞻眺庭宇肃，仰首但秋旻。”

⑤ 僰（bó）；古代西南少数民族。僰人之称最早见于《吕氏春秋》，为“西方之戎”，属氐羌族群。秦以前有僰侯国，元、明称为僰人或白人，是白族的先民。元以后也称傣族先民白夷为僰夷。

⑥ 侏离：指古代西部少数民族的乐舞。贾公彦疏引《孝经纬·钩命决》：“西夷之乐曰侏离。”又借指西部少数民族。盱睢：张目仰视貌。

⑦ 金阙：仙人或天子所居的宫阙。玉扃：玉饰的门户。唐白居易《长恨歌》：“金阙西厢叩玉扃，转教小玉报双成。”金阙玉扃：此处泛指天上的宫阙。

黔西州①

匆匆信宿出黔西②，四野荒芜乱草萋。

为怕洋人心似鹿③，可怜刺史胆如鼷④。

雍容坐镇宁牛后⑤，款段逍遥此马蹄⑥。

行上高岗回首望，州城斗大晓烟低。

① 黔西州：黔西原设府，清康熙二十二年，降府为州。据考证，黔西是人类发祥地之一，属长江以南旧石器时代早期文化的代表，早在50万年前就有人类在黔西这片土地上繁衍生息。黔西现设县，在贵州省中部偏西北，乌江中游鸭池河北岸。

② 信宿：连住两夜。《诗·豳风·九罭》“公归不复，于女信宿。”《水经

注·江水》“流连信宿，不觉忘返。”

③ 心似鹿：比喻州官因洋人过境担心生事而像鹿一样提心吊胆。陈季同自注：“州官闻洋矿师过境，甚怕。”

④ 鼷：一种小老鼠，亦称“耳鼠”。陈季同自注：“地方百姓安堵如常，而州官唯恐生事，请洋人下轿簾出境，洋人笑之。”

⑤ 牛后：牛的肛门。比喻处于从属地位。《战国策·韩策一》：“臣闻鄙语曰：‘宁为鸡口，无为牛后。’今大王西面交臂而臣事秦，何以异于牛后乎?”章炳麟《杂感》诗：“宁为牛后生，毋为鸡口活。”陈季同自注：“余慰曹刺史曰，我行居殿，有事我能解之，君勿恐。”

⑥ 款段：马行迟缓貌。《后汉书·马援传》：“乘下泽车，御款段马。”陈季同自注：“出城数武购得一马，骑之缓行，以松舆夫之力。”

盘瓠①

苗蛮祀盘瓠，自谓盘瓠后。
木瓜金筑间②，庙宇恒精构。
一犬俨居中，肸蠁香烟厚③。
粤稽山海经，卞明生白狗④。
卞明黄帝曾，高辛误应劭⑤。
其犬曰盘瓠，立功垂宇宙。
口衔将军头，身为驸马耀⑥。
男女生六人，山中自配偶。
遂传猺獞猺⑦，散处蛮荒久。
数典祖不忘，祭祀供俎豆。
浑如髯掀伍子胥，不啻尾续西门豹⑧。
古今妄诞抑何同，习俗相沿遍户牖。
忆昔余曾读方言，英人旦文考百兽⑨。

谓人实传自猕猴，筋骨体肤无不肖。
复将人猴两骷髅，比拟仅差过膝手[10]。
猩猩自古本能言，况复类人具牝牡。
此说差近吾不疑，理之所无事或有。
又阅法人德卑书，人畜私交胎息杳[11]。
岂其古有而今无，造化小儿何处叩。
窃意盘古误盘瓠，年月久湮成诬陋[12]。
抑若盘瓠为人名，如今犬子狗儿丑。
未必晋獒与殷虞[13]，公主甘为执一帚。
吾闽亦有苗妇人，竟制犬头髻上覆。
安得有司辨其诬，人畜关头严分剖。
风化攸关非等闲，他事可苟此难苟。

① 盘瓠（hù）：中国古代神话中的人物。据《后汉书·南蛮传》、晋干宝《搜神记》等书记载，远古帝喾（高辛氏）时，有老妇得耳疾，挑之，得物大如茧。妇人盛于瓠中，覆之以盘，顷化为犬，其文五色，因名盘瓠。后盘瓠助帝喾取犬戎吴将军头，帝喾以少女妻之。负而走入南山，生六男六女，自相配偶。其后子孙繁衍。盘瓠神话在苗、瑶、畲等少数民族中广泛流传，被奉为始祖或图腾。

②《诗·卫风·木瓜》："投我以木瓜，报之以琼琚。"后人常以木瓜琼琚比喻以厚礼报答。

③ 肸蠁（xī xiǎng）：散布，传播。指声响、气体的传播，引申为盛貌，连绵不绝。比喻灵感通微，犹缥缈。《说文·十部》："肸，响布也。"《汉书·司马相如传上》："众香发越，肸蠁布写。"颜师古注："肸蠁，盛作也。"左思《吴都赋》："芬馥肸蠁。"

④ 相传黄帝有儿子叫苗龙，苗龙生融吾，融吾的儿子受封于卞国（在今山东泗水县东的卞桥镇一带），史称其为卞明。《山海经·大荒北经》："黄帝生苗龙，苗龙生融吾，融吾生弄明，弄明生白犬。"陈季同自注："一本作弄明。"

⑤ 高辛：帝喾初受封于辛，后即帝位，号高辛氏。《史记·五帝本纪》："帝喾高辛者，黄帝之曾孙也。高辛父曰蟜极，蟜极父曰玄嚣，玄嚣父曰黄帝"。应劭：（约 153—196 年），东汉学者，字仲远，汝南郡南顿县（今项城）人。应劭博学多识，平生著作 11 种、136 卷，现存《汉官仪》、《风俗通义》等。陈季同自注："应劭以卞明为黄帝之曾孙"。《后汉书》写的是帝喾，而非卞明。所以诗人说应劭有误。

⑥ 陈季同自注："范史云，高辛氏之犬，衔吴将军头来献，帝妻之以女"。范史：《后汉书》的别称。

⑦ 狪獞猺：指侗族、壮族、瑶族。旧时对少数民族带有侮辱性的书写形式。

⑧ 伍子胥：（？—公元前 484），春秋末期吴国大夫，军事家、谋略家。名员，字子胥。楚国人，封于申地，故又称申胥。西门豹：战国时期魏国人。生卒年不详。魏文侯（公元前 446—前 396 年在位）时任邺（今河北临漳县西南）令，因治理有方，深受人民爱戴。

⑨ 旦文：即达尔文。达尔文（1809—1882）英国生物学家，进化论的奠基人。曾历时 5 年环球航行，对动植物和地质结构等进行了大量的观察和采集。1859 年出版了震动当时学术界的《物种起源》，提出了生物进化论学说。

⑩ 陈季同自注："猴手过膝，人则不及。"

⑪ 杳 yǎo：无影无声，喻人或物全无踪影。陈季同自注："德卑谓，人畜私交，万不能生育。"

⑫ 盘古：中国古代传说时期中开天辟地的神。盘古最早见于三国时徐整著的《三五历纪》。诗人认为盘瓠可能是盘古的音误。

⑬ 晋獒、殷虞：皆良犬的名字。《尔雅》曰："殷虞、晋獒、楚茹黄、韩卢、宋鹊，并犬属"。

舆夫吟（二首）

其一

跬步皆山地不平，狼牙剑锷石峥嵘。

屦穿衣敝寒侵骨[①]，踝肿肩穿喘有声。

野店五更偎藁荐[②]，邮亭一饭下椒羹。

长嗟口腹劳人苦，重负难期释此生。

① 屦 jù：古代用麻葛制成的一种鞋。

② 藁荐 gǎo jiàn：草席。

其二

冬晖何短路何赊[①]，日日行行渐离家。

宿雨餐风何限苦，剥肤失足不胜嗟。

水寒无渡搴裳涉[②]，岭峻难登俯首爬。

可恨吏胥犹倚势，鞭箠信手落交加[③]。

① 赊：长、远。

② 搴裳：提起衣裳。搴 qiān：通“褰”，撩起，提起。

③ 鞭箠：鞭子。箠，即捶，击马策也。

棕色猪

辽东之豕色多白，中原之豕色多黑。
亦有黑白间分明，何以黔西作棕色。
我闻贵州多豪猪[①]，其性虽异状无殊。
宵来村栅与豕合，生彘遂致变其肤[②]。
黔人习久不为怪，反怪何来碧眼胡[③]。
男女看胡胡看豚[④]，少见多怪无足论。
我本司空都见惯，旁观微笑夫何言。

① 豪猪：又称箭猪，是一类披有尖刺的啮齿目，可以用来防御掠食者。豪猪有褐色、灰色及白色。《本草纲目》中记载："豪猪处处深山有之，多者成群害稼，状如猪而项颈有刺，鬣长近尺许…"。此处，诗人讲到的"豪猪"应是指野猪。夜里与家猪交配，生下来的猪，肤色就改变了。

② 彘 zhì：猪，古代用字。

③ 碧眼胡：指蓝眼睛的洋人。

④ 豚：小猪。

甘荫棠和题壁诗[①]

舆球九万几环循[②]，浩劫茫茫剩此身。
传舍屡迁怜过客[③]，己田不恤暂耘人[④]。
安危掌握谁能任，经济胸罗士不贫。
犹向荒原求阅历，泰山未许厌微尘[⑤]。

① 甘荫棠：贵州省大定府甘棠乡，今贵州省大方县黄泥塘镇。陈季同自注："大定府东南六十里。"

② 舆球：地球。英文 the Earth 的音译。九万，指绕地球一圈约 9 万里。科学测量，赤道长度 40076 千米。

③ 传舍：邮舍、驿舍。供往来官吏休息食宿之地。

④ 恤：忧虑。王安石《答司马谏议书》："不恤国事。"

⑤ 微尘：诗人以大千世界一微尘自喻。

跳 月

正月元宵夜三五，苗蛮群作跳月舞[①]。
男吹芦笙女振铃，引凤求凰如法古。
预遴平壤作月场[②]，男皆软服女饰妆。
回翔宛转舞终夕，调笑谑浪双轻狂。
并肩角逐直到晓，村鸡既鸣犹携手。
归家野合旋分飞，生子方能系萝茑[③]。
聘资盈缩视媸妍[④]，宰牛醵酿拜皇天[⑤]。
掘地为炉冬代被，爨炊牲畜同房眠[⑥]。
又有狆家姿首饶[⑦]，褶裙廿幅长围腰。
发蒙青巾足蹑履[⑧]，孟春对月亦相跳。
彩布五色编成毬，跳酣掷向欢者头。
私奔不禁嫁乃绝，聘钱多少数耕牛。
龙家之苗名狗耳[⑨]，妇髻如螺圆上指。
男人衣白女衣斑，富佩药珠贫薏苡[⑩]。
春时立木为鬼竿，男女旋跃择所欢[⑪]。
既奔须以牛马赎，通媒再作撮合山。
马镫龙家在宁谷，发杂马鬃尖笠覆。
妇人缁布作高冠，状如马镫一簪束。
装饰虽殊跳月同，芦笙十二竹雌雄。

逐声应节生逸态，桑间濮上古遗风。

畴昔余乘海上槎[12]，目迷五色眼生花。

西人跳舞恒达旦，灯烛辉煌月不华。

洋女妖娆多有致，露胸袒臂裙拖地。

疾徐高下舞旋风，凤管鸾笙鸣角徵。

双双蝴蝶效婆娑，玉肩相接踵相摩。

香汗涔涔尤妩媚，衣香扇影多轻罗。

中西相距三万里，言语不通服饰异。

独于男女之大伦，跳舞合欢能一理。

① 跳月：指跳月舞，是苗族青年在节日夜间所跳的舞蹈。在月光下，载歌载舞，寻找意中的爱侣，表达纯洁的爱情。

② 遴：挑选。

③ 萝茑 luó niǎo：女萝和茑，两种蔓生植物，常缘树而生。《诗经》云："茑为女萝，施于松柏"，意喻兄弟亲戚相互依附。清赵翼《土歌》："君不见双双粉蝶作对飞，也无媒妁订萝茑。"引申为结成婚姻。

④ 媸 chī：指丑陋，妍指美丽，引申为好坏、贤愚、高下。

⑤ 醵 jù：凑钱喝酒。

⑥ 爨 cuàn：烧火做饭。《尔雅》："爨，炊也。"

⑦ 狆家：布依族的旧称。亦称"仲家"。

⑧ 蹑履 niè lǚ：指趿拉着鞋。古人家居脱鞋席地而坐，客人来时，拖着鞋子匆忙出迎。形容对来人的热情欢迎。

⑨ 狗耳：指头发结成如狗耳状。

⑩ 药珠：药指药树，珠指如意珠。佛学认为药珠是佛陀所化现之药树王身与如意珠王身。此指富贵人家较为名贵的珠佩。薏苡，即薏苡仁，又名薏米。成语"薏苡明珠"讲述东汉名将马援平定南疆后带回几车薏米。马援死后，朝中有人诬告他带回的是搜刮来的明珠。此处是人讲的是穷的苗家女用采摘来的薏苡一类果实当珠宝佩戴。

⑪ 鬼竿：立春后竖木杆于野外，谓之“鬼杆”，上悬白布一幅。未婚男女剪衣换带，各自择配。

⑫ 畴昔：往昔，以前。指诗人在欧洲担任外交官的时候。

甘荫棠旅夜[1]

旅枕荒唐梦，邻家鸡犬声。
破窗穿月入[2]，拥被觉寒生。
万里馀归路，三旬尚此行。
乡心蓬勃起[3]，睁眼待天明。

① 甘荫棠：参见《甘荫棠和题壁诗》注①。

② 窗：手稿为“牕”，窗的异体字。

③ 乡心：思念家乡的心情。唐刘长卿《新年作》诗：“乡心新岁切，天畔独潸然。”

晓　行

昨夜难成寐，今朝强自持。
惛懵如中酒[1]，仿佛不成诗。
石怪疑牛卧，云奔若马驰。
舆夫催上路，村店未开时。

① 惛懵 hūn měng：亦作“惛瞢”，指迷糊不清。中酒，饮酒半酣时。左思《吴都赋》：“鄱阳暴谑，中酒而作。”吕向注：“中酒，为半酣也。”引申为醉酒。

大定府[①]

软红十丈燕京北[②]，弱水三千大定东[③]。
容易胸襟涤尘垢，胡为踪迹又泥中。
参禅鼻观鲍鱼肆[④]，卧听鼾呼长喙公[⑤]。
毕竟罗罗终鬼国[⑥]，蓬蒿满地拂腥风。

① 大定府：位于贵州省西北部、毕节地区中部、乌江上游六冲河北岸。周属夜郎国地，清康熙五年设大定府，今为大方县。陈季同自注："天晴不雨，满城拖泥带水，臭味熏天。"

② 软红：形容都市繁华。苏轼自注诗云："此为前辈戏语，有西湖风月，不如东华软红香土。"清厉鹗《夏日田园杂兴》诗："无事牵牛著凉处，輭红十丈自然遥。"

③ 弱水：古人认为水弱不能载舟，因称弱水，引申为险恶难渡的江河。

④ 鼻观：佛家有观想法，观鼻端久而见虚室生白，谓之鼻观。鲍鱼肆：鲍鱼之肆。北齐颜之推《颜氏家训·慕贤》："与善人居，如入芝兰之室，久而自芳也；与恶人居，如入鲍鱼之肆，久而自臭也。"此指城里臭气冲天。

⑤ 鼾呼：熟睡而打呼噜。长喙：长嘴，赤舌。比喻多话、搬弄是非。

⑥ 罗罗鬼国：古代贵州交通闭塞，文化落后，被视为"蛮夷"之地，明《贵州名胜志》记载，贵州在殷周时称鬼方，汉时称罗甸国，唐称罗罗鬼主，宋元称罗施鬼国，明洪武四年才置贵州宣抚司，隶四川。陈季同自注："大定为罗罗鬼国，武侯七擒孟获，曾至其地。"

头塘坡[1]

地超海上五千尺，岭上黔中第一层[2]。
全蜀山川遥罩霭，四围岩岫耸崚嶒[3]。
一呼欲作登高想，万壑何曾皆应能。
惆怅下坡看风物，炊烟茅屋起腾腾。

① 头塘坡：贵州省六盘水市钟山区头塘坡。陈季同自注："黔中虽多山，然皆童阜，余足迹所经，唯此最峻。"

② 黔中第一层：六盘水位于贵州省西部，云贵高原一、二级台地斜坡上，市境大地构造属扬子准地台上扬子台褶带。位于扬子准地台（I 级构造）上扬子台褶带（II 级构造）的威宁至水城迭陷断褶束、黔西南迭陷褶断束以及黔中早古拱褶断束和黔南古陷褶断束的极西边缘。地势西高东低，北高南低，中部因北盘江的强烈切割侵蚀，起伏剧烈。一般地区海拔在 1400 至 1900 米之间。地面最高点在钟山区二塘乡韭菜坪，海拔 2900.3 米，是贵州省海拔最高点。

③ 崚嶒：高峻重叠貌。

武乡侯祠[1]

丞相祠前古柏高，永安重托识英豪[2]。
七禽济火通前道[3]，五月泸江渡不毛[4]。
二表光犹争日月，三分功亦迈萧曹[5]。
南阳倘未来昭烈[6]，鱼水君臣失际遭。

① 武乡侯祠：祭祀诸葛亮的武侯祠。陈季同自注："黔中贮甲铜鼓诸山多武乡侯陈迹，世传章武时南征，此其平蛮略地处也。"

② 永安重托：指刘备白帝城托孤。白帝城，时称永安县。蜀汉章武二年

(222)，刘备夷陵之战后改名永安县。

③ 七禽：即七擒七纵。“禽”通“擒”。三国时，诸葛亮将孟获捉了七次，放了七次，使他诚服，不再为敌。比喻运用策略，使对方心服。济火：参见《济火》。陈季同自注：“注见下。”

④ 不毛：不宜种植物的，贫瘠的。诸葛亮《前出师表》云：“故五月渡泸，深入不毛”。泸江：红河支流。发源于我国云南省开远市，我国境内称盘龙江，入越境称明江，汇合锦江后称泸江，在越池附近注入红河。

⑤ 二表：指诸葛亮的前后《出师表》。三分，指汉末分裂为魏蜀吴三国。萧曹，指萧何与曹参。《史记·张丞相列传》：“昌（周昌）为人彊力，敢直言，自萧曹等皆卑下之。”唐高适《自淇涉黄河途中作》诗之十二：“力争固难恃，骄战曷能久。若使学萧曹，功名当不朽。”

⑥ 南阳：指诸葛亮。诸葛亮的《前出师表》云：“臣本布衣，躬耕于南阳”，因用以指代。

黑神庙①

不祀将军祀黑神，庐山面目失其真。

谬言俎豆原因子②，争以馨香谢救民③。

慷慨夺围惊尹贼④，忠良合传配张巡⑤。

长冠黝貌鬚如戟⑥，啮指临淮是此人⑦。

① 黑神庙：祭祀黑神唐将南霁云的庙。陈季同自注：“神姓南名霁云，范阳人，唐名将。”

② 陈季同自注：“黔《通志》载，南公之子名承嗣，为清江太守，有善政、战功，民德立庙祀之，遂并及其父焉。”

③ 陈季同自注：“凡水旱灾祲瘟疫兵戈之事，有祷必应，常有功德于民，民受其赐。”

④ 尹贼：指尹子奇。安史之乱时，安庆绪命尹子奇率兵攻打睢阳（今河南

商丘市南)。张巡率兵与守将许远同坚守，并数度破敌之围。张巡率南霁云等将突袭敌营，南霁云一箭射中尹子奇左眼，险些把他活捉。苦战数月，伤亡惨重，张巡命南霁云赴临淮向贺兰进明求援，但贺兰进明拒不发兵，城遂失陷，张巡、南霁云等被害。陈季同自注：“尹子奇围攻睢阳，公夺围而出，赴临淮求援于贺兰进明。”

⑤ 陈季同自注：“《唐书》，南霁云与张巡同传。”

⑥ 黝 yǒu：黑色。鬚，胡须。戟，古代一种合戈、矛为一体的长柄兵器。此处形容胡须像戟一样又长又硬。陈季同自注：“以黝貌，故遂呼黑神。”

⑦ 临淮：今安徽泗县东南。陈季同自注：“进明坐视不援，公啮指淋血，射矢浮图，誓扫烽烟，读其传，犹凛凛有生气。”

怀白亭①

乘醉入宫应诏忙，清平三调谪蛮荒②。
听莺桐梓犹遗恨③，飞燕昭阳尚倚装④。
九土溃横忧国泪⑤，二龙陪侍逐臣狂⑥。
炼成金骨供诗酒⑦，何必金鸡下夜郎⑧。

① 怀白亭：遵义城外桃源洞纪念李白的亭子。陈季同自注：“遵义城外里许，有桃源洞，洞有怀白亭，明大学士王应熊所建也，洞前有赑屃屹然，镌五大字曰‘李白听莺处’，桐梓城内，白故宅之迹犹存。”赑屃 bì xì：又名龟趺，龙生九子之长，貌似龟，有齿，力大，好负重。

② 一、二句：谓李白入宫与被流放。新旧《唐书》均有记载：天宝初，贺知章见李白，叹为谪仙。有诏供奉翰林。安史之乱，永王谋乱，兵败，有诏李白长流夜郎。唐玄宗为取悦杨贵妃命李白作《清平三调》。

③ 桐梓：位于贵州省北部，现为遵义市市辖县，与重庆市接壤。唐贞观十六年（642）设置夜郎县，北宋宣和二年（1120）废止，存在了478年，是中国历史上存在时间最长的夜郎县。

④ 昭阳：汉宫殿名，后泛指后宫。《清平三调》之二中有句："借问汉宫谁得似？可怜飞燕倚新妆。"

⑤ 九土溃横句：借用李白《经离乱后天恩流夜郎忆旧游书怀赠江夏韦太守良宰》诗句，中有"炎凉几度改，九土中横溃"，"中夜四五叹，常为大国忧"等句。陈季同自注："《赠江夏韦太守良宰》诗中语。"

⑥ 二龙陪侍句：借用李白《窜夜郎于乌江留别宗十六璟》诗句，中有"适遭云罗解，翻谪夜郎悲。拙妻莫邪剑，及此二龙随"等句。陈季同自注："《乌江留别宗十六璟》诗：拙妻莫邪剑，及此二龙随。"

⑦ 炼成金骨句：借用李白《忆秋浦桃花旧游时窜夜郎》诗句，中有"三载夜郎还，于兹炼金骨"等句。陈季同自注："《秋浦桃花忆旧游》诗：三载夜郎还，于兹炼金骨。"

⑧ 金鸡：古代认为天上的天鸡星移动就要大赦，所以古人便在大赦日竖起长竿，在竿上立一金鸡，宣布大赦令。后便以"金鸡"借指大赦。李白《流夜郎赠辛判官》："我愁远谪夜郎去，何日金鸡放赦回？"

济　火①

积粮通道迓王师②，禽纵蛮王实赖之。
莫道荒陲忘信义③，岂因瓯脱事羁縻④。
效尤功著奢香女⑤，继武名颁帖木儿⑥。
赍叟青羌盖可拟⑦，罗罗鬼国坦如夷⑧。

① 济火：汉代牂牁人，为南中罗甸彝族默部君长勿阿纳第六世孙，系水西（黔西）安氏、芒部（镇雄）陇氏彝族土司之远祖。济乃父名，火乃已名，众称济火将军。济火深目身长，面黧色而白齿，以青布帛为囊，笼发其中，若角状。习战斗，尚信义，善抚其家众，诸彝戴之。陈季同自注："汉牂牁帅黑卢鹿，水西安氏远祖也。"

② 积粮通道句：蜀汉建兴三年（225），济火闻诸葛武侯南征，即积粮草，

通道路，率众往芒部之大草坝（今彝良境）迎接诸葛武侯南征部队。迓：迎接。陈季同自注：“诸葛武侯南征，济火积粮通道以迎王师，遂佐武侯。”济火战斗勇敢，亲擒孟获，立功于军前，得武侯赞赏。

③ 陈季同自注：“水西之人习战斗，尚信义。”乌江上游的鸭池河之西，称为水西。

④ 瓯脱：土穴，指古代少数民族屯戍或守望的土室，引申为屯戍之人或边境之地。羁 jī，马笼头；縻 mí，牛缰。羁縻：指唐王朝对西南少数民族采用的政策，一方面“羁”，用军事手段和政治压力加以控制；一方面用“縻”，以经济和物质的利益给予抚慰。陈季同自注：“平西南夷禽孟获之后，封为罗甸国王，世长其土，勒四十八部乎，追累世相承，长奉西藩，奄有爵土，承恩罔替焉。”夷：手稿爲“尽”，夷的异体字。

⑤ 奢香，参见下一首诗《奢香》之注。陈季同自注：“注见后。”

⑥ 陈季同自注：“后裔阿画，事元不懈，至大元年授为武略将军，泰定间赐名帖木儿卜花。”

⑦ 賨 cóng：秦汉时期西南地区少数民族所缴的一种赋税。賨叟：指缴纳这种税的少数民族。青羌：古代西南地区羌族的一支，因服饰尚青色，故称。儗：比并，比拟。

⑧ 罗罗鬼国：参见《大定府》注⑥。

奢　香①

一女能将蜀道开②，奢香千载亦贤哉。

代夫宣慰诸罗服，谒圣陈词数语哀。

赤水至今通驿马，乌江无复梗蒿莱③。

当年裸挞威都督④，却把头颅换得来。

① 奢香：彝名舍兹，生于元顺帝至正二十一年（1361），系四川蔺州宣抚使、彝族恒部扯勒君长奢氏之女。明洪武八年（1375），年方十四，嫁与贵州彝

族默部水西（今大方）君长、贵州宣慰使霭翠为妻。婚后经常辅佐丈夫处理政事。洪武十四年（1381）霭翠病逝。由于子尚年幼，不能承袭父职，奢香代袭贵州省宣慰使职。陈季同自注："济火后裔霭翠之妻，翠于明洪武间授贵州宣慰使，死以妻代立。"

② 蜀道开：指奢香开通"龙场九驿"通蜀之道。洪武十六年（1383），贵州都指挥使马晔，视奢香为"鬼方蛮女"，借机将奢香抓到贵阳，裸衣笞背。奢香与宣慰同知刘淑贞"走诉京师"，朱元璋召回马晔，将其下狱。奢香回贵州后，一面宣扬朝廷的威德，使人心安定；一面履行诺言，刊山通道。开辟出以偏桥（今施秉县境）为中心的两条驿道：一条向西达乌蒙（今云南昭通）；一条向北，经草塘、陆广、谷里抵毕节，沿途设龙场等九个驿站（史称"龙场九驿"），成为西南地区交通要道，沟通了边疆与内地联系，增进了汉民族与西南各兄弟民族的交流。明太祖朱元璋称："奢香归附，胜得十万雄兵！"陈季同自注："奢香谒上，诉都督马晔裸挞之苦，上温语慰遣之，遂斩晔，诸罗大感，为除赤水乌撒，立龙场九驿以通蜀。"

③ 梗：阻塞，妨碍。蒿，青蒿；莱，又名藜，皆草本植物，均为穷人吃的野菜。

④ 裸挞：指将人脱掉衣服鞭打。威都督：指一时逞威的都指挥使马晔。

牂牁江[①]

兴废此牂牁[②]，长流水不波。
夜郎空自大，鬼国已亡罗[③]。
蜀粤稽源异[④]，牂牱添足多[⑤]。
且兰或桐梓，其势总江河[⑥]。

① 牂牁（zāng kē）江：位于贵州省六枝西部，系珠江流域、北盘江水系。司马迁《史记》："夜郎者，临牂牁江，江广百余步，足以行船"。

② 陈季同自注："汉初置牂牁郡，历代屡兴屡废，今则为平越州。"

③ 夜郎自大：比喻孤陋寡闻而又妄自尊大。《史记·西南夷列传》记载，张骞出使回来说至滇时，滇王与汉使者言曰："汉孰与我大？"及"夜郎侯亦然。以道不通故，各自以为一州主，不知汉广大。"滇王与夜郎侯因交通闭塞，不知道汉有多大。但以后演化为成语，却是妄自尊大。罗罗鬼国，见《大定府》注⑥。

④ 陈季同自注："《华阳国志》称，楚顷襄王遣将庄蹻伐夜郎，军至且兰，椓船于岸，步战灭夜郎，后人以且兰有椓船牂牁处，遂名其地。《史记》云：牂牁江广数里，出番禺城下，惟按且兰即今之遵义，夜郎即今之桐梓，然则牂牁即今之乌江，其水系由巴山而来。"

⑤ 陈季同自注："前汉书谓牂牁为牂牱。"

张三丰[①]

三丰闻说是闽人，谪戍黔中寄此身[②]。
地指侯封示张信[③]，仙名挈蹋隐高真[④]。
逸踪假访金川役[⑤]，遗像长悬石壁尘[⑥]。
杖策西行仍破衲[⑦]，千秋宇宙永留神。

① 张三丰：据《明史·张三丰传》记载：张三丰，辽东懿州人，名全一，一名君宝，三丰其号也。以其不饰边幅，又号张邋遢。或言三丰金时人，元初与刘秉忠同师，后学道于鹿邑之太清宫，然皆不可考。天顺三年，英宗赐诰，赠为通微显化真人，终莫测其存亡也。陈季同自注："明洪武间人"。谓之为"闽人"，仅是一说。

② 明万历间郭子章（1542—1618）撰《黔记》云：张三丰"闽县人。"持相同说法者还有：谈迁的《枣林杂俎》、田雯撰《古欢堂集》、清康熙三十六年（1697）卫既济、薛载德纂修《贵州通志》，清同治十二年（1873）黎兆熙、莫友芝撰《黔诗纪略》，佚名《张三丰仙师外传》。谪戍黔中，陈季同自注："戍平越卫。"寄此身，陈季同自注："蓬头草履，四时惟一破衲，行丐于市上。"

③ 陈季同自注："善奕，与指挥张信善，指城南月山寺地右曰：葬此必封侯。信从之，后果以战功封爵，位至隆平侯。"

④ 陈季同自注："市人呼之为揧蹋仙，结茅高真观，昼则静坐，夜则礼斗。"

⑤ 陈季同自注："永乐遣官征聘，竟莫知所之，说者谓金川之役，假访三丰之名，实以侦逊国之逸踪也，孙文恭望仙台诗亦云：望仙台迥草花笼，揧蹋真仙落故踪。永乐当年书诰在，谁知不为觅三丰。"

⑥ 陈季同自注："平越城西倒马坡，对山有石壁如屏，悬崖千仞，上有三丰遗像，首戴华阳冠，侧身杖策西行，俨然图画，旁刊'神留宇宙'四字。"

⑦ 衲：僧衣。

蜡　虫[1]

蜂能酿蜜蚕成茧，草解生盐树产糖[2]。
黔地有虫能吐蜡，女贞树上白如霜[3]。
数金量斗收罗贵[4]，九月煎脂采取忙。
莫笑雕虫为小技，案头剪烛藉分光。

① 蜡虫：一种蜡纷科雌雄异体昆虫，每年一代，成群栖息女贞树上。雄虫能分泌白蜡。早在十三世纪，我国已知饲养白蜡虫以生产白蜡。

② 树产糖：指热带雨林中的糖棕树，花冠硕大，花柄粗壮，花柄里储满了糖浆，割开后一树花柄可流出一小桶糖浆，当地人常采来代蔗糖食用。陈季同自注："在蜀西。"

③ 陈季同自注："置虫于女贞树上，吸树脂，两三月，渐长如蚕，遂以蜡抱树枝成片。"

④ 陈季同自注："虫价一斗值一二金。"

雄　黄[1]

艳似桃花皎似霜[2]，黔中兴义产为强[3]。
力能解毒和蒲酒[4]，佩可宜男系锦囊。
生长近朱多带赤，诪张信口幻雌黄[5]。
春申太守真知己，颜色犹留五马堂。

① 雄黄：药用矿石，为块状或粒状集合体，质脆，微有特异的臭气，味淡，主产于湖南、湖北、贵州等省。学名二硫化二砷，别名石黄、鸡冠石、黄金石等，性脆，熔点低。

② 皎：白而亮。

③ 兴义：位于贵州省西南部，今为贵州省兴义市，隶属于黔西南布依族苗族自治州。兴义喀斯特地形奇特，是贵州龙的故乡。

④ 蒲酒：菖蒲酒。菖蒲酒远在汉代已名噪酒坛。每年农历“端阳节”，有饮朱砂、雄黄、菖蒲酒、吃粽子的习俗。

⑤ 诪张：欺诳迷惑人。《周书》曰：“無或譸張爲幻。”

双　井

习安一井名双井[1]，井水澄澄判异同[2]。
左右石栏凭汲取[3]，左炊成白右成红。

① 习安：今为贵州安顺市。著名的黄果树瀑布就在安顺。

② 澄澄：清澈明洁貌。晋阮修《上巳会诗》：“澄澄绿水，澹澹其波。”

③ 汲：从井里打水。

即事（二首）

其一

府海官山宝藏呈，日中为市古经营①。

陶朱事业关长袖②，管子生涯在众擎③。

善事伊谁求利器，夺人到底要先声。

而今莫笑瞿塘贾④，大腹便便列九卿⑤。

① 日中为市：日中，太阳当头，指正午；市，做买卖。中午进行交易做生意。原指古代物物交换的集市方式。后也形容偏僻地区的商业活动情形。见出处《易经·系辞下》："日中为市，致天下之民，聚天下之货，交易而退，各得其所。"

② 陶朱：指范蠡，字少伯，春秋末期楚国宛邑人。他是中国古代商人之祖，人称陶朱公。

③ 管子：春秋时期齐国政治家、思想家管仲。

④ 瞿塘贾：旧谓进四川的商人。亦借指追求盈利、甘冒风险的商人。唐李益《江南曲》："嫁得瞿塘贾，朝朝误妾期。"

⑤ 九卿：古代中央政府的九个高级官职。《周礼·考工记·匠人》："外有九室，九卿居焉。"郑玄注："六卿三孤为九卿，三孤佐三公论道，六卿治六官之属。"历代多设九卿。这里指官居高位。

其二

朝野纷纷讲富强，亦知国本在经商。

皮毛新法开风气，痛痒民情失雨旸①。

何必乘轺工改辙②，未曾入室也升堂。

前年渤澥争资敌③，铁舰坚精器械良。

① 旸 yáng：日出。

② 轺 yáo：古代轻便的小马车。见《说文》："轺，小车也"。辙：车迹，车轮碾过的痕迹。

③ 前年，指 1894 年的黄海战役。

大鬼园[1]

五尺黄泥路，山腰一线纡[2]。
千寻临古涧，三省此通衢[3]。
昂首天疑近，随身云与俱。
头头都是道，何至有穷途。

① 大鬼园：在今贵州大方县附近。

② 纡：弯曲，绕弯。

③ 衢：大路，四通八达的道路。陈季同自注："蜀滇黔。"指这里的大路是四川、云南、贵州三省的通道。

双　山[1]

东西栈道似蜈蚣[2]，涧底虹桥一水通。
去处回观来处路，半天犹在两山中。

① 双山：陈季同自注："在大定西三十五里。"大定即大定府，今之贵州省毕节地区大方县。大定西部于 1941 年设立纳雍县。双山在今纳雍县境内，现有沙包乡双山村。

② 栈道：又称阁道，沿悬崖峭壁修建的一种道路。

寄怀欧阳哲丞

三月欣联句，兼旬已各天。

行人伤远道，吾子尚青毡[①]。

何日君归楚[②]，明朝我近滇。

相思频欲寄，雁影杳云边。

① 青毡：青色毛毯，引申为清寒贫困的生活。

② 陈季同自注："君湖南人。"

又寄家哲甫[①]

吾宗观察近何如，驿上邮诗问起居。

记取盈樽还有酒，莫歌弹铗食无鱼[②]。

宝山休惜归空手，陋室犹堪读我书。

明日掉头访渔父，瞿塘滟滪去徐徐[③]。

① 哲甫：陈哲甫，参见《迟家喆甫观察潘子宜太守不至》注①。

② 弹铗：弹击剑把。铗，剑把。或谓思归。

③ 瞿塘：峡名，也称夔峡，为长江三峡之首，西起四川省奉节县白帝城，东至巫山大溪，两岸悬崖壁立，江流湍急，山势险峻，号称西蜀门户。峡口有夔门和滟滪堆。滟滪堆：即瞿塘峡口江中的大石头，附近水流湍急，是航行危险地带。古代民谣有"滟灏大如襆，瞿塘不可触"的话。因其险要，亦称之为滟滪关。其险滩称滟滪滩。

又寄怀潘子宜太守[①]

公子何为者，勾留尘网中[①]。

沧桑旧游地[②]，惆怅故王宫。

国手棋谁敌，良医术已穷。

忧天天懵懵，莫与杞人同[③]。

① 勾留：逗留，停留。

② 沧桑：即沧海桑田，指大海变成桑田，桑田变成大海，比喻世事变化很大。

③ 懵懵：模糊不清，引申为糊里糊涂。唐岑参《感旧赋》："上帝懵懵，莫知我冤。"杞 qǐ 人：杞国人。杞国是周代诸侯国，在今河南杞县一带。此处化用典故杞人忧天。

寄赠闵逸溪鹾尹[①]

持筹原不分盐铁[②]，炼药从何采汞铅。

荦确徒为蹄辙苦[③]，囊中虽有买山钱。

点头谁听生公法[④]，努力休忘晚盖愆[⑤]。

海上迟君一樽酒，莫辞酩酊醉花前。

① 鹾 cuó：盐。鹾尹，管盐的官吏。

② 持筹：手持算筹，多指理财或经商。

③ 荦 luò 确：怪石嶙峋貌。唐韩愈《山石》诗："山石荦确行径微，黄昏到寺蝙蝠飞。"

④ 生公：晋末高僧竺道生的尊称。相传生公曾于苏州虎丘寺立石为徒，讲《涅槃经》。至微妙处，石皆点头。唐李绅《鉴玄影堂》诗："深夜月明松子落，

儼然听法侍生公。”

⑤ 葢，同蓋。愆 qiān：罪过，过失。晚盖：谓以后善掩前恶。《国语·晋语一》：“彼将恶始而美终，以晚盖者也。”韦昭注：“美，善也。晚，后也。盖，掩也。言以后善掩前恶。”

梨树平题壁[1]

村店荒凉风怒号，严寒料峭袭征袍。

床头罅隙烟灰满[2]，屋上承尘霜月高。

何以结裀聊藉草[3]，可怜画地自为牢。

花笺诗纸都糊壁[4]，用尽宣城又薛涛[5]。

① 梨树平：位于贵州省西南，现为兴仁县四联乡梨树坪村。

② 罅隙 xiàxì：裂缝；缝隙。

③ 裀：同“茵”，草垫子；草褥子。

④ 花笺：精致华美的笺纸。诗纸，即诗笺，写诗用的纸。

⑤ 宣城：安徽宣城，以盛产宣纸扬名。此处代指宣纸。薛涛：唐朝女诗人，长安人，生卒不详。幼年随父薛郧流寓成都，八九岁能诗，父死家贫，十六岁堕入乐籍，后定居浣花溪。知音律，工诗词。创“薛涛笺”，即为红色小八行纸。此处代指薛涛笺。

毕节县[1]

山原本高燥[2]，城市辱泥涂[3]。

糊口邻难择，人心利必趋。

此邦多瘴疠[4]，无鬼不揶揄[5]。

愿借滂沱力，湔成清净区[6]。

① 毕节：清康熙二十六年置毕节县，清雍正七年，属大定府。今为贵州省毕节市。

② 燥：手稿用俗字燥。

③ 泥涂：污泥，泥泞的道路。

④ 瘴疠：指瘴气或受瘴气而生的疾病。唐杜甫《闷》诗："瘴疠浮三蜀，风云暗百蛮。"

⑤ 揶揄：嘲弄、戏弄、侮辱之意。《东观汉记·王霸传》："市人皆大笑，举手揶揄之。"

⑥ 滂沱：形容雨下得很大，此处指大雨。湔 jiān：用水洗，洗濯，涤除。

人鬼吟（二首）

其一

路鬼争看载鬼车[1]，鬼头鬼脸笑哈哈。
日中自古曾为市，天下而今已一家。
鬼亦犹人何足怪，人如似鬼最堪嗟。
牂牁江畔罗甸国[2]，二鬼间行众鬼哗[3]。

① 路鬼：指路上的行人，因当地古为罗甸鬼国，故戏称之。载鬼车：指洋人乘坐的车辆。亦戏称洋人为"鬼"。

② 牂牁江：参见《牂牁江》注①。

③ 二鬼：指随行的洋矿师奥国人戴马陀和法国人巨郎。

其二

生平半与鬼为邻[①]，人鬼关头辨不真。

鬼若有灵都可使，人而无信岂能亲。

中西鬼国游尝遍，冷暖人情阅已频。

自取揶揄休怪鬼，室教来瞰是无人[②]。

① 与鬼为邻：诗人在1875年随日意格到英、法参观学习，1877年入法国政治学堂学“公法律例”，后任驻德、法参赞，代理驻法公使并兼比利时、奥地利、丹麦和荷兰四国参赞，在欧洲居住前后达16年之久。

② 瞰 kàn：从高处往下看，俯视。

观音桥[①]

四山风景豁然开，信是人行蜀道来。

惨淡纵教尽如睡，崔巍已觉若无涯[②]。

林间黄叶霜初过，路畔闲花雨未摧。

今日方能舒眼界，徒行不厌细徘徊[③]。

① 观音桥：位于贵州毕节西北通往四川的路上。陈季同自注：“在毕节西北，有通蜀、滇两道，观音桥则通蜀道者也。”

② 崔巍：形容山势高峻，也指高大雄伟的山。

③ 徒行：步行。

竹下即事（二首）

其一

解衣磅礴对扶疎[①]，放浪形骸择此隅。

久不见君教我俗[②]，且将浊垢一时除。

① 扶疎：亦作扶疏，枝叶繁茂分披貌。

② 君：指竹。古人常把梅兰菊竹誉为四君子。竹象征气节，古人常以“玉可碎而不改其白，竹可焚而不毁其节”来比喻人的气节。也有以其坚劲、高洁、虚心来寓意的。

其二

为爱琅玕骖暂停[①]，谷风习习叶青青。

途人疑效元章拜[②]，屈膝林间石作屏。

① 琅玕：翠竹的美称。唐白居易：“剖劈青琅玕，家家盖墙屋。”骖：古代指驾在车辕两旁的马。此指诗人的坐骑。

② 元章：指宋代书画家米芾，字元章。他玩石如痴。宋《石林燕语》记载，米芾见奇石便呼为兄弟，见之三拜九叩。后以元章拜石比喻对某物的痴迷。

巴析平[①]

为因如箭归心急，两日程教一日兼。

上岭且将枝作杖，看山不许轿垂簾。

黄牛坡半犁荒陇，羸马途中负蜀盐[②]。

驿远乍惊云似墨，夕阳一角露崖尖。

① 巴析平：地名，在毕节境内。

② 羸 léi：瘦弱。手稿为“嬴”，应是笔误。

旅夜不寐闻邻家禳鬼直到天明[①]

蛮人多信鬼，鼓角夜喧天。
旅客难成寐，病人那得眠。
不思求妙药，只管化冥钱[②]。
祈祷如能应，心香我久虔[③]。

① 禳 ráng：祭名，祈祷消除灾殃，去邪除恶。

② 冥钱：为亡人焚化的纸钱。

③ 心香：佛教语，指虔诚供佛的焚香，又指真诚的心意。

小　雨

云气经宵结，廉纤湿我衣[①]。
泥涂歌滑滑，天际落霏霏[②]。
枝干垂珠白，山岚隔雾微[③]。
何来驰羽檄[④]，驿马疾如飞。
似雪浑非雪，漫山遍野飞[⑤]。
无垠天一白[⑥]，不见雨何微。
翘盼三竿渺[⑦]，犹疑六出霏[⑧]。
可怜行道者，不为惜吾衣。

① 廉纤：细雨貌。此指细雨。

② 滑滑：泥泞滑溜。霏霏：雨雪盛貌。

③ 山岚：山中的云彩雾气。

④ 羽檄：指古代军事文书，插鸟羽以示紧急，必须迅速传递。

⑤ 遍：手稿为“徧”，遍的异体字。

⑥ 无垠：形容广阔无边。

⑦ 眄 xì：看，一般指怒视。

⑧ 六出：雪花六角，因别称“六出”。花六出：即六出花，雪花的别称。《宋书·符瑞志下》：“草木花多五出，雪花独六出。”清周亮工《雪舫再送元润返白门》诗：“入梦三眠柳，移情六出花。”

金银山①

坡登金银山，块然一阜土②。
冥顽何所灵，亦自称阿堵③。
村店两三间，萧条惨门户。
足迹少达官，往来有商贾。
或背荷蜀盐，或肩挑川布。
纷纷此暂停，一饭腹无负。
素食惟椒羹，渴饮只糟脯④。
鱼肉不知名，蒙泉与硕果。
此地极遐荒⑤，难述行人苦。
纵教尽金银，亦不值来顾。
况复盗虚声⑥，噫是谁之过。

① 金银山：位于贵州省毕节市八寨镇内。

② 阜：土山。《尔雅·释丘》：“无石曰阜。”

③ 冥顽：昏庸顽钝，愚钝无知。阿堵，俗指银钱。

④ 糟：手稿为“醩”，糟的异体字。

⑤ 遐荒：边远荒僻之地。

⑥ 虚声：指虚名，虚假的声势。

申家坡遇游历法国人三名同行戴巨二君与之相见甚欢①

无意相逢在鬼方，异言异服认同乡②。

欣谈桑梓言难罄③，对饮葡萄酒一觞④。

茅屋免冠仪礼肃，萍踪分手路途长。

往来如织争游历，孰为中华讲自强？

① 申家坡：地名，在毕节境内。来游历的法国人三名，待考。同行戴巨二君，指奥人戴马陀、法人巨郎。

② 异言异服：指法国人三名同行戴巨二君来自不同国家，语言不同，服饰各异。洋人在中国相见也像老乡见面一样。

③ 桑梓：古代常在家屋旁栽种桑树和梓树，后引喻为故乡。罄：本义为器中空，引申为尽，用尽。

④ 觞：古代酒器，引申为饮酒。

见洋人游历有慨

吾华昔派人游历，五大部洲多足迹。

金钱浪费成效无，未见归来能树立。

分投各省去为官，豸衮章身鹤顶冠①。

名利兼收良有以，国家强弱卿何干。

忆在欧洲为乡道②，手书欣向廷臣告③。

万千讬付为招呼，相期最可三年报④。

不图海外甘蜗居⑤，远游犹复计锱铢⑥。

川资都入私囊里⑦，塞责唯闻译一书。

外人侮笑又何惜，掩耳盗铃非今日。

内官坐拥钟鼎多，外官何必超群识。

相沿积习误因循，强邻遂笑秦无人⑧。

海东之役是明验⑨，朝朝洗面泪痕新。

西人游历求实事，不徒奔走空来去。

周谘博访求通商，至再至三至于屡。

归装满载汪洋间，珍馐物产无等闲。

以我有余补不足，西人长技在他山。

方今国用处奇绌⑩，成败攸关在一决。

励精图治能自强，姑息苟安知必绝。

地不爱宝正其时⑪，勿使山灵笑我拙。

我因游历发咨嗟，天下何曾真一家。

帝座非遥客星近⑫，腹中休使膝纷加。

① 黹衮 gǔn：绣有獬豸异兽纹饰的衮服，泛指官服。

② 乡道：家乡的道路。此指借外银修芦汉铁路之事。

③ 廷臣：指李鸿章。清光绪十五年（1889）十月，诗人写信给李鸿章，认为当时各省所借外债为数甚巨，息约六七厘、八九厘不等，若合借一家，年可减息银数百万金。如政府出面借银，可降低利息，对国家有利。李鸿章赞同并得到当时的主政者醇亲王奕譞的同意，指示陈季同出面与外国银行商谈，借银三千万两，用于芦汉铁路的修建。

④ 此两句：谓诗人筹款之事。从清光绪十六年（1890）开始，诗人在欧洲除了处理日常外交事务之外，主要忙于与银行家谈判借款之事。期间，诗人与李鸿章之间电报往还频繁，均讨论借款，如何减少利息，降低风险。清光绪十六年（1890）三月二十三日，李指示诗人："借库平银三千万两，分三年交清，径运天津，运保费该商自认。每年四厘半息，收银若干，即日起息，一俟三千万兑完，再按年均还本息，每年连付本利在内不得过二百万。"经诗人近八个月的艰苦谈判，奥地利银行家伦道呵最终让步，全部允诺李电稿内所定条件。至清光绪十六年十一月十五日，陈季同将双方所订合同寄呈李鸿章，等待清政府的批准

时，恰奕譞去世，此事只好作罢，但诗人因此背上了大笔的谈判费用，最后被薛福成参奏，革职黜回。

⑤ 蜗居：比喻简陋狭小的住所。

⑥ 锱铢：古代重量单位，六铢等于一锱，四锱等于一两。喻极微小的数量。此指在外精打细算。

⑦ 川资：指路费，盘缠。此句讲出访的官员把盘缠据为己有。

⑧ 秦：泛指中国。

⑨ 海东之役：指 1894 年中日黄海之战。

⑩ 国用：国家的费用，指国库。绌：不足。

⑪ 地不爱宝：大地不吝啬它的宝藏。《礼记·礼运》："故天不爱其道，地不爱其宝，人不爱其情。"

⑫ 帝座：古星名，即武仙座 α 星。客星：古代对新星和彗星的统称。

阿罗弥投宿①

只兹一夕宿黔西②，糊纸遮风夜暂栖。
牀外舆夫床畔仆，案头油垢案前泥。
色声香味都难受，牛马鸡豚不断啼。
地狱原来人世有，何须更问九泉低。

① 阿罗弥：又作阿罗磨，梵语，意为园。《翻梵语》九曰："阿罗弥者，园。"《梵语杂名》曰："阿罗磨，园也。"

② 黔西：位于贵州省中部偏西北，乌江中游鸭池河北岸。商末周初属鬼方联盟的卢夷国。春秋、战国时，先后为蜀国和鳖国地。秦嬴政二十七年入版图，属夜郎县。汉元光五年属鳖县。清康熙五年置黔西府。清康熙二十二年降府为州。现为黔西县。

别　黔

蔗境生能渐入佳[1]，黔中任汝踏芒鞋。

毒溪瘴岭山川恶，蔓草荒烟林壑乖。

刘蜕天荒犹未破[2]，孔明铜鼓已长埋[3]。

夜郎虽大徒食禄[4]，游子归来尚怆怀[5]。

① 蔗境：以甘蔗越吃越甜来比喻渐入佳境，也有喻人的晚景美好。

② 刘蜕：唐代荆南人，生卒年不详，唐宣宗大中四年（850）及第。时号为“破天荒”。因荆南地区派人参加京城会试，约50年没有一人中举。

③ 孔明：即诸葛亮，其字孔明，三国时期蜀国丞相。铜鼓，古代战鼓，也常用于宴会、乐舞中。有横置的两面鼓，和筒状、底中空等样式，为青铜铸造，大小不一，鼓面有浮雕图案。孔明铜鼓，据传是孔明七擒孟获时制造的，它既可作战鼓用，又可报警，还可煮饭菜用。

④ 夜郎：参见《牂牁江》注③。陈季同自注：“黔中俸饷多半仰给他省。”仰给：依靠别人供给。

⑤ 怆怀：心中悲伤。

寄赠贵阳守严绍光太尊[1]（四首）

其一

青溪何意识荆州[2]，联辔平原十日游[3]。

文采风流荣既见[4]，折冲樽俎善怀柔[5]。

无形共弭方无患[6]，有勇良难更有谋。

卅载论交天下士[7]，不禁五体为君投。

① 严绍光：贵阳知府，待考。

② 荆州：唐时韩朝宗曾任荆州长史，为时人所推重，称韩荆州，后因以“荆州”称己所推重之人。

③ 联辔 pèi：联骑。

④ 文采风流：横溢的才华与潇洒的风度。唐杜甫《丹青引赠曹将军霸》诗：“英雄割据虽已矣，文采风流今尚存。”

⑤ 折冲樽俎：参见《感事七叠前韵》注②。

⑥ 弭 mǐ：平息，消除，安抚。

⑦ 卅 sà 载：30 年。

其二

三省边疆要赞襄[①]，岂徒治术迈龚黄[②]。

风流郡领全黔袖，月旦碑留载道香[③]。

济火也知敦信义[④]，夜郎何敢大牁牂[⑤]。

狼牙剑锷山多险[⑥]，愿见初平叱石羊[⑦]。

① 赞襄：帮助、赞助。赞：手稿为“賛”，赞的异体字。

② 龚黄：汉循吏龚遂与黄霸的并称，亦泛指循吏。

③ 月旦：即月旦评，指品评人物。典出《后汉书·许劭传》：“初，劭与靖俱有高名，好共覈论乡党人物，每月辄更其品题，故汝南俗有‘月旦评’焉。”载道，指满路。

④ 济火：参见《济火》注①。

⑤ 夜郎：参见《牂牁江》注③。

⑥ 狼牙剑锷：形容山崖交错峻险。

⑦ 初平：传说中的仙人。晋葛洪《神仙传》载：丹溪人皇初平，十五岁时牧羊山中，被道士引进金华山石室，后得道登仙，能起石为羊。

其三

和平通达四能兼，白水清风吏守廉。
犵草猺花春久被[①]，毒溪瘴岭雨咸沾[②]。
尔躬宜保同金玉[③]，自足无他只铁盐。
长为此邦人造福，现身说法尚纤纤[④]。

① 犵草猺花：参见《镇远郡城》②。

② 咸：都，全。

③ 尔躬：你的身体。

④ 纤纤：指细微或细微的事物。

其四

循环舆地已三周[①]，犹向蛮荒问壑邱[②]。
飞渡洞庭狂载酒，豪游罗甸险招尤[③]。
薄言不惮泥中愬，借箸难容前席筹[④]。
侥幸风尘遇青眼[⑤]，天涯唯有瓣香酬[⑥]。

① 舆地：即大地。《易·说卦》："坤为地……为大舆，"后遂以舆地指大地。

② 壑：山沟；邱，同丘：土山。原指隐者所居之地，后多用指文人寄情山水。

③ 招尤：招致他人的怪罪或怨恨。

④ 箸：筷子；筹：过去用以计算的工具，引申为策划。原意是借你前面的筷子来指画当前的形势。后比喻从旁为人出主意谋划。《史记·留侯世家》："请借前箸以筹之。"

⑤ 风尘：比喻劳累的旅途，也比喻纷乱的社会或漂泊的江湖境况。青眼，即青眼看人，表示对人的喜爱或尊重。

⑥ 瓣香：即一瓣香。佛教禅宗长老开堂讲道，烧至第三炷香时，即云这一瓣香敬献给传授道法的某某法师。后以一瓣香指师承或仰慕某人。

赤水河[①]（四首）

其一

下坡遥见蜀山路，一线高垂势蜿蜒。
闻说及巅三十里，攀跻难似上青天[②]。

① 赤水河：长江上游支流，发源于云南省镇雄县，东流至川、滇、黔三省交界处的梯子岩，水量增大，经贵州省赤水市至四川省合江县入长江。全长523千米，两岸陡峭多险滩。

② 攀跻：亦作攀隮，犹攀登。

其二

何以名为赤水河，一弯绿水漾清波。
满山唯有枫如血[①]，掩映中流亦不多。

① 枫如血：枫树叶子红，如血染一般。

其三

隔河地性分腴瘠[①]，好似梅花南北枝。
莫怪人情生冷暖，天公也有不平时。

① 腴瘠：土地的肥沃与贫瘠。

其四

蜀黔疆界判分明，两面高山一水横。

伙伴在黔余在蜀，离群先向隔江行。

入川[1]（二首）

其一

雪山和雨上，一派白迷濛。

数武人难辨[2]，浑疑路不通。

舆夫行得得，驼马去匆匆。

何处来鹦鹉，啁啾丛树中。

① 川：指四川。诗人入川的地点，现为四川泸州叙永县境内，位于四川盆地南缘，有鸡鸣三省之谓。

② 武：半步，泛指脚步。数武，即数步，喻很短的距离。

其二

未许逢滕六，先教遇雨师。

山灵纷变幻，旅况最离奇。

泥滑行难进，途迷任所之。

四围看不见，诗思亦迟迟[1]。

① 诗思：做诗的思路、思绪。唐韦应物《休暇日访王侍御不遇》有“怪来诗思清人骨”、清王夫之《乍开梅》有“逼人诗思在些些”的诗句。诗思的“思”，古诗中为仄声。

雪山关[1]

嘻吁嚱[2]，雪山关，巍峨直上青云端。
下视尘寰如无地，身无仙骨亦登攀。
我来正值溟濛雨，对面不知来去处。
周围白雾似汪洋，唯有舆夫相对语。
似雪非雪落纷纷，龙潜豹隐雁离群。
楚王尚未来巫峡[3]，神女胡为幻雨云[4]。
崎岖磳磴三十里，忽听前途言止止。
石垣谷口跨长虹，上有红楼半倾圮[5]。
石镌大字认模糊，黔蜀边关此要途。
居高视卑空余子[6]，万壑皆应凭一呼。
登临我欲舒双眼，万里江山供一览。
雨师当道曰归休[7]，汝是名山曾饱看。

① 雪山关：位于四川泸州叙永县境内，是古代由川进入黔滇的必由之路。雪山关西临赤水河，海拔1800余米，为四川盆地南沿最高峰，山顶长年积雪。

② 噫吁嚱：叹词，表示惊异、慨叹。唐李白《蜀道难》诗："噫吁嚱，危乎高哉，蜀道之难难于上青天。"

③ 楚王：相传楚襄王曾梦遇神女。宋玉有《高唐》、《神女》二赋，皆言与楚襄王对答梦遇巫山神女事："楚襄王与宋玉游于云梦之浦，使玉赋高唐之事。其夜王寝，果梦与神女遇，其状甚丽，王异之"。

④ 神女：古代神话为西王母幼女瑶姬，曾助夏禹排除水患，为船民除水妖，为樵夫驱虎豹，为农夫布云雨。《巫山县志》记载："赤帝女瑶姬，未行而卒，葬于巫山之阳为神女。"神女又指神女峰，又名望霞峰，巫山十二峰之最。宋陆游《入蜀记》卷六："过巫山凝真观。谒妙用真人祠，即世所谓巫山神女也。祠正对巫山，峰峦上入霄汉，山脚直插江中……唯神女峰最为纤丽奇峭，宜为仙真

所讬。”

⑤ 石垣 yuán：石砌的矮墙。倾圮 pǐ，倾塌，倒塌。

⑥ 卑：低下。余子：参见《废堡》注①。

⑦ 归休：回家休息、辞官归隐。

磨泥[1]

此地正泥多，安能一旦磨。
雨中歌滑滑，路上唤哥哥。
分叹同云隔，行怜带水拖。
聊将鸿爪印，吾末竟如何。

① 陈季同自注：“雪山关下坡北行三十里。”

雨后河畔行

小河汹涌似黄河，色比黄河黄更多。
应悔出山冲石急，却因经雨带泥拖。
奔驰到海何时返，砥柱中流此地过，
欲把狂澜凭手挽，长江万里看澄波。

永宁县[1]

群山岂尽赴荆门，万壑分从蜀道奔。
带雨流泉河倒泻，跳珠溅雪石纷喧。
昔年忆探芦沟路，今日还逢扬子源[2]。
几次斗牛槎远泛[3]，张骞凿空不堪论[4]。

① 永宁县：地处四川盆地南缘，与云贵接壤。唐设羁縻蔺州，元置永宁路，明设宣抚司置永宁卫，清设叙永直隶厅辖永宁县，民国初年改为叙永县至今。

② 扬子源：指长江的源头。长江，古时又称扬子江。

③ 斗牛：二十八宿中的斗宿和牛宿，属北方玄武七宿，斗宿，为北方南斗六星，形状像斗故名，又称天庙、天机。牛宿，为北方第二宿，因其星群组合如牛角而得名，其中有织女与牵牛星。此处斗牛有"斗换星移"之意。槎远泛，即泛槎远方。泛槎，据晋张华《博物志》卷三载，相传天河通海，有居海渚者见每年八月海上有木筏来，因登木筏直达天河，见到牛郎织女。后以泛槎指乘木筏登天。此处喻诗人几度出使欧洲。

④ 张骞凿空：张骞（约前164—前114），字子文，汉中郡城固（今陕西省城固县）人，汉代外交使节，开拓通往西域的南北道路，并从西域诸国引进了汗血马、葡萄、苜蓿等，对丝绸之路的开拓有着重大的贡献。古代称对未知领域的探险为凿空。《史记·大宛列传》："然张骞凿空，其后使往者皆称博望侯。"不堪论：指无法用言语来形容、来评论比较。

永宁舟行[①]

永宁冬至渡泸州，鹢首三朝逐浪流[②]。
出险舟常差一发，不寒身渐卸重裘。
盘餐嫩笋尝新味，风景修篁供卧游。
林叶全青堤草绿，浑疑此地未经秋。

① 永宁舟行：指诗人乘舟沿永宁河北行往泸州，当时恰是清光绪二十二年（1896）冬至。

② 鹢 Yì：一种似鹭的水鸟，也指船首画着鹢的船。鹢首：泛指船。

无　题

裣袵筵前妖冶妆[①]，金樽檀板烛灯光[②]。

人间无意还听曲，今夕何妨痛引觞。

对酒当歌感朝露[③]，羽衣仙袂舞霓裳[④]。

怜卿怜我频频看，雾里休疑老眼狂。

① 裣袵 liǎn rèn：指古时女子拉起衣服下摆行礼。妖冶，妖媚不庄重。

② 金樽：酒尊的美称。檀板：檀木制成的拍板。

③ 此句化用曹操《短歌行》句："对酒当歌，人生几何？譬如朝露，去日苦多。"朝露：早晨的露水，喻人生岁月易于流逝。

④ 羽衣：轻盈的衣衫。仙袂：仙人的衣袖。霓裳：指《霓裳羽衣曲》，唐代名乐曲，相传为唐玄宗所作。

泸江冒雾

忽起迷天雾，来登渡水舟。

如行飞絮里[①]，却在大江头。

不见东西岸，难分顺逆流。

耳边人语近，知已出泸州。

① 飞絮：一般指飘飞的柳絮、芦花，这里比喻江上的大雾，像棉絮一般飘扬。

田坝郊行（二首）

其一

豆花凝紫菜花黄，修竹丛丛甘蔗长。
棕叶蔽天圆似扇，松阴覆地昼生凉。
元冥懵懵迟司令①，青女姗姗懒点妆②。
唯有稻田作冬景，高低千顷尽池塘。

① 元冥：水神名。懵懵：糊里糊涂。唐岑参《感旧赋》："上帝懵懵，莫知我冤。"

② 青女：传说中掌管霜雪的女神。《淮南子·天文训》："至秋三月……青女乃出，以降霜雪。"高诱注："青女，天神，青霄玉女，主霜雪也。"

其二

田塍屈曲水东西①，升降舆夫脚步齐。
前路茫茫都隔雾，芒鞋对对尽拖泥。
黄牛带犊耕南亩，白鹭寻鱼立小溪。
郊野无边春景象，山禽啁哳竹鸡啼②。

① 田塍 chéng：田埂。

② 啁哳 zhāo zhā：形容声音杂乱细碎。宋玉《九辩》"雁廱廱而南游兮，鹍鸡啁哳而悲鸣。"竹鸡：形似鹧鸪的小鸟，上体橄榄褐色，胸部棕色多斑，多生活在竹林里。

鸦片（二首）

其一

三省蜀黔滇，山头尽种烟。
漏卮无可塞[①]，流毒益无边。
价贱人争吸[②]，灯昏客稳眠。
请看行道者，枪具负盈肩。

① 漏卮 zhī：古时指有漏洞的盛酒器，喻酒量大，没限度。此处喻鸦片没有堵住，此地还有人在种植。

② 陈季同自注：“川中每两值银一钱。”

其二

罂粟满山涯[①]，春风红白花。
青腴分菽麦[②]，阡陌废桑麻。
精血随鸦尽，形容刻鹄差[③]。
小村十余灶[④]，烟馆两三家。

① 罂粟：即罂粟，一种直立的一年生罂粟属草本植物，叶心脏形，边缘有齿，花大，有时重瓣，多为白色、红色、粉色，果实未成熟时取其乳状汁液制鸦片。

② 菽麦：即豆与麦，比喻极易识别的事物。《左传·成公十八年》：“周子有兄而无慧，不能辨菽麦。”

③ 形容：指形体容貌。刻鹄 hú：即刻鹄类鹜，谓弄巧成拙，适得其反。

④ 十余灶：指十几户人家。

富　顺[1]

幅陨方百里[2]，富有甲川中。

盐井罗碁密，糖家列肆雄。

有田咸茂畅，无岭不青葱。

天下都如此，中华那得穷。

① 富顺：位于四川盆地南部、沱江下游，是中国井盐的发祥地之一，自贡市的第一口盐井——富世盐井就诞生在里。北周武帝天和二年（567）划出富世盐井及周围地区设富世县。唐时更名为富义县。宋改名富顺盐监。元改为富顺安抚使司，明清设富顺县。富顺因盐业、农业并盛而富甲四川。现富顺县属自贡市管辖。

② 幅陨：即幅员。陨 yuán，通“员”。手稿中“陨”的偏旁为巾，应是笔误。

自流井[1]

千丈深坑水自流，居然凿井可缒幽[2]。

地中有气能通火，锅底成盐更取油。

百尺修篁为玉虎[3]，万寻竹缆转黄牛[4]。

调和鼎鼐浑闲事[5]，四野终年庆有秋。

① 自流井：地下水有两种不同的埋藏类型，即埋藏在第一个稳定隔水层之上的潜水和埋藏在上下两个稳定隔水层之间的承压水。钻到承压水层的井在有利的地形条件下，井水会涌出地表，形成自流井。自流井位于四川自贡市内，该市现有自流井区辖 4 个街道、3 个镇、4 个乡。

② 缒幽：缘绳坠入幽深之处。清魏源《天台纪游》诗之二：“缒幽阴平师，

凿险吕梁斧。”

③ 修篁：修竹、长竹。玉虎，井上的辘轳。

④ 竹缆：用竹篾绞成的粗索。

⑤ 调和鼎鼐：相传商代武丁问治国之方，傅说以如何调和鼎鼐中之味作比喻，遂辅武丁以治国。后常以“鼎鼐调和”比喻处理国政。

合江舟行①

淼淼横流合两河②，东风荡漾起微波。
退思不作临渊羡③，习静时闻唱晚歌。
金缕曲残呼负负④，黑貂裘敝访罗罗⑤。
空教击碎中流楫，东去大江水已多。

① 合江：位于四川盆地南缘，川渝黔结合部，长江、赤水河交汇处，是长江出川的第一港。时合江隶属四川省川南永宁道泸州直隶州，现隶属四川省泸州市。

② 淼淼 miǎo miǎo：水势浩大貌。两河：指在此合流的长江、赤水河。

③ 临渊羡：即临渊羡鱼。《汉书·董仲舒传》：“故汉得天下以来，常欲治而至今不可善治者，失之于当更化而不更化也。古人有言曰：‘临渊羡鱼，不如退而结网’。”比喻空怀壮志，不如实实在在地付诸于行动。

④ 呼负负：犹言惭愧、惭愧。《后汉书·张步传》：“茂让步曰：‘以南阳兵精，延岑善战，而耿弇走之。大王奈何就攻其营，既呼茂，不能待邪?’步曰：‘负负，无可言者。’”李贤注：“负，愧也。再言之者，愧之甚。”惠栋补注引王幼学曰：“负负，犹言负罪负罪。”

⑤ 黑貂裘敝：化用战国时期苏秦游说秦惠王失败后穷困潦倒的典故。《战国策·苏秦始以连横说秦》：“说秦王，书十上而说不行，黑貂之裘敝，黄金百斤尽，资用乏绝，去秦而归。”罗罗：即乌蛮，今为彝族。元时乌蛮诸部有各自的部名，而罗罗则是对他们的统称。南诏乌蛮七部落中有号鹿卢蛮者，应是罗罗一名的来源。

重庆北楼张三丰遗像①

复见三丰像，高悬五福宫②。
凭谁镌石手，平越又川东。
鸿爪仙人印，龙飞君子风。
封侯如有地，桑梓示英雄。

① 重庆北楼：位于重庆通远门右侧的五福宫左侧，现已无存。清光绪十八年（1892），由川东道尹黎庶昌在五福宫侧改建。北楼竣工落成，黎庶昌亲撰《改建五福宫北楼记》云："城中五福官为形势最高处，道士旧观也，宜可以揽巴渝全胜"。黎庶昌（1837—1896），字莼斋，贵州遵义人，是晚清时著名的外交家和散文家。

② 陈季同自注："北楼为黎莼斋观察修建，在五福官左边隙地。"黎莼斋，即黎庶昌。五福宫依山而建，直攀峰顶，海拔280公尺，是明清时期重庆城的登高胜地。明曹学佺《蜀中名胜记》载："五福宫乃城中最高处，俯窥阛阓，坐带两江"。黎庶昌为川东道尹，称其观察是清代对道员的尊称。

丙申长至道出渝州偕江叔海经师赖耘芝观察登北楼明日耘芝招饮行署同赏雪月①

葭灰大地飞萧瑟②，游人蜀道犹为客。
釜水沐雨驱车行，泸江冒雾轻舟发。
江天冬至风料峭，木落天空更寥廓。
行吟直下古渝州，喜遇故人共晨夕③。
患难之交久不忘，云泥那复分车笠④。
平原联辔十日游⑤，挈我登高览城邑。

重水重山眼底收，心驰一片夫归石[6]。

江波混茫接元气，鱼鳞万瓦人烟密。

须臾朔风动晦暝，阴雾迷濛天一色。

北楼坐有故乡人[7]，细问寒梅开未得[8]。

抵掌酣谈天下事[9]，追昔抚今咸太息。

飘瞥打窗雪忽来[10]，云边月晕寒凝结。

分道扬镳订后期，雪月交辉何可失。

归来逆旅拥被眠，梦醒已上三竿日。

街头卖雪人纷纷，我复肩舆来官宅。

鱼肥酒美炉火红，一醉不知天地窄。

① 丙申：即清光绪二十二年（1896）。长至：指冬至，自冬至后日渐长，故称。渝州：即今重庆市，隋初定名，渝为重庆简称。江叔海：字瀚，福建长汀人，时任东川书院山长。后官至河南陈许道。民国初，任教北京、山西各大学。经师：汉代设有讲授经书的学官，后泛指传授经书的大师或师长。赖耘芝：即赖鹤年，字耘芝，本籍广西。清光绪元年（1875）中举人，十八年中进士，后授翰林院编修；二十一年（1895）任按察使衔分巡台湾兵备道。中日议和后请旨还乡，恰川督鹿传霖奏准设立四川洋务总局，被委为会办；二十五年（1899）病逝，寿终57岁。工诗，善书，好藏书，著有《历代文宝》和《双节堂文集》。

② 葭 jiā 灰：葭莩之灰。古人烧苇膜成灰，置于律管中以占气候。萧瑟，指草木被秋风吹袭的声音。

③ 故人：指旧交，老朋友。此指江叔海、赖鹤年。

④ 云泥：云在天，用以尊称他人；泥在地，用以谦称自己。车笠，喻贫贱之交或贵贱相逢不忘故旧，典故出自晋周处《风土记》，成语为“戴笠乘车”。

⑤ 联辔 pèi：犹联骑。

⑥ 夫归石：位于重庆朝天门水域，是一块接近圆形的巨石。传说大禹治水时，婚后13年不归，其妻每天携子江边，终日唤夫归来，日久化为此巨石。

⑦ 故乡人：即老乡。陈季同自注：“江君叔海。”

⑧ 寒梅：即梅花。因其凌寒开放，故称。

⑨ 抵掌酣谈：击掌畅谈，形容交谈兴奋、融洽。《战国策·秦策一》：苏秦“见说赵王于华屋之下，抵掌而谈。”

⑩ 飘瞥：迅速飘落飘过。

重庆赖耘芝观察席上口占[①]

惊悉将军天上来[②]，咄嗟立见绮筵开[③]。

士看刮目方三日[④]，宾至如归劝百杯。

袖领川东虽得意[⑤]，心伤台北尚余哀[⑥]。

共将昔抱狂澜手，老泪频频拭几回。

① 赖耘芝：见上诗注①。席上：即酒席上。口占：谓作诗不拟稿，随口而成。

② 陈季同自注：“来书所云。”

③ 咄嗟 duō jiē：叹息。绮筵：华丽丰盛的筵席。

④ 此句化用成语“士别三日，当刮目相待。”典故出自《三国志·吴志·吕蒙传》：鲁肃过浔阳，与蒙论议，大惊曰“卿今者才略，非复吴下阿蒙。”蒙曰：“士别三日，即更刮目相待，大兄何见事之晚乎。”士别三日，当刮目相待：指人在短时间内进步很快，要改变原来对他的看法。

⑤ 袖领川东：指赖鹤年担任川东道员，是川东最高长官。

⑥ 心伤台北：指为台湾被割让之事而悲伤。

夫归石[①]

望夫化石心良苦，何以夫归石尚留。

不转妾心原匪石[②]，可怜夫壻未封侯。

山头狮子犹闻吼[③]，江上鸡毛只自浮[④]。

万户团圆长至夜，满城灯火古渝州。

① 夫归石：参见《丙申长至道出渝州偕江叔海经师赖耘芝观察登北楼明日耘芝招饮行署同赏雪月》注⑥。

② 匪石：非石，不像石头那样可以转动，形容坚定不移。《诗·邶风·柏舟》："我心匪石，不可转也。"孔颖达疏："言我心非如石然，石虽坚尚可转，我心坚，不可转也。"

③ 陈季同自注："背后为狮子山。"

④ 陈季同自注："面临一滩，名鸡毛岗。"江上：手稿为"江山"，应是笔误。

客中长至[①]

旅居又见一阳生[②]，滚滚葭灰飞满城[③]。

二十五年游子感，三千余里客心惊。

故人煮酒团圞饮[④]，冬至搓丸乡阙情。

沿路新飘花六出，寒边月色倍凄清。

① 客中：谓旅居他乡。

② 一阳生：冬至后白天渐长，古代认为是阳气初动，故冬至又称"一阳生"。唐杜牧《冬至日遇京使发寄舍弟》诗："远信初逢双鲤去，他乡正遇一阳生。"宋王安石《冬至》诗："都城开博路，佳节一阳生。"

③ 莨灰：参见《丙申长至道出渝州偕江叔海经师赖耘芝观察登北楼明日耘芝招饮行署同赏雪月》注②。

④ 团圞：指团聚。此指诗人与赖鹤年重逢相聚，主人在其行署宴请诗人。陈季同自注："是夕宴于赖观察行署。"

见 雪

雪关高访竟无踪[1]，不意今宵客路逢。
朔气如刀寒刺骨[2]，薄衾似铁拥多重。
风流灞岸诗情减，旧事冰天逸兴浓。
遥想有人飞絮咏，巫山十二数奇峰[3]。

① 雪关：即雪山关。诗人路过雪山关时未见到下雪。

② 朔气：北方之寒气。《乐府诗集·横吹曲辞五·木兰诗》："朔气传金柝，寒光照铁衣。"

③ 巫山十二：巫峡最负盛名就是巫山十二峰，它们分别坐落在巫山县东部的长江两岸，江南江北各有六峰，江北有：登龙、圣泉、朝云、神女、松峦、集仙；江南有：净坛、起云、上升、飞凤、翠屏、聚鹤。

重庆解缆[1]

两行官烛送登舟，从此巴江是顺流。
蔓子坟荒愁蜀鸟[2]，观音梁险出渝州。
九门雉堞皆临水[3]，万瓦鱼鳞尽覆楼。
邻舫管弦犹未歇，竹枝呕哑唱蛮讴[4]。

① 解缆：解去系船的缆绳，指开船。此指诗人乘船离开重庆。

② 蔓子坟：坐落在重庆市渝中区。蔓子墓始建年代已不可考，诗人见到时

已十分荒凉。现存蔓子墓重建于1922年。据《华阳国志·巴志》载：东周末期，巴国将军蔓子求楚国出兵平内乱，许诺以三座城池相谢。乱既平，巴蔓子不忍国家割让城池，“乃自刎以头授楚使”，请向楚王致歉。楚王感动，“以上卿礼葬其头”，巴国“亦以上卿礼葬其身”。后人念其忠诚，将临江城改名为忠州。蜀鸟，指杜鹃。相传为古蜀帝杜宇所化，故称。唐杜荀鹤《酬张员外见寄》诗：“啼花蜀鸟春同苦，叫雪巴猿昼共饥。”

③ 九门：禁城中的九种门。古宫室制度，天子设九门。此泛指重庆的城门。雉堞：城上的短墙，也泛指城墙。

④ 竹枝：为巴渝一带民歌。唐代诗人刘禹锡据以改作新词，后盛行于世。其形式为七言绝句，语言通俗，音调轻快。所作多咏当地风情。呕哑，形容声音嘈杂。蛮讴：即蛮歌，南方少数民族的歌曲。

江行[①]（二首）

其一

未到鸡公嘴[②]，先防师母滩[③]。
老天何设险，磐石亦难安。
东海蛟龙窟，太山风雨坛[④]。
司空都见惯，尽作画图看。

其二

才过麻雀磊，又至石牛栏。
龙舌长如戟，鸡喉小似丸。
经冬唯乱石，入夏尽危滩。
安得鞭除绝，江心一带宽。

① 江行：在江中行船，指诗人乘船沿长江顺流而下。

② 鸡公嘴：古剑山的俗称，因状似雄鸡而得名，位于重庆市綦江县境内。古剑山自然风光奇丽，山脉由贵州境内而来，最高海拔1100多米。

③ 师母滩：险滩之一。

④ 太山：即泰山。泰山又称岱宗、岱岳、东岳、泰岳等。与衡山、恒山、华山、嵩山并称五岳，并被尊为五岳之首。泰山位于山东省中部，自然景观雄伟高大，数千年来，先后有十二位皇帝到泰山封禅。

涪　州[①]

有客新从长寿来[②]，险滩林立亦艰哉。
敢图稳卧夫人枕，何事追寻饿鬼堆。
傲马岩边团浪急，金乌天上凿云开[③]。
鲫鱼蚕背些微物[④]，春水方生尽祸胎。

① 涪州：因乌江古称涪水而得名。夏商至春秋前期，为濮人居住区。唐置涪州，至清时仍为涪州，但不辖县。1998年重庆直辖后改设涪陵区。

② 长寿：县名。唐代为乐温县，隶属涪州。明洪武六年，以“县北有长寿山，居其下者，人多寿考”将乐温县改名长寿县。今为重庆市长寿区。

③ 金乌：太阳的代称。古代神话传说太阳中有三足乌，因用以代之。

④ 鲫鱼、蚕背：皆为长江三峡中礁石的名称。

酆都县[①]

世间自有活丰都，何必黄泉始剥肤。
山上森罗终土偶[②]，井中黑暗究殊途。
勾人魂魄骑蚕背，试尔才能捋虎须[③]。
汹涌波涛忠信在，鬼门稳涉任揶揄[④]。

① 酆都县：即丰都县。东汉和帝永元二年（90），置平都县，因倚平都山故名。后并入临江县，隋恭帝义宁二年（618），分置丰都县。明洪武十三年（1380）改名酆都，隶重庆府忠州。今为重庆市丰都县。

② 土偶：泥塑的神像。

③ 捋虎须：比喻触犯有权势的人或冒着很大的风险。捋 luō：抚摩。

④ 揶揄 yéyú：戏弄，侮辱。《东观汉记 · 王霸传》："市人皆大笑，举手揶揄之。"

忠 州[1]

倒流羊肚溪[2]，横行螃蟹碛[3]。
轻舟顺水东，可望不可即。
倘以佐盘餐，老饕欣一食[4]。
留此害行人，嗟嗟两顽石[5]。

① 忠州：西周属巴国地，唐置忠州。清雍正十二年（1734）升忠州为直隶州，1913 年改忠州为忠县。现为重庆市忠县。

② 羊肚溪：丰都城外的一个渡口。

③ 螃蟹碛：是长江中的一个岛子，岛下多螃蟹，故名。岛长约 2 公里，宽数百米。螃蟹碛形如尖刀，上有奇石。

④ 老饕 tāo：极能饮食，贪食、好食。宋苏轼《老饕赋》："盖聚物之夭美，以养吾之老饕。"

⑤ 嗟嗟 jiē jiē：表示感慨、赞叹，又作象声词，犹溅溅。北魏郦道元《水经注 · 河水四》："今唯见水异耳，嗟嗟有声，声闻数里。"

石宝寨[1]

天生石笋耸层霄，九寺层层叠若桥。

面水背山好风景，登临片刻暂停桡[2]。

① 石宝寨：位于重庆忠县境内长江北岸边，临江有一陡壁孤峰拔起的巨石，相传为女娲补天所遗彩石，故称“石宝”。明末谭宏起义，据此为寨，故名。手稿为“石宝砦”，“砦”为“寨”的异体字。

② 桡 ráo：桨、楫。此指停船。

万　县[1]

东有使君滩[2]，西有蛾眉碛[3]。

使君已从屈子游，蛾眉千载化为石。

天生一桥跨两城，城门对拱高千尺。

江心巨石名盘龙，邑人岂有盘龙癖。

① 万县：位于四川盆地东部，濒临长江三峡，为川东门户。秦时川东始置县，以“万川毕汇”、“万商毕集”而得名。唐宋元时曾设万州，明洪武六年(1373) 降万州为万县。现为重庆市万州区。

② 使君滩：万州东二里大江中之险滩。李白《赋得白鹭鸶送宋少府入三峡》诗：“白鹭拳一足，月明秋水寒。人惊远飞去，直向使君滩”。《太平寰宇记》注：“昔杨亮赴任益州，行舟至此覆没，故名。”陈季同自注：“相传晋杨亮为益州牧，船行至此覆没，故得名。”

③ 蛾眉碛：与万州城隔江相望，为长江南岸岑公洞下的卵石碛坝，因状如蛾眉，故名。该碛海拔 110 米，冬春江水退时乃现。清李鼎元诗《峨眉碛》：“仲春暖似夏初时，万县桐花开满枝。夜半山岈残月吐，一痕沙碛画娥眉。”现

因三峡蓄水，蛾眉碛已没入江底。

明镜滩[①]

此滩名明镜，其义不可知。
或因使君称[②]，抑为蛾眉施[③]。
我偶临一照，白发悲丝丝。
似劝游子归，行行将何之。

① 明镜滩：长江险滩之一，在万州境内。

② 使君：指使君滩，参见《万县》注②。

③ 蛾眉：指蛾眉碛，参见《万县》注③。

题王嫱出塞图[①]（二首）

其一

何须怨恨曲中论，出塞琵琶亦主恩。
回首汉宫众佳丽，尚无梳洗住长门。

① 王嫱：即王昭君，名嫱，字昭君，晋朝时为避司马昭讳，称明妃，汉元帝时期宫女，西汉南郡秭归（今湖北省兴山县）人，匈奴呼韩邪单于阏氏。出塞，指匈奴呼韩邪单于向汉元帝请求和亲，王昭君应诏出塞和亲之事。此两首是陈季同题在王嫱出塞图上的诗。

其二

未必丹青误美人，紫台慷慨去和亲[①]。
阏氏好色应专宠[②]，岂许黄金赎此身。

① 紫台：犹紫宫，指帝王之居所。

② 阏氏 yān zhī：汉时匈奴皇后的称号。

题杨妃出浴图集长恨歌句[①]（二首）

其一

芙蓉如面柳如眉，始是新承恩泽时。

云髻半偏新睡觉[②]，温泉水滑洗凝脂[③]。

① 杨妃：即杨贵妃，本名杨玉环（719—756），初为唐玄宗子寿王的王妃，后被唐玄宗纳为贵妃。《长恨歌》是唐朝诗人白居易的一首长篇叙事诗，作于806年。全诗形象地叙述了唐玄宗与杨贵妃的爱情悲剧。陈季同摘其中八句写成两首诗题在杨贵妃出浴图上。

② 云鬓：形容发髻美如云。

③ 凝脂：形容皮肤洁白柔润。《诗经·卫风·硕人》："肤如凝脂。"

其二

金屋妆成娇侍夜[①]，花冠不整下堂来。

侍儿扶起娇无力，珠箔银屏迤逦开[②]。

① 金屋：指杨贵妃的住所。据《汉武故事》载：汉武帝年幼时曾说，如果能娶表妹阿娇作妻子，就给她造一座金房子住。

② 珠箔：珠缀的帘子；银屏，银饰的屏风。皆形容陈设华丽。迤逦：接连不断地。

险　滩[1]

云阳盘沱山忽塌[2]，江心五里流为塞。

水性趋下仍辟漕[3]，浑如飞瀑卅余尺。

舟行至此极险艰，舟师整备过危滩[4]。

行李辎重先卸岸[5]，轻舟瞬息浮沉间。

山灵稳睡何事崩，定有才人彩笔腾。

欲使倒流三峡水，拔山力竟殒崚嶒[6]。

才人误事多如是，千古恃才无二致[7]。

蜀道难如上青天，更为青天设屏蔽。

安得愚公移之开[8]，长江舟楫从容来。

抑若秦皇鞭可借[9]，尽驱顽石亦豪哉。

否则愿效初平子，叱使成羊青草去。

惜我无愚公之术、秦皇之鞭、初平之法语，唯有听天由命而后已。

① 陈季同自注：“云阳县上游五十里，今年八月，五里之山忽崩塌，横江阻流，仅余一港，水涌上下三丈许，极险。”

② 云阳：位于重庆市东北部的三峡地区。元至元二十年（1283）设云阳州，明洪武六年（1373）十二月，州降为县，始为云阳县。现为重庆市管辖。

③ 辟漕：开辟漕运。漕，利用水道运粮。

④ 整备：指军事力量的整顿配备。

⑤ 辎重：古代一般指行军时带的粮草、给养等军需品。

⑥ 殒：同“陨”，坠落。崚嶒，高耸突兀的山崖。

⑦ 恃才：自负其才。

⑧ 愚公移山：出自《列子·汤问》，文章叙述了愚公不畏艰难，挖山不止，终于感动天帝而将山搬走的故事。

⑨ 秦皇鞭：传说秦始皇有神鞭，可驱山填海。

安坪场[1]（二首）

其一

咫尺看夔府[2]，东风阻我前。
瀼西无计访[3]，怀古一茫然。
望夜黝如漆[4]，思归矢在絃。
卧龙山下路，难学草庐眠。

① 安坪场：为奉节县南岸滨江一狭长缓坡集镇，今已淹没。现该地为奉节县安坪乡。

② 夔府：即夔州府，位于重庆市北部。元为夔州路。明改夔州府。清承明制，府治奉节（在今重庆市奉节县）。

③ 瀼 ráng 西：即瀼西古城，今奉节老县城。

④ 黝 yǒu：黑色。

其二

归棹下三巴[1]，计程路尚赊。
下滩舟似叶，傍晚岸为家。
人语邻船杂，江声隔枕哗[2]。
推窗看烟水[3]，一片浩无涯。

① 归棹：指归舟。三巴：指巴郡、巴东、巴西，均在今四川省东部。唐李白《长干行》："早晚下三巴，预将书报家。"

② 哗：声音嘈杂。手稿为"譁"，哗的异体字。

③ 烟水：雾霭迷蒙的水面。唐孟浩然《送袁十岭南寻弟》诗："苍梧白云远，烟水洞庭深。"

夔州府①

夔府秋风已萧瑟，严冬过此更凄清。

孟良剩有云梯迹②，白帝犹名赤甲城③。

滟滪水枯看屹立④，阵图石聚势纵横⑤。

永安鱼腹探遗址⑥，苜蓿丛丛长两楹⑦。

① 夔州府：参见《安坪场》注②。

② 孟良梯：指长江南岸瞿塘峡的绝壁上“之”字形石孔。相传是孟良为了盗回杨继业的尸骨而凿。因自上而下，状如阶梯而得名。

③ 白帝：指白帝城，又称子阳城，位于瞿塘峡西口的北岸，距奉节县城15公里。西汉末年，公孙述据蜀，以城内白鹤古井白雾升腾，宛如白龙，而自称“白帝”，并建城池，取名“白帝城”。后城池扩建，又因建在赤甲山上，故又名赤甲城。

④ 滟滪：即滟滪堆，长江瞿塘峡口的险滩。在四川省奉节县东。清光绪年间《奉节县志·山川篇》记述：“滟滪堆，立在瞿塘峡口，中流之巨石也。……为大水极险之滩。”因碍航，1958年11月被炸平。

⑤ 阵图石：指八阵图石。《三国志·蜀志·诸葛亮传》记载：“亮长于巧思，损益连弩，木牛流马，皆出其意；推演兵法，作八阵图，咸得其要云。”相传诸葛孔明御敌时以乱石堆成石阵，按遁甲分成八门，变化万端，可挡十万精兵。八阵图石，据传在奉节南江滩上。

⑥ 永安：指汉永安宫遗址；鱼腹：指奉节。奉节城东长江北岸阶地上，有一呈鱼腹状的碛石沙滩，称鱼腹浦。秦惠文王更元十一年（前314），秦于巴国之地置巴郡和鱼腹县。蜀汉章武二年（222），刘备夷陵战败后改鱼腹为永安县。诗人参观的是汉永安宫遗址。

⑦ 苜蓿：是苜蓿属植物的通称，俗称三叶草，是一种多年生开花植物。此指杂草丛生。陈季同自注：“府儒学衙门，即汉永安宫故址。”

八阵图[①]

千古难磨八阵图，舟中可惜看模糊。
甲兵胸有非关石[②]，巾扇名成在托孤[③]。
龙井泉奔三峡口[④]，龟堆石耸万山隅[⑤]。
兴亡蜀汉原天意，此处当关可一夫。

① 八阵图：参见《夔州府》注⑤。

② 甲兵：铠甲和兵器。

③ 巾扇：即纶巾羽扇，指拿着羽毛扇子，戴着青丝头巾，形容态度从容。《太平御览》卷七〇二引晋裴启《语林》："诸葛武侯与宣王在渭滨将战，武侯乘素舆，葛巾，白羽扇，指挥三军。"此指诸葛亮潇洒从容，指挥若定。

④ 龙井：指白帝城的白鹤古井。陈季同自注："公孙述据蜀时，有白龙自井出，故名白帝城。"

⑤ 龟堆：指滟滪堆。陈季同自注："谚云：滟滪大如马，瞿塘不可下；滟滪大如龟，瞿塘不可窥。"

滟滪堆[①]

全非如马亦非龟，百丈危危立水涯。
下井曾闻犹冒顶[②]，瞿塘何事不容窥。
月遮忍使犀牛望[③]，石破难捻白燕须[④]。
尚怪李君留饿狗[⑤]，垂涎江畔欲何为。

① 滟滪堆：俗称燕窝石，古代又名犹豫石。北宋《太平寰宇记》上说："滟滪堆又名犹豫。"秋冬水枯，它显露江心，似一头巨兽横截江流，上水船极易触礁。夏季洪水暴发，一江怒水直奔滟滪堆，狂澜腾空，涡流千转，形成"滟滪回

澜”的奇观，这时行船下水，如箭离弦，分厘之差，就会船沉人亡。古来船工望而生畏，流传着这样一首民谣：滟滪大如象，瞿塘不可上；滟滪大如牛，瞿塘不可留；滟滪大如马，瞿塘不可下；滟滪大如袱，瞿塘不可触；滟滪大如龟，瞿塘不可窥；滟滪大如鳖，瞿塘行舟绝。因碍航，1958 年冬滟滪堆已炸除。

② 陈季同自注：“谚云：滟滪冒顶，黑石下井，皆言其险也。”

③ 陈季同自注：“上游有岩曰：犀牛望月。”

④ 陈季同自注：“燕须黑石，白菜石板，皆危滩，道光间，湖北李本忠捐资万金，皆凿去，水势稍杀。”

⑤ 饿狗：指饿狗堆，位于铜锣峡下游 3 公里左右，2006 年炸除。陈季同自注：“饿狗堆在滟滪下游。”

瞿塘峡[①]

昔乘博望楂，今作瞿塘贾[②]。
瞿塘风浪狂，江声吼如虎。
河伯旂高张，封姨扇乱舞[③]。
一舟泛中流，橹桨力齐努。
逐流去如飞，峡口已莫睹。
可怜水上舟，片时只数武[④]。
纤夫数十人，手足同爬苦。
叫声不忍闻，赤体汗如雨。
哀哉行路难，蜀道自今古。
五丁如有灵，何妨再施斧[⑤]。
凿去地上山，移开江中渚。
愚公可效劳，力士必无忤[⑥]。
世途坦然平，舟车便行旅。
我力难缚鸡，亦当来蚊负[⑦]。

① 瞿塘峡：又名夔峡。西起重庆市奉节县的白帝城，东至巫山县的大溪镇，全长约8公里。在长江三峡中最为雄伟险峻。

② 博望：参见《永宁县》注④。楂：同“槎”，木筏。贾gǔ，商人。

③ 河伯：古代神话中的黄河水神，此借指长江水神。封姨：古时神话中的风神。

④ 数武：即数步。

⑤ 五丁：指古蜀国五位大力士，因力大无比，蜀王令他们凿开了通秦的蜀道。

⑥ 忤wǔ：逆，不顺从。

⑦ 缚鸡：指捆鸡的力量，比喻体弱无力。蚊负：亦作蚉负。《庄子·应帝王》：“其于治天下也，犹涉海凿河，而使蚉负山也。”后遂以蚊负比喻力小任重。

偶成

苍然削壁起夔州[1]，滟滪瞿塘次第游。
一路居然无复景，大江自古此中流。
云迷绝顶来飞瀑，鸦立危樯送去舟[2]。
引领愧无健笔在[3]，蜀中风物不胜收。

① 苍：深青色、深绿色。

② 危：高的桅杆。

③ 引领：伸直脖子眺望。健笔，雄健的笔，谓善于为文。

夔府怀少陵[1]

云水茫茫无限情，东屯草屋对江城。

土娄群指旧莊在[2]，井络遥怜入夜清[3]。

三峡波涛犹眼底，西京戎马尚心惊[4]。

小园我亦怀归志[5]，朱果白萄酒待倾[6]。

① 少陵：指唐代诗人杜甫。杜甫常以杜陵表示其祖籍郡望，自号少陵野老，世称杜少陵。

② 娄：星名，二十八宿之一。娄有三星，主苑牧、郊祀、兴兵聚众等。

③ 井络：井宿的分野，专指岷山，泛指蜀地。

④ 西京：指长安，即西安。西汉建都长安，东汉改都洛阳，后习惯称长安为西京，洛阳为东京。

⑤ 小园：指杜甫在夔州的瀼西果园。

⑥ 朱果：呈红色的水果，此指杜甫果园种的柑桔。白萄，杜甫《课伐木》云："夔人屋壁，列树白萄。"

巫　山[1]

山云不雨昼常昏，削壁摩天护古原。

神女可真曾幻梦，楚王何处为招魂。

阳台咫尺仍飘渺，巫峡雷霆自斗喧。

千古阴阳终有憾，朝朝暮暮复何言[2]。

① 巫山：著名的山脉，长江从巫山穿过，形成了举世闻名的巫峡。巫山历史悠久，巫山人——亚洲最早的直立人早在204万年前就在这里繁衍生息。巫山自然风光独树一帜，巫山十二峰屏列大江南北，巫峡风云变幻，体态万千，还有

许多美丽的传说，令人叹为观止。

② 朝朝暮暮：指从早到晚，天天如此。战国·楚·宋玉《高唐赋》：“妾在巫山之阳，高丘之阻，旦为朝云，暮为行雨。朝朝暮暮，阳台之下。”

望夫石[①]

重庆夫归石[②]，巫山尚望夫。
同心伤聚散，望眼已模糊。
鸦髻披云气[③]，鲛人滴泪珠[④]。
坚贞教下拜，莫误米颠徒[⑤]。
藁砧去未还[⑥]，相思谁与语。
携琴上山头，江心日延伫[⑦]。
回首看巫峰，雨云行神女。
匪石是侬心[⑧]，此心长不死。

① 望夫石：一处状若妇人远眺的岩石。因其故事流传广泛，许多地方都有望夫石。故事大意都是妇人向远方眺望，盼望其夫归来，日久年深化作岩石，喻其爱情坚贞，也反映了古时兵役、商贾等使夫妇分离给人民带来的苦难。此处指巫山处的望夫石。

② 夫归石：参见《丙申长至道出渝州偕江叔海经师赖耘芝观察登北楼明日耘芝招饮行署同赏雪月》注⑥。

③ 鸦髻：亦作丫髻，指妇女发髻。宋《潜居录》云：“巴陵俗，元旦梳头，先以栉理鸦羽，祝曰‘愿我妇女，黰发髟髟；惟百斯年，似其羽毛。’故楚人谓女髻为鸦髻”。

④ 鲛人泣珠：典出《洞冥记》：“（吠勒国人）乘象入海底取宝，宿於鲛人之舍，得泪珠，则鲛所泣之珠也，亦曰泣珠。”后以“鲛人泣珠”谓神话传说中的鲛人能流出泪珠化作珍珠。

⑤ 米颠：指北宋书画家米芾的别号。米芾，字元章，以其行止违世脱俗，

倜傥不羁，被人称为米颠。

⑥ 藁砧：农村常用的铡草工具。藁指稻草，砧指垫在下面的砧板，有藁有砧，却没有提及铡草刀——鈇。鈇与夫字谐音，隐喻丈夫不在之义。此代指丈夫。

⑦ 延伫：久立；久留。《楚辞·离骚》："悔相道之不察兮，延伫乎吾将反。"王逸注："延，长也；伫，立貌。"

⑧ 匪石：即非石，不像石头那样可以转动。形容坚定不移。《诗·邶风·柏舟》："我心匪石，不可转也。"

滩 禽

成队立群滩，饥躯水面看。
可怜鱼久羡，不免铗常弹[①]。
野鹜应相友[②]，群鸥共耐寒。
往来舟上客，鲈鳜满盘餐[③]。

① 铗常弹：即经常弹击剑把。铗，剑把。典故出自《战国策·齐策四》："齐人有冯谖者，贫乏不能自存，使人属孟尝君，愿寄食门下。"先后弹其铗曰食无鱼、出无车、无以为家。孟尝君皆使人与之，冯谖不复歌。后以"弹铗"谓处境窘困而又有所求。

② 野鹜：即野鸭。

③ 鲈鳜：鲈鱼与鳜鱼，此处泛指鱼。

巫峡阻风（二首）

其一

一夜萧萧起北风，峡中云气更蒙蒙。
高唐似欲留人住，不忍中流任转蓬。

其二

神女多情媚术工，不教一度别西东。
恐防独力难留客，更向封姨去借风。

西人元旦[①]

北风力劲阻归舟，巫峡冥冥猿鸟愁[②]。
故里有人穿望眼，西洋今日是年头。
葡萄美酒应相待，萍梗游踪叹尚浮[③]。
浩浩江流兀兀岭[④]，椒花欲采亦无由[⑤]。

① 西人元旦：指西历元旦，辛亥革命后中华民国建立，孙中山为了“行夏正，所以顺农时；从西历，所以便统计”，定正月初一为春节，而以西历（公历）1月1日为新年。这之前的元旦是指夏历的春节。

② 冥冥：状昏暗、渺茫、幽深貌。

③ 萍梗：指浮萍断梗，比喻行踪漂泊不定。

④ 兀 wù：高而上平。兀兀，高高突起的样子。

⑤ 椒花：晋刘臻妻陈氏曾于正月初一献《椒花颂》，后常用为春节之典。

舟中即事

耳畔听桡歌[①]，顺风大舶过。
羡他如箭速，叹我载愁多。
逆驶偏无力，羁留看逝波[②]。
美人迟暮感[③]，屈指数关河[④]。

① 桡歌：即船歌。

② 羁留：停留、使停留。

③ 美人迟暮：谓流光易逝，盛年难再。语出《楚辞·离骚》："惟草木之零落兮，恐美人之迟暮。"

④ 关河：关塞，泛指山河。

饮 酒

巫峰十二当谷口，蔽日障天无白昼。
峡中拗折屯风霾[①]，巨浪洪涛声乱吼。
我舟欲行天欲留，舟师瑟缩行人休[②]。
封家女子恶作剧[③]，旋风酣舞遥山头。
左手摇扇右长袖，似与过客多深仇。
神女但知肆悍妒[④]，不管人间离别愁。
愁肠正愁难自遣，飕飕耳畔风波险。
忽闻剥啄起开门[⑤]，何物鞠生求欲见。
手持一瓮笑颜开，自言江上风吹来。
怜我愁城无计破，须臾筑起糟邱台[⑥]。
台上相招呼我上，请君入瓮尝佳酿。
不须沽以阮修钱[⑦]，兰陵恐亦无多让[⑧]。
垂涎不觉身腾霄，一杯两杯块垒浇[⑨]。
长鲸吸海差足比，顽蛟作涌胡为骄。
天上酒星半明灭，地下酒泉犹破裂。
酒兵得胜愁魔降，瓮里醇醪更芳冽[⑩]。
酩酊归来拥被眠，鞠生同结枕中缘。
封姨尚欲贾余勇，江心波浪高连天。

① 拗折：指山径盘曲的地方。清蒲松龄《聊斋志异·锺生》："然后唤肩舆，

入南山十余里。山径拗折绝险，不复可乘。”何垠注：“拗折，谓山径盘曲也。”

② 舟师：指船夫、舵工。瑟缩，指身体因寒冷惊恐等而蜷缩、抖动。

③ 封家女子：指风神。

④ 悍妒：蛮横妒忌。

⑤ 剥啄：亦作剥琢，象声词，指敲门声或下棋声。

⑥ 糟丘：积糟成丘，极言酿酒之多，沉湎之甚。《韩诗外传》卷四：“桀为酒池，可以运舟，糟丘足以望十里，而牛饮者三千人。”

⑦ 阮修：指晋代阮修（270—311），字宣子，好易老，善清言，性简任，常挂百钱于杖头，步行至酒家独自酣饮。阮修钱：亦称杖头钱，即买酒钱。

⑧ 兰陵：美酒的产地，指山东苍山县的古兰陵镇，以产美酒闻名。李白《客中行》：“兰陵美酒郁金香，玉碗盛来琥珀光。但使主人能醉客，不知何处是他乡。”此借指美酒。

⑨ 块垒：比喻郁结在胸中的愁闷与不平。

⑩ 醇醪：香浓味厚的美酒。

说 地

自从盘古开洪荒，争说天圆地是方。
旋以五行定方位，东西南北环中央。
不知地亦一球耳，空中辰宿同列张[①]。
窃维造物生天地，燮理阴阳无二致[②]。
苍茫旋转尽日星，尘土纷纷水火济。
火从中央向外消，水经火煎日夜沸。
如今太阳向我明，职此火球而已矣[③]。
迨至外火消磨尽，尘土渐凝水亦净。
中央空虚地皮干，皱成高低势无定。
低处居水成海洋，高出轰兀为山岭。
日光照临地火蒸，水成云气时上升。

作雨下润生万物，循环不已乾坤成。

亿千万年地火熄，茫茫大地寒如冰。

浑如月魄悬天上④，晶莹惟籍金乌明。

由日而地地而月，块然一物生意歇。

岂有丹桂倚云栽⑤，谁向嫦娥乞灵药？

天文一学讲欧洲，争道太阳焰渐收。

南北两极昔有树，日光普照地全周。

而今两极成冰洋，人迹不到鱼虫僵。

阳威检束难施及⑥，奚殊马腹嗟鞭长⑦。

五大部洲球面地，欧亚非墨奥大利⑧。

滕薛纷纷无已时⑨，种类不同教亦异。

兵气几同日月光，此得志时彼失志，

倘念人生如电光，忍把生机成杀气。

佛言世界如一粟，笑彼世人学蛮触⑩。

天道莫云属渺溟，悖入由来多悖出。

何如顺时且听天，得享安闲亦是福。

各有因缘莫羡人，自家打扫门前雪。

① 辰宿：星宿，星座。列张：分布。

② 燮理阴阳：对事物阴阳的调和，也喻大臣辅佐天子治理国事。《尚书·周官》："立太师、太傅、太保。兹惟三公，论道经邦，燮理阴阳。"燮 xiè，调和。

③ 职：由于。

④ 月魄：传说月宫中的蟾蜍，也指月初生或月缺时不明亮的部分，泛指月亮，月光。此指月球。

⑤ 丹桂：一种常绿灌木，雌雄异株，叶长椭圆形，开橘红色花，香味浓。晋《南方草木状》云："桂有三种：叶如柏叶，皮赤者为丹桂。"此指古代传说，认为月宫中栽有丹桂。

⑥ 阳威：太阳的光芒。检束：检点约束，此指太阳的光辐射减弱。

⑦ 奚：何。殊：不同、特别。马腹嗟鞭长：喻太阳光难以达到地球两极。《左传・宣公十五年》："虽鞭之长，不及马腹。"

⑧ 欧亚非墨奥大利：欧洲、亚洲、非洲、墨西哥、澳大利亚。

⑨ 滕薛：《左传・隐公十一年》："滕侯、薛侯来朝，争长。"公元前712年，滕侯与薛侯同时到鲁国朝见鲁隐公，两人都争着排在前头。薛侯认为他的祖先源自夏代，理由是"我先封"，应排在前头；滕侯认为自己是皇族，与周、鲁同姓姬，坚持"我不可以后之"。后以滕薛争长为典，谓争夺尊位，也喻竞相生长。宋杨万里《看笋》诗："笋如滕薛争长，竹似齐夷独清。"

⑩ 蛮触：蛮氏、触氏。《庄子・则阳》："有国于蜗之左角者，曰触氏；有国于蜗之右角者，曰蛮氏。时相与争地而战，伏尸数万。"后以蛮触为典，常喻为小事而争斗者。

项王庙[①]（二首）

其一

胜败兵家事亦常，难争气数愧还乡。
英雄至竟多强项，千古人犹祀项王。

① 项王：指项籍，字羽，秦末下相人。秦亡后自立为西楚霸王，继与刘邦争天下。后被围于垓下，至乌江自刎。

其二

八千子弟失江东，霸业难成不世功。
一事九泉差可慰，美人身肯殉英雄[①]。

① 美人：指虞姬，为项王爱姬。公元前202年，项羽被汉军围困垓下，虞姬拔剑起舞，歌罢自刎，以断私情，激项羽奋战之斗志。

晓起（二首）

其一

尘沙昨夜入舱来，床榻高如滟滪堆[①]。
日晷至今添十线[②]，何人犹自弄葭灰。

① 滟滪堆：参见《滟滪堆》注①。

② 日晷 guǐ：太阳的影子。

其二

奔泉渴骥声何壮[①]，吸海长鲸势比雄。
昨夜北风布袋里，几疑身入水晶宫[②]。

① 奔泉渴骥：口渴的骏马奔向水泉，形容急切貌，常指书法矫健的笔势。《新唐书·徐浩传》："尝书四十二幅屏，八体皆备，草隶尤工。世状其法曰'怒猊抉石，渴骥奔泉'云。"

② 陈季同自注："布袋口在巫峡中间。"

铁棺峡[①]

谁把藏身具，高悬云汉端[②]。
无梯供俎豆[③]，如铁铸峰峦。
既向泉中去，犹存壁上观。
纤夫长执绋[④]，遗骨未应寒。

① 铁棺峡：位于长江三峡巴东境内，北岸悬岩上曾有岩棺搁置，色如铁，

故名。据考证，这里曾有多具悬棺高置，现仍有一具船棺于岩穴中。船棺葬相传为巴族人的古代殡葬习俗。

② 云汉：云霄与银河。张九龄《奉和圣制途经华山》：“万乘华山下，千岩云汉中。”

③ 俎 zǔ 豆：古代祭祀或宴会时盛肉类食品的两种器皿。

④ 纤夫：在岸上牵绳拉船的役夫。绋：绳索。

万流驿①

人家临水戍楼红②，楚汉严关一峡通。
不识岭云何处去，蜀山西望楚山东。

① 万流驿：位于湖北省巴东县西之长江北岸，与重庆市巫山县接壤。

② 戍楼：军营城楼。

巴东县①

舟从夔子国②，来泊相公溪③。
鵨首滩边系④，猿声峡上啼。
川流山楚汉，桥跨县东西。
欲向祠堂拜，残年风雪凄。

① 巴东县：位于川鄂交界的巫峡与西陵峡之间，境内三山（大巴山、巫山、武陵山）盘踞，两江（长江、清江）分割。巴东于423年置县，迄今已有1500多年的历史。现隶属于湖北省恩施土家族苗族自治州。

② 夔子国：西周时期奉节至秭归一带的古国。《汉书》记载：“周成王时，封文、武先师鬻熊之曾孙熊绎于荆蛮，为楚子，居丹阳”。这就是楚国的开始。熊绎的嫡子为熊挚，因残疾不能立为王，封他别居于夔，后升为子国。

③ 相公溪：寇准在巴东为县令时，常到夔城西小溪游历，后人称此为相公溪。寇准（961—1023）北宋政治家、诗人，字平仲，华州下邽（今陕西渭南）人。陈季同自注："寇莱公故里，故名。"

④ 鹢首：参见《永宁舟行》注②。

归 州[1]

昭君出塞犹遗恨，才子悲秋久断肠。

人鲊瓮中翻白浪[2]，秭归城角露红墙。

美人香草三闾赋[3]，宝剑兵书两峡藏[4]。

淘尽兴亡此江水，上流蜀汉下荆襄。

① 归州：唐武德二年（619）置归州，辖秭归、巴东二县，治所在秭归县。宋代仍名归州。元至元十四年（1277）升为归州路，后又降为州。明洪武九年（1376）废归州为秭归县，隶夷陵州。清雍正七年（1729）升归州为直隶州。今为湖北省秭归县。

② 人鲊瓮：长江险滩之一，在今秭归县西，瞿塘峡峡下最险处。

③ 三闾：指屈原。屈原辅佐楚怀王时，曾做过三闾大夫。

④ 宝剑兵书：指三峡中的宝剑石与兵书石。

香溪口夜泊[1]

香溪谷口急锚抛，出峡呼号风怒飑[2]。

鹿角参差真走险，虎头眈视作咆哮。

滩中蚂蚁忙营穴，培上虾蟆乱泣鲛[3]。

舟子殷勤祭神福[4]，焚钱燃爆更鸣铙[5]。

① 香溪口：位于西陵峡长江北岸，香溪水注入处。香溪发源于神农架山区，

清澈的溪流与泛黄的江流汇合，泾渭分明。过了香溪口，西陵峡谷就进入“香溪宽谷”地段。

② 飑：气象学上指风向突然改变，风速急剧增大的天气现象。飑出现时，气温下降，伴有阵雨。

③ 培：指培塿，即小土丘。虾蟆：蛤蟆。鲛：神话传说中鲛人泪珠所化的珍珠，比喻泪珠。宋刘辰翁《宝鼎现 · 丁酉元夕》词：“灯前拥髻，暗滴鲛珠坠。”明叶宪祖《鸾锟记 · 摧落》：“空怀楚玉，浪泣鲛珠。”

④ 神福：纸马，即旧时祭神所用印有神像的纸。

⑤ 鸣铙：敲击铜铙。

阻风三日

峡口三天风怒号，江流澎湃起波涛。
桨如龙背披鳞甲，舟似云中舞羽毛。
警缆披衣常秉烛，乘危息念敢拈毫[①]。
比邻恃险连樯泊[②]，痛痒关怀首共搔[③]。

① 拈毫：拿笔，借指写字画画。

② 恃险：倚仗险要。

③ 首共搔：即一起以手搔头，喻大家都很焦急。

十二月初二夜闻雷（二首）

其一

封姨连日肆寒威，多谢阿香为解围[①]。
作气隆冬凭一鼓，收声时令且重违[②]。
弩张剑拔鞭驰骤，岳撼山摇炮指挥。
犹有雨师来助战，鸣金半夜卷旂归。

① 阿香：古代传说中的推雷车的女神。

② 重违：犹难违。

其二

已逼残年腊鼓催[5]，电光闪闪忽闻雷。
风如易水送行去[6]，雨似银河倒泻来。
应有蛟龙遭劫火，可怜鱼鳖罹凶灾。
天时翻覆阴阳失，岭上浓云扫不开。

① 腊鼓：古人于腊日或腊前一日击鼓驱疫，因称为腊鼓。

② 易水：位于河北省西部，其源出自易县境内而入南拒马河。荆轲入秦行刺秦王前与燕太子丹饯别于此。

舟至宜昌[1]

已出危滩险，宜昌峡口看。
那堪来路想，喜见大江宽。
洋船如相待，归家应不难。
忙忙凭电线[2]，数字报平安。

① 宜昌：位于长江北岸、三峡东口。古称夷陵，清雍正十三年（1735）改称为宜昌，取宜于昌盛之意。

② 凭电线：指打电报。

书见（二首）

其一

黑貂虽敝尚微温[①]，肥马轻裘敢共论[②]。

犹有穷途衣藁荐，耐寒一钵托沿门[③]。

① 黑貂：指紫貂皮做的裘，极贵重。敝：破旧。

② 肥马轻裘：《论语·雍也》："赤之适齐也，乘肥马，衣轻裘。"谓骑着肥壮的骏马，穿着轻暖的皮袍。后以"肥马轻裘"形容生活奢华。

③ 钵托沿门：即沿门托钵，原指出家人求布施，后泛指到处乞求施舍。

其二

兰舣画舫管絃音[①]，一席筵开几饼金。

岸畔哀声摇尾乞，充肠无计雪花深。

① 兰舣画舫：泛指美丽的船。舣，古代的一种小船。兰舣，指用木兰木制造的小船。画舫，即画船。

沈七次裳席上口占

莼菜鲈鱼乡味尝，浑忘身共在宜昌。

好风吹我来江上，落月思君满屋梁。

异地相逢重盏洗，经年分道各镳扬。

浇他磊块消离别，蜀道何须问短长。

无题

燕瘦环肥夹座陪[①]，飞觞醉月笑颜开。
今宵不许金樽罄，半夜如何玉漏催[②]。
脸泛桃花含醉意，手拈枚子泥寻猜[③]。
紫云欲乞惊红粉[④]，疑是分司刺史来。

① 燕瘦环肥：指汉成帝皇后赵飞燕与唐玄宗贵妃杨玉环，一个瘦，一个胖。形容女子体态不同，各有各的好看。此指陪酒的诸位貌美女子。

② 玉漏：古代计时漏壶的美称。

③ 猜枚：一种游戏，多用为酒令。其法是把瓜子、莲子或黑白棋子等握在手心里，让别人猜单双、数目或颜色，猜中者为胜，不中者罚饮。

④ 紫云欲乞：指杜牧讨要歌伎紫云的故事。唐孟棨《本事诗·高逸第三》云：杜牧在洛阳，任分司东都的监察御史，李司徒虽声伎豪华，朝客满座，但不敢请杜。杜却放话说愿来。李不得已请他，席中杜问谁是紫云，能否送给他？李俯而笑，诸妓亦皆回首破颜。杜又自饮三爵，朗吟而起曰："华堂今日绮筵开，谁唤分司御史来？忽发狂言惊满座，两行红粉一时回。"此事流传广，但史实不可信。据查，杜牧为分务洛阳时，司徒李愿已故。红粉：指诸歌伎。

沙 市[①]

停轮片刻望荆沙，雨脚纷纷落似麻。
辐辏人烟开夜市，萧条风物遍年华。
黄龙青雀艖商舶[②]，粉壁明窗岛客家。
冬日水枯行缓缓，江陵千里路犹赊。

① 沙市：地处湖北省中南部，江汉平原中心地带，长江中游荆江河段北岸，

原是长江泥沙冲积而成的一个江边渡口，古名津，又名夏首，在春秋战国时，改名江津，唐代，改名沙头市，简称沙市。现为湖北省荆州市沙市区。

② 黄龙青雀：指船头装饰成黄龙或青雀样子的船，王勃《滕王阁序》有句云“舸舰迷津，青雀黄龙之舳。”鹾商：盐商。

汉皋怀古[①]（二首）

其一

子期已死知音绝[②]，交甫重来解佩非[③]。

黄鹤千年不复返，题襟馆外尽斜晖[④]。

相思水欲湘江饮，何事云争楚岫归。

鹦鹉洲边一凭吊[⑤]，怆然不觉涕沾衣。

① 汉皋：参见《汉口即事》其二注①。

② 子期：即钟子期，春秋时楚国人，精于音律。伯牙鼓琴志在高山流水，子期听而知之，伯牙视其为知音。子期死，伯牙破琴不复鼓琴。

③ 解佩：参见《汉口即事》其二注①

④ 题襟：抒写胸怀。唐温庭筠等常题诗唱和，有《汉上题襟集》十卷，后遂以题襟谓诗文唱和抒怀。

⑤ 鹦鹉洲：武昌城外江中的沙洲。相传为东汉末年祢衡即席挥就的《鹦鹉赋》而得名。

其二

炉锤组织似生机[①]，万缕浓烟暗翠微。

处士坟荒一抔土[②]，大夫琴绝十三徽。

蔽空想见旌旂过，绕树剧怜乌鹊飞。

滚滚江河惊日下，昔人至竟早知几。

① 炉锤：原指冶炼锻造，“炉，灶也；锤，锻也。”比喻造化，陶铸。《文选·刘孝标〈广绝交论〉》：“雕刻百工，炉捶万物。”张铣注：“雕刻、炉捶，喻造化也。”

② 抔土：一捧之土，极言其少，常借指坟墓。

赠洪少兰校书[1]（二首）

其一

宛转珠喉面半遮，如将幽恨托琵琶。

当筵侑酒浑闲事[2]，胸有唐人几大家。

① 校书：旧时对歌伎的雅称。唐时，薛涛流寓蜀中，常以歌伎兼清客的身份出入幕府。曾有人奏请朝廷授以秘书省校书郎的官衔，但未能实现。后遂以此雅称之。

② 侑 yòu 酒：劝酒；为饮酒者助兴。

其二

庸中佼佼铁铮铮[1]，漫向风尘事色声。

知否天涯有同调，江州司马不胜情[2]。

① 庸中佼佼：指平常人中的特出者。《后汉书·刘盆子传》：“卿所谓铁中铮铮，庸中佼佼者也。”宋无名氏《李师师外传》：“然观其晚节，烈烈有侠士风，不可谓非庸中佼佼者也。”

② 江州司马：唐代诗人白居易曾被贬为江州司马，后遂以江州司马代称白居易，也借指失意的文人。

双鋗室主人招饮一粟庵在座者为一笠山人涛园七主人城北公清夫道人孤山旧隐情天小谪仙余及山妻赖氏九人而已[①]（二首）

其一

世界大千如一粟，庵名一粟讶何夸。

入门始识乾坤大，中外居然聚一家。

① 一粟庵：在原上海县境内，清康熙七年，浙僧超龠购徐氏荒圃建庵，邑人曹垂璨以“金鸡解衔一粒粟”之义题额，故名。清乾隆以后历经修缮，凡法堂、方丈、斋庐、库藏等，无不焕然一新。平时设斋祈度者不绝，车轿盈门，香客接席。该庵精于蔬馔。双鋗室主人在一粟庵宴请诗人及其夫人赖妈懿，在座的还有：一笠山人、涛园七主人、城北公、清夫道人、孤山旧隐、情天小谪仙。真实姓名待考。

其二

粟中有笠有袈裟，齐向禅门拜释迦。

我笑俗尘难解脱，出家尚不得离家。

又戏作俳体[①]

庵游一粟共清夫，多谢双鋗剪笋菰。

何事情天甘小谪，有人城北各分途。

槎乘博望才非博[②]，系出孤山客不孤。

最忆涛园鲜荔好，愿携一笠泛西湖。

① 俳体：旧时诗文中内容诙谐的游戏之作称俳体，又称俳谐体。此诗应是

一粟庵席上所作，诗中点到席中双娟室主人、一笠山人、涛园七主人、城北公、清夫道人、孤山旧隐、情天小谪仙诸位。

② 博望：参见《永宁县》注④。

又赠洪少兰

杨枝无力态轻狂，舞入章台势抑扬[①]。
入幕安知鸿鹄志，逢春也逐燕莺忙。
罗裙翻酒商人妇[②]，紫玉成烟李十郎[③]。
剩有酒诗供啸傲，朝朝暮暮且徜徉[④]。

① 章台：汉时长安城有章台街，是歌妓聚居之所，此借指青楼。

② 商人妇：指歌女。唐白居易《琵琶行》有“老大嫁作商人妇”的名句，指歌女人老珠黄时，无奈只能嫁给商人当妻作妾。后遂以商人妇代指歌女。

③ 紫玉成烟：指少女去世。春秋时，吴王夫差之女紫玉因想嫁给韩重不成郁闷而死。韩重游学归来吊唁，紫玉现形并送他一颗明珠。夫人听说小玉归来，想拥抱她，小玉已化作青烟。后遂以紫玉成烟代指少女早逝。李十郎：指唐代传奇小说《霍小玉传》中的负心郎李益。

④ 徜徉 cháng yáng：犹徘徊、彷徨。

和范肯堂述怀八首[①]

其一[②]

盼到塞乌头已白[③]，归来依旧负华年。
海天无际时开眼，裘马何须与望肩。
托钵生涯惟客舍，荷锄活计有人田。
可怜半壁黄金筑，旋转乾坤孰大贤。

① 范肯堂：即范当世（1854—1905）字无错，号肯堂，原名铸，字铜生，江苏通州（今南通市）人。屡试不第，曾入李鸿章幕，晚年致力于本乡教育事业。著有《范伯子诗集》19卷、文集12卷。《清史稿·文苑传》称范能诗，“奇横不可敌”，曾克端《论同光体诗》称其为“开派的宗师”。而范却是十分赏识季同的诗才人品。仅在1899年秋至1900年春的8个月时间里，范专为季同而作的诗就有40余首。在东坡生日唱和时，范写道“敬如为长歌，甚有高致，余转自愧才思枯竭，不能和也”。在赠诗中，范诗云：“吾服季常真耐冻，歌残字字撷华腴”。范喻季同为东坡挚友陈季常，诗思敏捷，字字华腴。能让范当世佩服的同时代诗人寥寥无几。范肯堂《述怀》原题为《和顾晴谷六十述怀诗八首》。

② 范肯堂《述怀》之一：奄忽不知为别久，各天相望自年年。怜渠入世将低首，不谓长吟待耸肩。对案自夸连理树，停觞终感上留田。人情剥尽无哀乐，那不唏嘘谓汝贤。

③ 盻 xì：看，一般指带情绪的看。

其二[①]

一跌泥涂衣尚沾，空言才量比人兼。
未怀良玉足先刖[②]，不赐明珠口亦箝[③]。
华发丝丝将白尽，雄心寸寸欲灰渐。
山林唯恐难深密，髀肉能生且让廉[④]。

① 范肯堂《述怀》之二：南山山翠满衣沾，难美当时有具兼。醉解烦因如脱鞚，间争险运类遭箝。连天宿草今何世？遍地皋兰路已渐。生死评量阿兄最，赢人十倍取能廉。

② 刖 Yuè：古代一种把脚砍掉的酷刑。《史记》记载：“昔卞和献宝，楚王刖之。”

③ 箝：同“钳”。

④ 髀 bì 肉：大腿上的肉。

其三[①]

两部虾蟆总恼公，筝笆洗耳水云宫。
窥墙无复来邻女[②]，失马争相惜塞翁[③]。
割爱宝刀今赠子，投闲橐笔昔从戎[④]。
家庭传舍浑难辨，一夜乡心几处同。

① 范肯堂《述怀》之三：自我言从李相公，短衿夜夜梦牛宫。进无捷足争时彦，退有愚心愧野翁。涕泪乾坤焉置我？穷愁君父正和戎。时危复有忠奸论，俯仰寒蝉只自同。

② 窥墙：爬墙偷窥，指战国时宋玉邻家女子爬上墙头偷窥他的故事，后形容女子对男子的倾慕。

③ 失马：化用塞翁失马的故事，比喻因祸得福。

④ 橐 tuó 笔：古代书史小吏，手持囊橐，簪笔于头，侍立以备随时记事，称作持橐簪笔，简称“橐笔”。后亦指文士的笔墨耕耘。

其四[①]

葡萄酒久佐餐毡[②]，旌节凋零志尚坚。
顿失威仪逢汉使，遥迎椎髻忆胡天[③]。
万言且自吟风月，一粟由他混陌阡。
草木二三同腐感，那堪泽畔读骚篇。

① 范肯堂《述怀》之四：风雨寒厅拥故毡，回肠一夕与冰坚。任甘溟泽无还日，遂酽醋醇有醉天。穷海蛟螭徒脱网，春风牛马自盈阡。心头历历何能说？复有陈生感寓篇。

② 餐毡：《汉书·苏武传》记载“天雨雪，武卧啮雪与毡毛并咽之”，后因以“餐毡”谓身居异地，茹苦含辛，而心向朝廷。

③ 椎髻：一撮之髻，形状如椎。

其五[①]

蛮触纷纷自古争[②]，鸿毛今似泰山轻。
宣威荼火殴乌合，变色风云竖白旌。
早定三分宁蜀守，竟亏一篑负山成。
伤心桑梓偏怜鬼，卧榻鼾声最动情。

① 范肯堂《述怀》之五：吾土奚为世所争？迂儒逃责一身轻。汝南太守思曹掾，蜀郡成都见使旌。谊士定悲言路启，英流谁惜大名成？与君同是卑卑者，侻为时艰喻此情。

② 蛮触：参见《说地》注⑩。

其六[①]

赳赳伊谁慷慨征，盗铃掩耳迹终呈。
尘生边塞天无色，云掩长空月失明。
伴食唯知讥宰相，进言循例哭书生。
楼船都付鲸吞尽[②]，雉堞何如万里城？

① 范肯堂《述怀》之六：杜甫归来咏北征，妻儿憨态一时呈。债钱万里知心许，买宅一区殊眼明。随分虾鱼临水得，不才花木乱云生。闲来独恨招携少，曷不同归海上城？

② 楼船：高大有楼的战船。鲸吞：像鲸鱼一样地吞食，此喻中国战舰黄海海战中被毁。

其七[1]

朝野鸡鸣已失时，艰难端赖老成持。
空言毕竟归何补，前事而今更可师。
天下安危原有数，强邻罪责岂无辞。
补牢好趁亡羊日[2]，虎视眈眈不可知。

① 范肯堂《述怀》之七：为政风流亦一时，悠悠百岁我何持？居然有妇如康子，颇复骄儿类衮师。别后籍翱从所适，生今代厉短于辞。饥来共以哦诗乐，遏绝毋令后世知。

② 补牢：指羊逃跑了，再修补羊圈也不算晚。《战国策·楚策》："见兔而顾犬，未为晚也；亡羊而补牢，未为迟也。"比喻出了问题汲取教训，想办法补救，可减少损失。

其八[1]

不供刍豆马难腴[2]，伏枥哀鸣纵识途[3]。
负负徒呼尝抚腹，真真苦唤几披图。
身无羽翼飞腾阻，眼见沧桑景物殊。
漫把酒诗供潦倒，果能消此杞忧无。

① 范肯堂《述怀》之八：谁能二顷割膏腴？兄弟关门绝世途。但解扬雄有贞操，何曾李白炫良图？乱余生计应难问，静者心神固又殊。君把斯篇授萍社，看渠能著一尘无？

② 刍豆：草和豆。指牛马的饲料。

③ 伏枥：指马伏在槽边。三国魏曹操《步出夏门行》："老骥伏枥，志在千里；烈士暮年，壮心不已。"后常喻壮志未酬，等待时机。

台北待法国兵船不至

破碎河山劫后棋，赤嵌赤子不胜悲[①]。
情殷恋阙阍徒叫[②]，力莫回天夏变夷。
未必延津能剑合[③]，孰怜沧海有珠遗。
观音峰上频频望，何日能来三色旂[④]。

① 赤嵌：在台湾省台南市北部。创建于1650年。原为荷兰人侵台时筑的内城，名普罗文萨堡，又名红毛楼。郑成功驱逐荷兰侵略者，收复台湾后曾以此为承天府。此代指台湾。

② 恋阙：留恋宫阙。比喻心不忘君。阍 hūn：官门。

③ 延津剑合：指晋时龙泉、太阿两剑在延津会合的故事。比喻因缘会合。

④ 三色旂：指法国国旗，由蓝、白、红三色组成。

台北衙斋读长恨歌[①]

海上仙山望飘渺，鸿都羽士漫相寻[②]。
上穷碧落云都障，下视长安雾已深。
七夕有盟犹在耳[③]，六军不发最伤心[④]。
君王掩面知无奈，血泪应沾翡翠衾。

① 此诗是诗人在台湾时所作。《马关条约》签订后，诗人等倡议成立民主共和国，以抗议台湾的割让。诗人借读《长恨歌》来抒发内心强烈的悲痛和无奈。

② 鸿都羽士：神仙中人，也称鸿都客。鸿都，仙府；羽士：旧指道士。白居易《长恨歌》："临邛道士鸿都客，能以精诚致魂魄。"

③ 七夕有盟：指唐玄宗与杨贵妃的约定。《长恨歌》云："七月七日长生殿，夜半无人私语时。在天愿作比翼鸟，在地愿为连理枝。"此借喻马关条约。

④ 六军不发：《长恨歌》有“六军不发无奈何”之句，叙述御林军到马嵬坡时停止前进，要求处死杨贵妃。借喻清廷不发兵救援。

吊台湾[①]

其一

忆从海上访仙踪，今隔蓬山几万重[②]。
蜃市楼台随水逝，桃源天地看云封[③]。
怜他鳌戴偏无力[④]，待到狼吞又取容[⑤]。
两字亢卑浑不解，边氛后此正汹汹[⑥]。

① 这与流传的《吊台湾》有多处改动。与阿英主编中华书局出版的《甲午中日战争文学集》刊登的有32个字的不同。

② 蓬山：即蓬莱山。相传为仙人所居。

③《甲午中日战争文学集》刊登为“桃源天地付云封。”

④ 鳌戴：神话传说谓渤海之东有大壑，五座仙山常随波漂流。天帝使十五巨鳌轮番举戴之，五山才峙立不动。后以此喻负荷重任。

⑤ 取容：取悦讨好别人。

⑥ 边氛：边境的灾祸凶气。

其二

金钱卅兆买辽回[①]，一岛居然付劫灰[②]。
强谓弹丸等瓯脱，忍将锁钥委尘埃[③]。
伤心地竟和戎割，太息门因揖盗开[④]。
似念兵劳许休息，将台作偃伯灵台[⑤]。

① 买辽回：指清朝政府与日本明治政府在签署《马关条约》后，俄、德、

法三国要求日本把辽东半岛还给中国。日本迫不得已，只好归还，但索要三千万两白银作为赔偿。1895 年 11 月 16 日，清廷赎回了辽东。

②《甲午中日战争文学集》刊登为“一岛如何付劫灰。”

③《甲午中日战争文学集》刊登为“却教锁钥委尘埃。”锁钥 yuè：重要关键，喻成事的关键或军事的要地。

④ 太息：指深呼吸，引申为叹息。

⑤《甲午中日战争文学集》刊登为“聚铁可怜真铸错，天时人事两难猜。”偃伯：指休战。《后汉书·马融传》：“臣闻昔命师於鞬櫜，偃伯於灵臺，或人嘉而称焉。”李贤注：“偃，休也。伯，谓师节也。”

其三

鲸鲵吞噬到鲲身①，渔父蹒跚许问津。

莫保河山空守旧②，顿忘唇齿藉维新。

蓬蒿满目囚同泣，桑梓惊心鬼与邻③。

寄语赤嵌诸父老，朝秦暮楚亦前因④。

① 鲸鲵：即鲸，雄曰鲸，雌曰鲵。比喻凶恶的敌人。《左传·宣公十二年》：“古者明王伐不敬，取其鲸鲵而封之，以为大戮。”杜预注：“鲸鲵，大鱼名，以喻不义之人吞食小国。”鲲身：台湾安平海滨有一鲲身至七鲲身，用以借指台湾。

②《甲午中日战争文学集》刊登为“莫保屏藩空守旧”。

③《甲午中日战争文学集》刊登为“河山触目囚同泣，桑梓伤心鬼与邻”。蓬蒿：蓬草和蒿草，泛指草丛、草莽，借指荒野偏僻或景象荒凉。

④《甲午中日战争文学集》刊登为“寄语赤嵌诸故老，桑田沧海亦前因”。朝秦暮楚：战国时期，诸侯小国时而倾向秦，时而倾向楚。常比喻反复无常。

其四

台阳非复旧衣冠[①]，从此威仪失汉官。

壶峤而今成弱水[②]，海天何计挽狂澜。

谁云名下无虚士，不信军中有一韩。

绝好湖山今已矣，故乡遥望泪阑干[③]。

① 台阳：指台湾。

②《甲午中日战争文学集》刊登为“壶峤居然成弱水。”壶峤：传说中仙山方壶、员峤。弱水：参见《大定府》注③。

③ 阑干：纵横散乱貌。

胡　马[①]

大漠笳声寂[②]，衔枚夜不疲[③]。

犊车时并驾[④]，鸟道惯飞驰。

足迹荒沙遍，轮蹄塞草知。

匈奴谁伯乐，骏骨亦何奇[⑤]。

① 陈季同自注：“和玉斋大甥原韵。”

② 笳：中国古代北方民族的一种像笛的吹奏乐器，通常称“胡笳”。

③ 衔枚：古代军队秘密行动时，为了防止说话，让兵士口中横衔着枚。枚是一种像筷子的东西。衔：手稿为“啣”，衔的异体字。

④ 犊车：牛车。

⑤ 骏骨：《战国策·燕策一》载，郭隗用买马作喻，劝燕昭王厚币以招贤。后因以“骏骨”喻杰出的人才。

月　夜[①]

为识离人意，嫦娥几度团。
故乡无限思，大地不胜寒。
西望家何处，南飞鹊未安。
弟兄天各一，此夕想同看。

① 陈季同自注："和玉甥原韵。"

即席和日本西村时彦[①]

唇齿本相依，当年失见几。
何如此杯酒，宾主共忘机。
兴亚肠同热[②]，谈瀛愿尚违[③]。
多君看花眼，燕瘦与环肥。

① 西村时彦（1865—1924），日本明治大正间汉学家，精于楚辞。
② 兴亚：振兴亚洲。诗人等在上海创办兴亚会，以振兴亚洲为宗旨。
③ 瀛：瀛洲，海上仙山。此借指台湾。

即席和永井禾原侍郎久一郎[①]

殷勤贤主宴嘉宾[②]，一纸吟成满座春。
花事阑珊怜晚景[③]，萍踪遇合有前因。
漫云足迹沧溟遍，剩此头颅白发新。
珠玉在前艰附和，安能三舍避诗人。

① 久一郎：即永井久一郎，原名永井禾原，永井荷风之父，日本汉学家，擅于中国诗词。侍郎：古代官名，此是对久一郎的尊称。

② 陈季同自注："是夕同在姚子赋秋席上。"

③ 阑珊：暗淡，凋零。

又步韵

料峭寒风细雨斜，蓬山咫尺路非赊[1]。

刘郎愿莫忘前度[2]，负却春明海上花。

① 蓬山：参见《吊台湾》其一注②。

② 刘郎：南朝宋时刘义庆《幽明录》载：东汉刘晨、阮肇在天台山遇仙，归来已是晋代。后称去而复来的人为"前度刘郎"。

又步韵

一双巨眼一吟身，翻手为云著手春。

今夕名花齐供奉，不知谁是意中人[1]。

① 陈季同自注："是夕侍酒者为李雪琴、李彩香、王慧娥、何斐云、花三宝、花丽娟、王秀林诸校书。"

又即夕感怀

罗马忆前游[1]，匆匆十四秋。

桑田复沧海，旧恨更新愁。

重累双胡妇[2]，余生一楚囚[3]。

封侯无骨相[4]，底事笔轻投。

① 罗马：借指欧洲。诗人在欧洲外交的生涯14年。1877年赴欧任职到1891年被黜回国，前后14年。

② 双胡妇：指法国籍夫人赖妈懿和茜爽。

③ 楚囚：借指诗人因私债问题被革职之事。

④ 封侯：借指诗人因私债问题未能提升之事。按旧例出使三年后，经保举可升总兵而提督，但因私债问题暂搁。此后虽复职，仍为副将。

赠洪少兰即席步洪荫之原韵[1]

廿四桥边风信狂[2]，二分明月老维杨。

紫云敢效当筵乞，金线谁怜作嫁忙。

千古凤凰不如我，十分憔悴却因郎。

浑如枫荻江头夜，添酒移灯与客徉。

① 洪荫之：即洪述祖（1855—1919），字荫之，江苏常州人。1913年3月受袁世凯指使，暗杀了宋教仁。1919年被判死刑，执行绞刑。诗人与其弟逸儒创办维新报纸《求是报》，曾得到洪述祖的经济支持。

② 风信：随季节变化而吹来的风。

陈又新表侄以诗赠我即次其韵答之（二首）

其一

偶然兴到发为诗，敢诩簪花绝世姿。

无可消愁歌马角[1]，有时载酒咏鸱夷[2]。

茅庐睡觉迟三顾，草野行吟负一知。

误却佳期潮失信，当年错嫁弄潮儿。

① 马角，参见《汉口即事》注③。

② 鸱 chī 夷：革囊，即皮制的袋子。因用以装酒，泛指盛酒器。

其二

压线年年贫女诗[①]，风流谁复赏娇姿。
蓬门不解衣罗绮[②]，世道由他作险夷。
盻断延津双剑合[③]，织成罗绵一梭知。
木兰愿请从军去，既是阿爷无大儿。

① 压线：指刺绣缝纫时按压针线。唐秦韬玉《贫女》诗云“苦恨年年压金线，为他人作嫁衣裳。”后以压线比喻徒为别人辛苦忙碌。

② 蓬门：用蓬草编的门，形容贫寒之家所住的简陋房屋。

③ 盻 xì：参见《和范肯堂述怀八首》注③。延津：参见《台北待法国兵船不至》注④。

闻马二相伯重入徐家汇教堂为神甫诗以寄之[①]

闻道公成世外身，六根从此净无尘。
谁怜赤子悲无国[②]，我为苍生惜此人。
一篑功虽亏地利[③]，九阍路已达天津[④]。
名缰利锁何时脱[⑤]，愿与先生证宿因。

① 马二相伯：即马相伯（1840—1939），复旦公学创始人、耶稣会神学博士。原名志德，改名良，字斯藏，又字相伯。他深感“自强之道，以作育人材为本；救才之道，尤宜以设立学堂为先”，决定将自己的全部家产——松江、青浦等地的三千亩田产捐献出来，作为创办“中西大学堂”的基金。清光绪二年(1876)，因自筹白银2000两救济灾民，反遭教会幽禁省过，愤而脱离耶稣会还

俗。1897 年重入徐家汇教堂为神父。

② 陈季同自注："公一月前，闻胶、旅警信，致尺一书于余，曰：各国瓜分中土，我辈为无国之民矣。"胶、旅警信：指 1897 年 11 月 14 日德国占领胶州湾，12 月 15 日俄国占领旅顺湾。

③ 陈季同自注："公欲为国开利源，兴办矿务，而被阻难成，可惜可惜！"

④ 九阍：九天之门，借指朝廷。

⑤ 名缰利锁：比喻名利就像缰绳和锁链一样把人束缚住，指人常常在名利场中不能自拔。

偶成示兴亚协会诸友（二首）

其一

花事阑珊春又过，风风雨雨度清和。
难胜寒气双肩耸，易老华年两鬓皤。
蚊欲负山兴亚细[①]，蛇能吞象虑欧罗。
长安一局棋争奕，笑我闲观已烂柯[②]。

① 陈季同自注："时同人在海上创兴亚会。"

② 烂柯：谓人事变迁，岁月流逝。南朝梁代任昉《述异记》卷上："晋时王质伐木，至，见童子数人，棋而歌，质因听之。童子以一物与质，如枣核，质含之，不觉饥。俄顷，童子谓曰：'何不去？'质起，视斧柯烂尽，既归，无复时人。"后以"烂柯"喻岁月飞逝。宋陆游《东轩花时将过感怀》诗："还家常恐难全璧，阅世深疑已烂柯。"参见《秋夜十叠前韵》其一注②。

其二

舆地曾经历几周，静将形势览全球。
再难欧土争蛮触[①]，已把非人作马牛[②]。
印度暹罗归掌握[③]，越南缅甸尽搜求。
相依为命惟中日，唇齿兢兢保亚洲。

① 蛮触：参见《说地》注⑩。

② 陈季同自注："亚非利加洲人。"

③ 暹罗：泰国的古称。

袁翔甫大令以诗稿见赠率成一律以谢之[①]

海外归来又七年，鱼龙变幻讶桑田。
柏林高和今陈迹[②]，杨柳楼台老谪仙。
虎穴同探成底事，龙门在望最流连。
贾生不作长沙哭[③]，镇日行吟手一篇。

① 袁翔甫：即袁祖志（1827—1898），字翔甫，号仓山旧主。钱塘（今属杭州）人。袁枚之孙。清咸丰时曾官县令、同知。后寓沪。1876 年上海《新报》创刊，任主笔。1893 年为《新闻报》主笔，对日持主战立场，主张维新图强。著有《谈瀛录》等书。

② 柏林高和：清光绪十三年（1887），袁祖志随招商局总办唐廷枢游历西欧各国，当时在柏林的陈季同曾有诗与之唱和。陈季同二律为："才名久重继仓山，何意相逢出玉关。无分果然交臂失，有缘博得好诗颁。雕虫自合避三舍，窥豹终嫌止一斑。非个中人聊自炫，琼瑶可许诵回环？""晚岁乘槎鬓已皤，九州大地遍吟哦。寻幽访胜奚囊满，问俗观风夹袋罗。祖武克绳昭著作，书生流涕发悲歌。洛阳纸贵知他日，归去应夸记载多。"袁祖志作二律依韵奉和。

③ 贾生：即贾谊（前200—前168），洛阳（今河南省洛阳市）人。西汉初年著名的政论家、文学家。20余岁被汉文帝召为博士。不久被破格提为太中大夫。但遭群臣忌恨，被贬为长沙王的太傅。后被召回长安，为梁怀王太傅。梁怀王坠马而死后，贾谊深自歉疚，忧伤而死。

偶成（二首）

其一

千金访秘书，百金装宝剑。

足踏鼋鼍行[①]，手与蛟螭战[②]。

悲歌慷慨徵声变，男儿出塞重意气，不在彤弓与羽箭。

笑煞凿空博望侯[③]，乘槎何处贯斗牛。

不探河源探草木，载归苜蓿与石榴。

① 鼋鼍 yuán tuó：大鳖和鳄鱼。

② 蛟螭：犹蛟龙。

③ 博望侯：参见《永宁县》注④。

其二

百年求树人，十年求树木。

计吏拙持筹，司农嗟仰屋。

难得人材能辈出，休将失马悲塞翁，似祸焉知宁非福。

当日徒劳灌溉心，纷纷桃李多成阴。

未许栋梁成大厦，自凋自落深山深。

即　事

逐逐眈眈渤澥边[①]，大家纷著祖生鞭。
渊深忍见鱼争跃，雪厚翻教马不前。
太息养疽唯割地，可怜流涕莫回天。
而今卧榻容鼾睡，朝食难期夜不眠。

① 逐逐眈眈 dān：觊觎貌。语本《易·颐》："虎视眈眈，其欲逐逐。"渤澥：即渤海。

和沈寿康先生九十自述四律[①]

其一

才过九十好春光，入夏融融昼正长。
娱老琴书随杖履，成阴桃李出门墙。
怜才爱结忘年友，学道何须辟谷方[②]。
龙马精神龟鹤算[③]，前身合是郭汾阳[④]。

① 沈寿康：即沈毓桂（1807—1907），原名寿康，号赘翁，江苏吴县人。清咸丰七年（1857）在上海接受洗礼，随传教士艾约瑟到山东等地传教。清同治五年（1866）授云南通判，但未到任。清同治七年（1868），协助林乐知办《万国公报》。清光绪八年（1882），创办上海中西书院，自任总教习。

② 辟谷：谓不食五谷。道教的一种修炼术。

③ 龙马：古代传说中形状像龙的骏马，比喻人精力旺盛，老而弥健。唐李郢《上裴晋公》诗："四朝忧国鬓如丝，龙马精神海鹤姿。"龟鹤：用以比喻人的长寿。

④ 郭汾阳：即郭子仪（697—781），祖籍山西汾阳，唐代著名的军事家。他戎马一生，屡建奇功，以84岁的高龄才告别沙场。有“权倾天下而朝不忌，功盖一代而主不疑”之美誉。

其二

功名富贵镜中花，耄耋期颐始足夸[①]。
不老岂关求药饵，养生未必在丹砂。
伏生重见传经美[②]，卫武曾闻纳训嘉[③]。
安得人人等夸父，天边红日不教斜。

① 耄耋 mào dié：八九十岁，泛指高寿的人。期颐：百岁。《礼记·曲礼上》：“百年曰期颐”。

② 伏生：名伏胜，秦朝儒学博士。始皇焚书，伏生藏书于墙壁间。汉朝建立后，伏生回家寻其藏书，已失数十篇，仅存《尚书》二十九篇，伏生将残书一一抄录整理，教于齐鲁诸生。汉文帝闻名，派太常掌故晁错向他学习《尚书》，当时伏生已90余岁，口齿不清，令其女娥代言，口传二十八篇，因用汉时通行文字隶书抄录，后世称《今文尚书》。尔后，在曲阜孔宅墙壁中又发现了《尚书》，名为《古文尚书》。《古文尚书》无《今文尚书》佐证的，共十六篇，既不能读，也无人能解，谓之“逸书”。后代学者称：“汉无伏生，则《尚书》不传；有《尚书》而无伏生，人亦不能晓其义。”

③ 卫武（约前853—前758）：姬姓，卫氏，名和。卫国第11代国君，在位55年，能自责，纳众谏，95岁时，曾作《抑》诗以自儆。诗云：“人亦有言，靡哲不愚，投我以桃，报之以李，温温恭人，维德之基”。去世后被谥为“武”。卫人感其德，赋《淇澳》歌颂其高风大德。

其三

砥柱中流阅五朝，凝神为有丈人蜩[①]。
蓼莪废读犹留恨[②]，松柏长青信后凋。
难得颜朱兼鬓彩，孰怜舌敝与唇焦[③]。
补偏救弊书盈箧，蒿目时艰笔不饶。

① 蜩 tiáo：蝉。凝神承蜩：见庄子《达生篇》，谓仲尼适楚，出于林中，见痀偻者承蜩，犹掇之也。问有道邪？答有道也。孔子顾谓弟子曰："用志不分，乃凝于神，其痀偻丈人之谓乎！"喻凡事只要用志凝神，就能取得成功。

② 蓼莪：《诗·小雅》篇名。此诗表达了子女追慕双亲抚养之德的情思。后因以"蓼莪"指对亡亲的悼念。陈季同自注："公原作有'有恨王褒废蓼莪'之句。"

③ 陈季同自注："公主讲中西书院十余年，著述不少，栽培亦多。"

其四

老当益壮迈彭篯[①]，独厚公应庆得天。
无怪四夷争慕德，伊谁五福等居先。
桑田沧海谈前事，化雨春风启后贤。
欲献升平人瑞颂[②]，深惭腹笥未便便[③]。

① 彭篯：即彭祖，传说他活到了八百岁。

② 人瑞：通常指年纪100岁以上的人。

③ 腹笥 sì：语出《后汉书·边韶传》，有"腹便便，五经笥"句。笥，书箱。后因称腹中所记之书籍和学问为"腹笥"。

陈季同年表

清咸丰二年壬子（1852）　一岁

正月廿二日（3月12日）生于福州候官（今福州市）。父亲擅诗词，与张际亮、谢章鋌及内弟刘赞轩、刘云图在西湖宛在堂设立诗社，名曰飞社。母亲刘氏。

咸丰五年乙卯（1855）　四岁

体弱，病偻，四岁仍不能行走。后食龟血渐愈①。

清同治元年壬戌（1862）　十一岁

父母病故。

同治六年丁卯（1867）　十六岁

正月探望在船政任职的叔父，获知船政学堂招生。第二天参加造船学堂的招生考试，被录取编入造船学堂学习。教习是法国人博赖（A. Borel），班上共有12名同学。

同治十二年癸酉（1873）　廿二岁

成绩优秀，提前毕业，授四品都司，留用船政衙门听差，任办公所翻译。

时朝廷拟派使驻西洋各国，需先遣人往探，令沈葆桢物色人选。大家都不敢前往，唯独陈季同请行。

---

① 亨利·比卢瓦：《陈季同将军》，见法国巴黎《画刊》1891年4月。

清光绪元年乙亥（1875）　廿四岁

恰日意格西归。沈葆桢派前学堂魏瀚、陈兆翱、陈季同三人，后学堂刘步蟾、林泰曾二人随同日意格前往游历英、法等国，俟机船、铁胁、新机采购好了，仍随日意格一同回来①。

光绪二年丙子（1876）　廿五岁

三月廿九日（4月23日）随同日意格与刘步蟾、林泰曾两位回福州。

随同日意格游历英、法、德、奥四国，写成《西行日记》，受到沈葆桢赏识。随同日意格赴南京向沈葆桢汇报，再到烟台向李鸿章汇报，后进京谒郭嵩焘。

光绪三年丁丑（1877）　廿六岁

作为清政府首批派往欧洲的留学生，赴法深造。首批派遣由日意格任洋监督、李凤苞任华监督，以3年为期，前后学堂、艺圃学生共派遣30名，前往英法两国留学。

二月十七日（3月31日），由监督李凤苞、日意格率领，首批30名留学生（制造学生12名，驾驶学生12名，艺圃学生4名，文案陈季同，翻译罗丰禄），乘船政“济安”号轮船离马尾赴香港。二月二十二日（4月5日），换乘法国邮轮前往法国。三月二十四日（5月7日）抵达法国马赛，受到马赛省长的欢迎。三月二十八日（5月11日），乘火车抵到伦敦。

任留学肄业局文案，专译法文函牍，年薪1200两。

进入巴黎政治学堂及法律学堂，修习公法律例。

结识后来任法国外交部长的雷波教授。

---

① 沈葆桢：清光绪元年三月十三日（1875年4月18日）《报明艺童随日监督出洋片》，《船政奏议汇编》卷十二，页9—10。

光绪四年戊寅（1878）　　廿七岁

三月，兼任驻法使馆翻译。

获巴黎法律学堂学士学位。

六月，随郭嵩焘赴德国参观克虏伯兵工厂。赴荷兰、比利时游历。

以武官身份参加法国阅兵式。

十月，随李凤苞赴德国，会见德国外交大臣。

光绪六年戊寅（1880）　　廿九岁

结识法国政治家甘必大、德皇费里德里克与德相俾斯麦。

光绪七年辛巳（1881）　　三十岁

正月，赏加副将衔，调任驻英使馆临时代办。

十月，晋参将，并赏戴花翎。

光绪八年壬子（1882）　　三十一岁

八月，请假回国半年，途经越南西贡，会见法国总督德飞赖。

光绪九年癸未（1883）　　三十二岁

三月，赴天津向李鸿章汇报。李鸿章密令其在巴黎小住半月，查探情实。

六月，赴巴黎，谒法相恕费里、法外长沙梅库拉，及朝野各界人士，写成《巴黎半月密记》。并促使法国撤换态度倨傲的驻华公使脱利古。

九月，曾纪泽不知李鸿章有密令而致函总署深责陈季同。

光绪十年甲申（1884）　　三十三岁

升任驻法参赞，为二等参赞官，总兵衔副将。

四五月，《中国与中国人》18 篇文章在巴黎《两个世界》上连载。闰五月十八日（7 月 10 日），《中国人自画像》在巴黎出版。

五六月，随李凤苞与恕费里会谈。

九月，奉命参与在德国所造的定远、镇远两艘铁甲舰。

光绪十一年乙酉（1885）　三十四岁

正月，在柏林与法国代表密谈停战事宜。

八月，被法国政府授予“一级教育勋章”。

十二月，《中国人的戏剧》和英文版《中国人自画像》出版。

光绪十二年丙戌（1886）　三十五岁

正月二十三日（2月26日）在巴黎出席日意格葬礼。李鸿章、曾国荃、裴荫森联名保荐陈季同“免补副将，以总兵用”。后因私债问题未获准。

光绪十三年丁亥（1887）　三十六岁

十一月初五（12月29日）随新任驻法大臣刘瑞芬向法国总统递交国书。

十二月十八日（1888年1月30日）随刘瑞芬向比利时国君递交国书。

光绪十四年戊子（1888）　三十七岁

正月，随刘瑞芬向意大利国君递交国书。

春，妻刘氏卒。

四月初八（5月18日）在地理学会演讲，让听演讲的俄国哲学家索洛维也夫感到中国人的自尊和陌生的敌意。

光绪十五年己丑（1889）　三十八岁

正月十九日（2月18日）在巴黎索邦大学演讲，风趣幽默，听众疯狂鼓掌。罗曼·罗兰听后印象深刻，写下了日记。

奕譞、李鸿章赞同向外借款3000万两，兴修芦汉铁路，令陈季同与外国银行洽谈。

九月，与蒙弟翁争《中国人自画像》《中国人的戏剧》著作权。

光绪十六年庚寅（1890）　三十九岁

与奥地利商人伦道呵洽谈借债3000万两，与李鸿章多次电报商议。

四月，陪同新任驻法大臣薛福成向法国总统递交国书。

光绪十七年辛卯（1891）　四十岁

正月，醇亲王奕譞薨，兴修芦汉铁路事作罢。陈季同的洽谈费用成为私债。

二月二十三日（4月1日）巴黎《画刊》刊登亨利·比卢瓦的《陈季同将军》和陈季同的《中国人的报刊》，封面为陈季同的彩色照片。

三月十日（4月18日）告假离法。至福州被看押。

七月初五（8月9日）降旨革职，交总理衙门查办。

九月，被押往天津。弟陈寿彭变卖家产帮助偿债。私债风波被法国渲染成“陈季同事件”。

十二月，在报上为自己辩护，与薛福成公开论争。

光绪十八年壬辰（1892）　四十一岁

正月，《吾国》在巴黎出版。

闰六月初三（7月26日）私债偿清。

八月十八日（10月8日），李鸿章为其奏请原处分开复。

光绪十九年癸巳（1893）　四十二岁

十月，奉檄测永定河流。

光绪二十年甲午（1894）　四十三岁

七月，参与捉拿日本间谍石川伍一。

定居上海。

光绪二十一年乙未（1895）　四十四岁

二月，台湾巡抚唐景崧邀之来台。

四月二十日（5月14日）抵台。商法舰护台。

中日海战后清政府割让台湾。倡议、参与策划成立台湾民主国，并任外务大臣。

保台义举失败后回上海。

光绪二十二年丙申（1896）　四十五岁

以文酒自娱。

西人有法律诉讼，领事不能解决，常请其帮助。

端午，由上海出发，沿长江到达汉口。赴湘黔考察游历。历时半年。成诗300余首，后辑为《学贾吟》。

光绪二十三年丁酉（1897）　四十六岁

七月，与弟寿彭创办《求是报》，致力于译介西方历史、文化、科技、法律等著作。

八月，译《拿破仑法典》。

九月，参加戒烟公会。

十一月，与经元善、梁启超等八君子倡议女学，成立女学会、女学堂，出版女学报。

指导曾朴学习法国文学。

光绪二十四年戊戌（1898）　四十七岁

二月，《求是报》因经费不济而停刊。

四月，参加成立亚细亚协会。

在北京参与维新变法。失败后回上海。

光绪二十五年己亥（1899）　四十八岁

二月初回上海，致电李鸿章讨论向比利时购买挖泥船事。

七月，批阅寿彭《中国江海险要图志》译稿。

十月，为拉盖夫人的《塔国旅行记》作法文序。

光绪二十六年庚子（1900）　四十九岁

二月，为经善元被通缉而奔走。

在庚子事变中，著条陈，建议南方数省独立，促成东南互保。

与陆树藩、郑观应拟创红十字会。

闰八月，赴京津地区救济难民。

光绪二十七年辛丑（1901）　五十岁

五十寿辰诗庆，薛绍徽作《敬如兄公五十寿辰征诗启》。

九月，受聘为南京楚江编译官书总局主译。

光绪三十一年乙巳（1905）　五十四岁

三月初五，代表两江总督周馥出席上海东亚同文书院学生毕业典礼。

与缪荃孙等编辑教科书。

光绪二十二年丙午（1906）　五十五岁

八月，编成《国朝事略》六卷。

九月，为《日本历史》作序。

十一月，编成《孝悌忠义图说》四卷。

十二月（1907 年 1 月）病逝南京。

后 记

据记载，陈季同著有《三乘槎客诗文集》、《卢沟吟》和《黔游集》等诗集，可惜至今只见到《学贾吟》手稿。《学贾吟》是否就是《黔游集》，不得而知。但从字面上看，《学贾吟》的主要内容应该就是《黔游集》的内容，因为陈季同只到过贵州一趟。

2001 年元月，美国莱斯大学钱南秀教授在研究薛绍徽时，在上海图书馆查到了《学贾吟》手稿。2004 年 8 月，钱教授偕同陈季同的曾长孙女陈书萍女士带来了手稿复印件。手稿的出现，让我感慨不已，于是萌生了校注的念头。没想到立项报上去，很快就得到全国高校古籍整理研究工作委员会的批准。按一般的做法，可以很快就把校注稿拿出来，但我没这么做。因为那样太对不住读者，对不起先贤了。因此，我暗下决心，从四方面着手：一是到贵州的有关档案馆、图书馆查阅资料；二是沿着先贤的足迹，走一趟，了解当地的山川地理、民俗风情；三是尽量把一些难以识别的草书字、笔误的字考证出来；四是尽量把一些史书没有记载的有关人与事考证出来。为此，我先到福建省有关图书馆、档案馆查找资料，后到省外和国家图书馆等查阅。

2007 年 6 月，我和王心金、冯伟三人专程赴湖南、贵州考察调研。除了水路和太偏远的地方未能如愿外，尽量按照诗人的路线前行。对应着诗人的诗篇，感受着当地的风情民俗，体会着诗人的诗绪情怀，别是一番享受，也让人感叹历史的沧桑。111 年后的今天，我们的心境与当年的诗人当然不同。但遗憾的是，到省级的档案馆、图书馆查阅资料，却发现极少有相关的材料。有的还规定清代的档案不让查。有关的县志也著录寥寥。说起陈季同和他的湘黔之行，更是一头雾水，甚少有人知晓。感叹之余，更让我感到有愧于先贤，一种使命感油然而生。难道船政的先贤为我们留下的文化遗产，就只能让它一直躺在图书馆里吗？百年后的我们不能尽点义务，为他做点应该做的工作吗？

虽然如此，收获还是有的。在贵州省档案馆，我找到了民国时期的《贵州东部矿产简报》。在贵州省图书馆找到了《贵州省志》、《中国矿产志略》、《贵州矿产纪要》、《贵州通史》，其中都有零星一些关于青溪铁厂的记载。在辰溪县档案馆，我看到了《辰溪县志存稿》。到青溪镇，民政办主任熊代清知道来意，甚为热情，电话通知老文化站长罗尚贤来。罗站长写镇志，对历史较熟悉。来后，介绍青溪铁矿的历史并带我们去旧址参观。民政办主任熊代清带我们参观古城遗址。到镇远县，县文史办黄主任介绍情况，并提供《镇远通史》、《镇远府志》。在贵州省文史馆工作的王尧礼了解了我们的来意后，主动邀请我们到他家里座谈。并赠送《贵州日报》原总编辑刘学洙写的《贵州开发史话》、《大营卷旧事》和钱理群主编的《贵州读本》。到山塘驿，当年诗人住过的老驿站还在，只是遭受过火灾，乌黑破旧不堪。当年诗人上岸的辰溪码头仍在利用，还有许多小船来往穿梭。只是码头十分狭窄，看上去就像一条小弄子。在青溪镇的沅江边上，残存的码头断壁依然屹立。青溪铁厂的原址已是一片农田。在青溪镇办公楼的院子内，一块当年从英国进口的耐火砖成了台阶石，默默地诉说着中国近代的炼铁史，默默地承担着过往行人的踩踏。一些不熟悉的地理人情和新旧地名也在这次访谈中得到了解和证实，如：马场评即马掌平，翠微阁还在贵阳城中，大定府今为大方县等等。

诗人当年在离开贵州时，曾写下这样的诗句："毒溪瘴岭山川恶，蔓草荒烟林壑乖"。但我们看到的却是一片令人欣喜的新气象。羊肠小道已被宽敞的马路所替代。省际间、市际间已是高速公路纵横连接。市县欣欣向荣，街上店面鳞次栉比，有的装修豪华，经营的衣物名贵时尚。有的地方还建有四星甚至五星级宾馆，行人的打扮除了少数民族的丰富多彩外，也十分时髦。"哀鸿满地"的景象早已一去不复还了。在贵阳、遵义观看市容，更让人感叹不已。脑海中原来那种西部贫穷落后的信息太陈旧了。眼前的西部，虽然还有贫困的地方，但改革开放后，特别是中央支持西部大开发后，不少地方已经繁荣起来，其繁华程度并不亚于东部，有的地方还强过东部。我想诗人泉府有知，应该也会发出由衷的赞叹。

校注稿初成，我请教有关专家。文史专家、福建省文史馆馆长卢美松，著名诗人、中华诗词学会原理事赵玉林，著名诗人、中华诗词学会顾问蔡厚示，著名诗人、中国韵文学会常务副会长刘庆云，著名诗人、中华诗词学会发起人之一、福州三山诗社社长郭道鉴等给予悉心的指导。卢美松、蔡厚示先生还为校注稿写了序言。初校时，王心金、石剑文、潘育平、柳燕妮等同志帮助查找词典和资料，帮助整理和录入。我的家人也协助校对。对此，我一并表示深深的谢意！

书稿付梓，得到国家图书馆出版社的支持，在此向郭又陵社长、殷梦霞主任、张爱芳责编等表示衷心的感谢。

由于资料有限，水平有限，虽经努力仍然留下一些缺憾。个别人与事由于史料不足，只好留待今后考证。一些校注可能有不够妥帖的地方，诗人的个别笔误也可能值得商榷。总之，不足之处，还请专家和读者多提出宝贵的意见。

沈岩

2010 年 12 月 29 日